FRANCA DÜWEL

Julie

und die

Schwarzen Schafe

Schlimmer
geht's immer

Franca Düwel, geboren 1967, studierte
Literaturwissenschaften und Pädagogik.
Nach diversen Stationen in der Film-
branche ist sie als Drehbuchautorin hoch-
erfolgreich. Sie entwickelte unter anderem
die Kinderserie »Die Pfefferkörner« und
schrieb zahlreiche Folgen von »Berlin,
Berlin«. Franca Düwel lebt mit ihrem Mann
und ihren beiden Töchtern in der Nähe von
Hamburg.
Von Franca Düwel ist im Arena Verlag be-
reits erschienen: *Julie und Schneewittchen.
Schlimmer geht's immer.* Das gleichnamige
Hörbuch ist bei Arena audio erschienen.
Mehr zu Julie unter www.julies-tagebuch.de

FRANCA DÜWEL

Julie
und die
Schwarzen Schafe

Schlimmer geht's immer

Mit Illustrationen von Katja Spitzer

Arena

1. Auflage 2010
© Arena Verlag GmbH, Würzburg
© Text: Franca Düwel
Coverillustration und Innenvignetten: Katja Spitzer
Vermittelt durch die Agentur Susanne Koppe, Hamburg
Innengestaltung: Georg Behringer · Umwerk München
Gesamtherstellung: Westermann Druck Zwickau GmbH
ISBN 978-3-401-06449-9

www.arena-verlag.de
Mitreden unter forum.arena-verlag.de

Für Ingo

Freitag, der 19. März

☺ Höhepunkte

1) Hätte heute auf dem Schulweg fast einen Krokus zertreten. Scharina konnte mich grad noch wegschubsen. Der letzte schwarze Eisklumpen neben unserer Haustür ist

auch verschwunden und es hat seit genau sieben Stunden und sechsundzwanzig Minuten nicht mehr geregnet. Das heißt, es wird Frühling! Yippie!!

2) Habe heute im Bio-Test eine Eins minus zurückbekommen. Musste dreimal überprüfen, ob es sich bei der Note nicht um eine Verwechslung handelt, aber Herr Clausen, unser neuer Klassenlehrer in der Siebten, meinte, das sei so richtig. Unglaublich!

3) Papa hat gesagt, dass er gar nicht gewusst hat, dass ich mich so für Biologie interessiere, und wenn ich ihm öfter bei der Gartenarbeit helfe, würde er sich das mit dem Haustier vielleicht noch einmal überlegen.

☹ Tiefpunkte

1) Mama hat gesagt, die Eins sei super, aber wenn ein Tier ins Haus käme, zieht sie aus. (Manchmal würde ich sie wirklich gern gegen Sophies Mutter eintauschen!)

2) Ab morgen gibt es bei uns nur noch Brigitte-Diät. Für alle, außer meiner Schwester Otti. Weil Mama es für ungerecht hält, wenn Papa und ich uns dick Nutella aufs Brot schaufeln und sie

7

nur drei Löffel Magerquark mit einer halben Kiwi essen darf. Finde, das ist total egoistisch von ihr! Nicht nur, dass wir schon seit gefühlten hundertsechsundachtzig Tagen ihre schlechte Diät-Laune aushalten müssen, jetzt will sie uns auch noch zum Mithungern zwingen! Habe mich eben am Telefon bei meiner Oma darüber beschwert, woraufhin Mumi erwiderte, eine Rolle weniger am Bauch täte mir ganz gut. Ohne Worte! (Wenn ich demnächst magersüchtig werde, weiß ich wenigstens, wer daran schuld ist.)

Liebes Tagebuch,

habe die letzte halbe Stunde damit verbracht, mich über meine Mutter aufzuregen. Jette bekommt zwei Euro für jede Eins und Franzi sogar fünf, Sophie hat einen Hund und Ben immerhin einen Frosch und was hab ich? Eine dauersabbernde Babyschwester, einen Vater, der Geld als Belohnung für Noten »unpädagogisch« findet, und eine diätbesessene Mutter mit Haustierphobie. Na, herzlichen Glückwunsch!

War kurz davor, Mamas blödes Muttertagsgeschenk wieder aufzuribbeln (sie kriegt einen selbst gestrickten Schal mit Filzblüten dran, der eh ziemlich panne aussieht, weil ich mit dreißig Maschen angefangen habe und bei der Hälfte plötzlich einundvierzig hatte, keine Ahnung, warum), aber dann hat mich der Gedanke an die heutige Bio-Stunde doch noch davon abgehalten. Schließlich ist die Eins nicht nur meine erste Eins seit fast einem halben Jahr (im letzten Bio-Test hatte ich eine glatte Vier), sondern auch noch die EINZIGE Eins der ganzen Klasse. Ha! Wer hätte gedacht, dass ich so viel über den Knochenaufbau von Wirbeltieren weiß? Überlege zurzeit ernsthaft, in der Oberstufe statt des sprachlichen ein naturwissenschaftliches Profil zu wählen. Als Schriftstellerin ist es bestimmt hilfreich, sich in der Tierwelt auszukennen.[1] Als Hintergrundwissen. Man muss ja nicht gleich einen Roman darüber schreiben. Andererseits ... Eine Liebesgeschichte unter Einzellern wäre wenigstens was Besonderes. So nach dem Motto »Romeo und Julia in der Ursuppe«. Oder »Bis(s) zur nächsten Mikrobe«.

Okay, bevor ich mich daranmache, bringe ich dich aber erst mal wieder aufs Laufende. Schließlich hab ich mich ziemlich lange nicht gemeldet und in der Zwischenzeit ist so einiges passiert!

Das Wichtigste zuerst: Ich bin jetzt 13 1/4 Jahre alt und gehe in die siebte Klasse – *Yeah Yeah!*

Nach der Sechsten haben sie die Klassen neu zusammengewürfelt und jetzt bin ich mit meiner besten Freundin Scharina (= die tollste Manga-Zeichnerin der Welt), Sophie, Franzi und der dicken Jette, die seit den Winterferien sechs Kilo abgenommen hat und deshalb gar nicht mehr so dick ist, in der 7b, einer Lateinklasse. (Scharina ist Legasthenikerin und konnte kein Französisch nehmen wegen der Rechtschreibung und ich hab

---

[1] *Das mit der Entwicklungshilfe als Berufswunsch habe ich nach einem Fernsehbericht über die diversen Spinnenarten, die es in Afrika gibt, gestrichen. Glaube, dafür bin ich doch ein zu großer Schisser.*

dann einfach auch Latein gewählt, weil ich auf alle Fälle mit ihr zusammenbleiben wollte. Auch wenn meine Eltern das bekloppt fanden.)

Katja und die fiese Hanna, die Scharina in der Sechsten immer Schneewittchen genannt hat (à la »Schneewittchen, Schneewittchen, kein Arsch und kein Tittchen«), gehen in die Parallelklasse und so müssen wir sie nur noch in den Pausen ertragen. Dafür ist uns der rothaarige Oliver (der, der mit seinen Hoden unter dem Tisch ständig Pingpong spielt) erhalten geblieben. Na ja, man kann nicht alles haben.

Abgesehen von Oliver und seinem neuen Spezi Hubertus Klewenhagen (einem abartig schleimigen Schönling, der mit seiner Familie aus Bayern nach Hamburg gezogen ist und mir immer auf den Busen starrt, wenn er denkt, ich merke es nicht), sind die anderen Jungs in unserer Klasse halbwegs in Ordnung. Okay, Cem, unser Mathe-Genie, geht einem mit seinem Macho-Getue ziemlich auf die Nerven, vor allem seit er sämtliche Mädchen »Babes« nennt, was absolut bescheuert klingt, aber dafür hat Silbergebiss-Jannick uns, das heißt Scharina, Franzi, Jette und mich, sogar zu seiner letzten Geburtstagsfeier eingeladen. Und das, obwohl Oliver vorher laut in der Klasse herumgegrölt hat, Mädchen einladen täten nur Schlappschwänze. (Dabei fällt mir ein, Scharina hat mich gebeten, Jannick nicht mehr Silbergebiss-Jannick zu nennen, weil er ja schon seit Monaten keine Klammer mehr hat und sie den Namen saudoof findet, aber ich vergesse das andauernd.)

In Sachen Jannick ist Scharina ohnehin etwas überempfindlich. Was wahrscheinlich daher kommt, dass sie schon ewig in ihn verknallt ist. Allmählich sollte ich mich daran gewöhnt haben, aber so ganz kann ich Scharinas Gefühle für Jannick noch immer nicht nachempfinden. Schließlich erinnert er mich mit seinen großen Füßen und seiner Tollpatschigkeit tierisch an Frodo aus »Herr der Ringe«. Aber wenigstens scheint Frodo-Jannick supertoll zu küssen. Zumindest laut Aussage von Scharina, die letzte Woche mit Jannick im Kino war, wonach **ES** (also der Kuss) dann passiert ist.

Seitdem schwebt meine sonst immer so coole beste Freundin auf Wolke sieben und ich komme mir jeden Tag abgeklärter vor. Weil bei ihr alles noch so frisch ist und ich schon seit einem Dreivierteljahr mit Ben zusammen bin. Gut, ich weiß, das hört sich jetzt doof an, weil ich mir vor Ben gar nicht vorstellen konnte, dass sich jemand so Tolles wie er überhaupt für mich interessieren könnte. Und weil Jette und Sophie noch nie einen festen Freund hatten und ich insofern jetzt, wo wir ein Paar sind, nur noch dankbar und glückstrahlend durch die Gegend laufen sollte, was ich ja im Grunde genommen auch tue.

Aber die anderen aus der Schule machen halt immer öfter blöde Sprüche. Als ob das nicht normal wäre, dass Ben und ich schon so lange zusammen sind. Und das nervt auf Dauer doch. Erinnerst du dich überhaupt noch an Ben? Breite Schultern, blonde Locken, Grübchen in der linken Wange und immer ein Heft in der Hand, in das er gerade irgendeinen Song für seine Band reinkritzelt? Anders ausgedrückt: der netteste und sensibelste Neuntklässler, den es auf der ganzen Welt gibt! Eigentlich staune ich noch immer jeden Tag darüber, dass Ben sich ausgerechnet in mich verliebt hat. Ich mein, ich sehe nicht gerade aus wie Quasimodo, aber hey – wir sprechen hier von Ben! Früher hab ich immer geglaubt, seine Freundin müsste wie eine Gewinnerin von »Germany's next Topmodel« aussehen. Oder wenigstens wie Scharina mit ihrer schwarzen Mähne und den Mandelaugen. Und nicht so wie ich, mit meinen straßenköterblonden Fisselhaaren, der Nofretete-Nase[2] und den roten Wangen, bei denen sämtliche Freundinnen meiner Mutter immer gleich an Rotbäckchen-Saft denken müssen. Ganz abgesehen von meinen Waden. Papa sagt, ich hätte richtige Fußballerwaden und die seien viel besser als so dünne Streichholzbeinchen, aber wenn du mich fragst, sind sie einfach nur dick.

Okay, mal abgesehen von meiner etwas zu großen Nase und meinen Waden sehe ich, glaube ich, ziemlich normal aus.

Ben mochte mich schon im Kindergarten – behauptet er zumindest. Wie die meisten anderen Jungs auch, aber nicht, weil ich so hübsch war. Sondern eher, weil ich mit meinem Kugelbauch, den Latzhosen und dem Pisspott-Haarschnitt, den mir Mama verpasst hatte, selber aussah wie einer von ihnen, also wie ein kleiner dicker Junge. Und wahrscheinlich keiner meiner Freunde damals so richtig begriffen hatte, dass ich eigentlich ein Mädchen war.

---

[2] *Nofretete war eine ägyptische Königin und aus unerfindlichen Gründen findet mein Vater sie und ihre Nase ganz toll.*

Als ich mit zweieinhalb Jahren neu in die bunte Gruppe gekommen bin, hat Ben angeblich im ersten Moment geglaubt, ich sei Karlsson vom Dach. Und als er gesehen hat, dass ich keinen Hubschrauber-Rotor auf dem Rücken hatte, war er tierisch enttäuscht.

Letztlich hat er sich dann aber auch ohne Rotor in mich verliebt. Und insofern könnten mir die Sprüche der anderen (von wegen wir seien ja schon wie ein altes Ehepaar und so) eigentlich total egal sein. Aber ...

Oh, Mama ruft. Ich soll das Fleisch zu Ende braten, weil Otti[3] mal wieder pünktlich zum Essen einen in die Hose gedrückt hat. Oh, Mann, das stinkt bis in mein Zimmer! Iiiiihh! Kenne niemanden, der so stinken kann wie meine Schwester. (Außer vielleicht Bens bester Freund Fiete mit seinen Käsefüßen, aber ... egal.)

Muss mich sputen. Bis später!

[3] *Otti heißt eigentlich Eva, aber spätestens wenn man einmal an ihrer Windel gerochen hat, ist klar, dass man sie unmöglich so nennen kann. Außerdem hätte sie, wenn sie ein Junge geworden wäre, Otto geheißen und ehrlich gesagt sieht sie akkurat wie ein Otto aus.*

Montag, der 22. März

☺ Höhepunkte

1) Habe eben die tollste Neuigkeit aller Zeiten erfahren: Wir fahren mit Ben und seinen Eltern über Ostern zusammen in die TOSKANA! Ja, ja, ja! Bens Eltern haben da ein Haus gemietet und Bens Mutter war heute Vormittag bei meiner Mutter und hat gefragt, ob wir nicht ganz spontan mit nach Italien kommen wollen. Weil das Haus so groß ist und sie schon lange nicht mehr mit Bekannten zusammen in den Urlaub gefahren sind und die Kinder (damit meinte sie Ben und mich, ohne Worte) sich bestimmt auch darüber freuen würden. Ich liebe Bens Eltern! Wenn Papa jetzt noch am Dienstag nach Ostern Urlaub kriegt, fahren wir alle zusammen. Ist das cool, oder was?

☹ Tiefpunkte

1) Oma und Opa haben gestern Abend aus New York angerufen und mich gefragt, ob ich sie in den Sommerferien, wenn sie mit ihrem Segelschiff vor der kanadischen Küste liegen, für vier Wochen besuchen will. Sie haben gesagt, dass ich ganz ehrlich antworten soll, ob ich dazu Lust habe oder nicht. Irgendwie habe ich schon gewittert, dass das mit der ehrlichen Antwort eine Falle ist, aber dann habe ich doch gesagt, dass ich dazu eigentlich nicht so viel Lust hätte, weil ich lieber hier bei Ben bleiben würde. Anschließend herrschte erst mal Stille und danach hat Opa sich Papa geben lassen. Und als Papa aufgelegt

hat, habe ich mir eine Gardinenpredigt à la »Musste das sein?«
und »Sie hatten sich so darauf gefreut!« anhören müssen. So
viel zum Thema »Du kannst ruhig ganz ehrlich antworten!«.
Das nächste Mal fall ich nicht mehr darauf rein!

2) Mama zieht das mit der Diät voll durch. Habe das Haus
gestern Abend verzweifelt nach Schokolade durchsucht, aber
sie hat sämtliche (!) Schokoladenverstecke leer geräumt.

3) Ben hat heute früh nicht bei uns geklingelt, um mich zur
Schule abzuholen.

Ben hat mich heute früh nicht zur ersten Stunde abgeholt,
obwohl er das montags sonst immer tut. Vermutlich hat das
nichts zu bedeuten (wahrscheinlich hat er einfach nur verschlafen), aber dummerweise grüble ich trotzdem die ganze
Zeit darüber nach. Habe erst überlegt, unter irgendeinem Vorwand (z. B. wegen der Italienreise) bei ihm zu klingeln und ihn
zu fragen, was heute früh los war,[4] es dann aber doch gelassen.
Nachher glaubt er noch, ich will ihn kontrollieren!

Bisher habe ich gedacht, die ganzen Sprüche der anderen können uns nichts ausmachen, aber vielleicht können sie das
doch. Irgendwie ärgert es mich nämlich schon, wenn Jette und
Franzi so tun, als wenn ich in Sachen Jungs nicht mehr mitreden könnte, nur weil ich wegen Ben quasi aus dem Rennen bin.
Was Bens Freundeskreis anbelangt, so scheint es da mit den
blöden Bemerkungen noch schlimmer zu sein. Ben hat erzählt,
das ganze Macho-Gelaber von Marc und Steffen (das ist der

---

[4] *Ben und ich wohnen nämlich in gegenüberliegenden Reihenhäusern.*

neue Keyboarder seiner Band) würde ihm echt auf den Keks gehen. Und das war wohl noch untertrieben, denn Sophie hat mir unter dem Siegel strengster Verschwiegenheit berichtet, dass sie von Fiete, ihrem Bruder, weiß, dass Marc und Steffen sich neulich richtig mit Ben gefetzt haben. Weil Ben meinetwegen schon zwei Bandproben abgesagt hat und sie kurz davor waren, ihn vor die Alternative zu stellen: die Band oder Julie. Ich mein, geht's noch???

Der Oberhammer passierte allerdings heute früh. Hanna aus der 7a hat mich allein bei den Fahrradständern gesehen, ohne Ben, und hat prompt die Gelegenheit genutzt, mir eins reinzuwürgen.

»Oh, Julie, das tut mir aber leid. Kommt dein Lover heute später oder hat er endlich festgestellt, dass deine Waden genauso fett sind wie dein Hintern?«

Am liebsten hätte ich ihr etwas super Schlagfertiges erwidert, aber natürlich ist mir in dem Moment nichts eingefallen. (In solchen Situationen fällt mir NIE was Passendes ein! Ich hasse das!!) Also hab ich nur so getan, als wäre sie Luft für mich.

Katja (das ist ihre neue Busenfreundin, die früher, in einem anderen Leben, mal ganz nett war) hat gekichert und ich bin knallrot vor Wut geworden und hab wie eine Blöde an meinem Fahrradschloss herumgezerrt, das sich natürlich genau in diesem Augenblick am Sattel verhaken musste.

»Ach, Julie, dabei fällt mir ein, hat Ben dir eigentlich schon erzählt, dass er eine Neue in der Klasse hat? Also wenn nicht, würde ich mir an deiner Stelle ja so meine Gedanken machen ...«

Für eine Sekunde hab ich gedacht, wenn Hanna nicht gleich die Klappe hält, haue ich ihr das Schloss um die Ohren, aber zum Glück ist Scharina im selben Moment um die Ecke gebogen.

»Hi Julie, alles okay?«

Hanna hat sich zu ihr umgedreht und sie angewidert gemustert. »Scheinbar nicht. Sonst würde sie sich wohl kaum ausgerechnet mit dir abgeben.«

Hanna hat Scharina provozierend angeguckt, aber ehe sie noch irgendeine fiese Bemerkung über Scharinas gefärbte Haarsträhne oder ihre Klamotten machen konnte, ist Scharinas Blick schon zu Hannas rechtem Hosenbein gewandert.

»Äh, Hanna, kann es sein, dass dir da gerade was aus der Hose tropft? So was Grünes, Schleimiges ...«

»Was?? Wo?«

Alle haben auf Hannas weiße Markenjeans gestarrt und Hanna hat sich hektisch um ihre eigene Achse gedreht, aber da war nichts.

Scharina hat mir grinsend zugezwinkert und erst da ist der Groschen bei Hanna gefallen und sie ist drohend auf Scharina zugekommen und eine Sekunde lang hab ich gedacht, gleich fährt sie ihr mit ihren langen Fingernägeln quer durchs Gesicht. Die Fünftklässler neben uns haben aufgehört, sich mit ihren Turnbeuteln zu beschmeißen, und stattdessen fasziniert von Hanna in ihren teuren Markenklamotten zu Scharina mit ihrer pink gefärbten Haarsträhne und den selbst gebastelten Ohrringen geguckt und für einen Augenblick war alles total westernlike.

Scharina und Hanna haben sich gemustert wie in einem Duell, kurz bevor der Sheriff und sein Widersacher ihre Pistolen ziehen, und ich hab überlegt, ob ich mich schützend vor Scharina werfen soll, aber dann hat Hanna sich ganz plötzlich in Richtung Schulgebäude umgedreht.

»Komm, Katja, wir gehen. Mit solchen Assis müssen wir uns nun wirklich nicht abgeben ...«

Hanna und Katja sind ab in Richtung Tür, die Fünftklässler haben sich enttäuscht wieder ihren Turnbeuteln zugewendet und Silbergebiss-Jannick, der die Szene aus sicherer Entfernung beobachtet hat, ist näher gekommen und hat Scharina so bewundernd angestrahlt wie die Heldin in einem Superwoman-Comic. Und ich? Ich war einfach nur erleichtert. Okay, die Bemerkung über die Neue in Bens Klasse hat mich schon ein bisschen gewurmt, weil Ben mir davon wirklich nichts erzählt hat, aber das war nach zwei Sekunden wieder vorbei.

Der Rest des Vormittags war zum Glück ganz okay. (Mal abgesehen davon, dass es heute Mittag Hirsepfannkuchen mit Tofu-Gemüse gab. Würg.) Gleich kommt Mumi zu Besuch, was bedeutet, dass Mama ihre Diät vielleicht unterbricht und ... Oh, es klingelt! Das ist sie bestimmt! Bis später!

19.32 Uhr.

Was für ein Nachmittag! Eigentlich hatte ich gehofft, dass es Käsekuchen gibt, weil Mama den häufig macht, wenn meine Oma uns zwischen ihren tausend Yoga- und Frauentreff-

Terminen mal besucht. Aber das war leider der Satz mit x. Dabei hatte ich einen Bärenhunger! Mumi war zwar da, aber statt Käsekuchen gab es Knäckebrot mit Tomatenmark und dann klingelte auch noch das Telefon und Mama musste ganz schnell in ihren Buchladen, um eine Kollegin abzulösen, die einen Wasserrohrbruch zu Hause hatte.[5]

Und ich saß auf einmal mit Mumi und der schlafenden Otti alleine da. (Papa war natürlich nicht da. Wenn Mumi uns besucht, hat er immer einen ganz wichtigen Termin außerhalb.) Am Anfang war ich noch ganz froh, dass Mama noch mal wegmusste, weil ich gedacht hab, dass ich das Haus so wenigstens in Ruhe nach Schokolade durchforsten kann, aber dazu bin ich gar nicht gekommen. Kaum war Mama aus der Tür, hat Mumi sich nämlich schon auf mich gestürzt und mir einen Vortrag zum Thema Ben gehalten. Normalerweise mag ich Mumi wirklich gerne und verteidige sie auch immer vor Papa, aber nach heute bin ich mir nicht mehr so sicher, ob er nicht doch ein klitzekleines bisschen recht hat, wenn er sagt, dass sie nervt.

Zuerst hat sie sich eine von ihren langen, dünnen Zigaretten angezündet und dann hat sie mich gefragt, ob es stimmen würde, dass ich den Besuch bei meinen anderen Großeltern abgesagt hätte, weil ich in den Sommerferien nicht so lange von Ben getrennt sein möchte. Und als ich genickt habe, hat

---

[5] *Seit Papa als freier Mitarbeiter nur noch eine Dreiviertelstelle hat, arbeitet Mama jetzt wieder drei volle Tage bei »Groth«, dem Buchladen, in dem sie schon vor Ottis Geburt angestellt war.*

sie schnaubend den Kopf geschüttelt und dabei finster den Rauch ausgestoßen.

»Herrgott, Julie, das darf doch nicht wahr sein! Schlimm genug, dass deine Mutter deinem Vater zuliebe ihre Karriere geopfert hat und nun für einen Sklavenlohn in einem Buchladen schuftet. Jetzt fängst du auch noch damit an! Kanada! Wenn mich jemand in deinem Alter zum Segeln nach Kanada eingeladen hätte ... Ich hätte sofort meine Koffer gepackt. Sofort! Wie kannst du so eine Traum-Chance einfach sausen lassen? Und das für einen pubertierenden Jüngling, der dich bei so einem Angebot umgekehrt schneller stehen lassen würde, als du gucken kannst?«

»Würde er nicht! Und außerdem will ich gar nicht nach Kanada! Da, wo Oma und Opa sind, regnet es nämlich ständig, das haben sie selbst gesagt, und beim Segeln werde ich sowieso seekrank und ...«

Ich wollte Mumi gerade erklären, dass es nicht im Mindesten mein Traum ist, vier Wochen auf einem schaukelnden Segelboot in Kanada zu hocken und mir umzingelt von Grizzlybären und Wölfen den Hintern abzufrieren, aber im selben Moment ist mir Mumi schon mit einem flammenden Blick ins Wort gefallen.

»Entschuldige bitte, aber so was höre ich mir gar nicht erst an. Schließlich habe ich nicht vor fünfunddreißig Jahren auf offener Straße meinen BH verbrannt,[6] um jetzt tatenlos mit anzu-

---

[6] Das mit dem BH-Verbrennen ist eine von Mumis Lieblingsgeschichten. Ehrlich gesagt habe ich nie ganz begriffen, warum Mumi und ihre Freundinnen früher so gegen BHs waren, aber irgendwie haben sie sich ohne die wohl freier und weniger von den Männern unterdrückt gefühlt (oder so ähnlich).

sehen, wie sich meine Enkeltochter aus Liebe zu dem erstbesten Penisträger ihr Leben versaut!«

Penisträger!!! Hat sie wirklich gesagt. Zuerst habe ich noch gehofft, sie macht einen Scherz, aber als ich versuchsweise zu lachen angefangen habe, hat sie mich angesehen, als wäre ich nicht mehr ganz richtig im Kopf. Also hab ich aus dem Lachen schnell einen Hustenanfall gemacht. Und dann hab ich ihr mit hochrotem Kopf erklärt, dass Ben a) kein »Penisträger« ist, sondern der Junge, den ich lieb habe, und dass er b) auch nicht der Erstbeste ist, weil ich ihn schließlich schon seit dem Kindergarten kenne. Anschließend war ich richtig stolz auf mich. Weil ich so vernünftig geblieben bin und Mumi nicht vor den Latz geballert habe, dass sie ja wohl einen Oberknall hat. Aber gebracht hat das Ruhigbleiben leider nichts. Mumi hat nur aufgeseufzt, einen Rauchring in die Luft geblasen und ihre dunkelrot gemalten Lippen anschließend zu einem mitleidigen Lächeln verzogen.

»Tut mir leid, deine Illusionen zerstören zu müssen, Julie, aber auch dein Ben wird nicht anders sein als die meisten Angehörigen seines Geschlechts. Erst schmalzen sie rum und man denkt, man hätte sonst ein sensibles Exemplar erwischt, aber wenn's ans Sockenwaschen geht, dann ist es aus mit dem Süßholzgeraspel ...«

»Aber ...«

»Glaub mir, ich weiß, wovon ich rede. Ich hatte schließlich so einige Kerle, ehe ich mir mein Aussehen als bessere Putzfrau deines Großvaters ruiniert habe!«

Ich hab ein Stöhnen unterdrückt und dann noch mal versucht, ihr zu erklären, dass Ben nie Süßholz raspelt, sondern gnadenlos ehrlich ist und klug dazu, aber Mumi hat mir gar nicht zugehört.

»Das hat nichts mit klugen Köpfen zu tun, Julie. Meine Freundin Elli war mit einem Staatssekretär im Innenministerium verheiratet und musste ihm die schmutzigen Socken waschen, bis er sie gegen eine Jüngere eingetauscht hat, und dieser Niedersachse im Bundestag, dieser ... wie heißt er noch, und selbst dieser schreckliche CSU-ler ...«

Ich hab innerlich aufgestöhnt, weil ich wusste, wenn ich sie jetzt nicht bremse, dann ist sie gleich bei ihren Lieblingsthemen angelangt. Zuerst kommen bei ihr nämlich immer die Politiker (= schlimm, weil sie alle ihre Frauen betrügen), dann die Polizisten (= genauso schlimm, weil ein Polizist sie auf einer Frauenbefreiungsdemo vor dreißig Jahren mal zu Boden geschlagen hat), als Nächstes mein Großvater (= noch schlimmer, warum ist allerdings unklar) und zum Schluss mein Vater (= am schlimmsten, weil Mama seinetwegen ihr Volkswirtschaftsstudium abgebrochen und eine Buchhändlerlehre gemacht hat). Insofern habe ich sie lieber schnell unterbrochen.

»Also, ich wasche Ben definitiv nicht die Socken!«

»Und wer wäscht sie dann?«

»Äh ... Zurzeit wahrscheinlich seine Mutter, aber ...«

»Ha! Ich hab's gewusst!«

»Hä?«

Ich hab Mumi Hilfe suchend angesehen, weil ich nicht ganz begriffen habe, warum sie mich plötzlich so triumphierend gemustert hat.

»Was hast du gewusst?«

»Dein Ben. Er beutet seine Mutter aus.«

Ich hab Mumi angeguckt wie eine arme Irre. »Aber Mama wäscht doch meine Socken auch und das heißt ja wohl nicht...«

»Julie, darum geht es hier nicht. Es geht ums Prinzip!«

»Ich dachte, es geht um Socken.«

Mumi hat seufzend den Kopf geschüttelt. »Es geht um Macht. Es geht darum, dass Männer Frauen unterdrücken, indem sie sie zwingen, ihre Schmutzwäsche zu waschen. Männer wie dein Großvater und leider auch wie mein Herr Schwiegersohn...«

An der Stelle hat sie leidvoll aufgeseufzt und in dem Moment habe ich total nachvollziehen können, warum Papa immer einen ganz wichtigen Termin hat, wenn er Mumis Auto bei uns in der Auffahrt stehen sieht. Vor allem, weil er bei uns häufiger die Wäsche macht als Mama.

Ich hab mich schon darauf eingestellt, für Papa in die Bresche zu springen, aber nach dem Seufzer war Mumi aus unerfindlichen Gründen mit dem Sockenthema durch. Erst hab ich erleichtert aufgeatmet, aber da wusste ich noch nicht, was als Nächstes kommt.

Plötzlich wollte sie nämlich über weibliche Lust reden. Zuerst habe ich geglaubt, sie meint »Lust« im Sinne von »Hast du nicht auch Lust, das Haus nach Papas teuren Niederegger-Pralinen zu durchsuchen?«, aber Fehlanzeige. Sie meinte mit »Lust« so was wie Sex. Nachdem ich das geschnallt hatte, wäre ich am liebsten schreiend weggelaufen (Ich mein, hallo, sie ist meine OMA!), aber irgendwie habe ich es dann doch noch geschafft, ihr zu erklären, dass ich erst dreizehn bin und ganz bestimmt noch keinen Sex haben will. Hatte nicht das Gefühl, dass sie das wirklich kapiert hat, aber Gott sei Dank hat mich im selben Augenblick das Telefonklingeln gerettet und ich habe mich unter dem Vorwand, Scharina die Englisch-Hausaufgaben erklären zu müssen, in mein Zimmer geflüchtet.

Puh! Wenn Erwachsene schon auf einem anderen Planeten leben, dann befindet sich der Planet meiner Oma mindestens in einer anderen Galaxie. Ob Mumi wohl je richtig doll verliebt gewesen ist, als sie jung war? So wie ich in Ben? Kann ich mir eigentlich nicht vorstellen.

Auf jeden Fall ist das Ganze ziemlich traurig. Wenn ich daran denke, ich könnte später mal so werden wie Mumi, dann wird mir richtig elend. Aber ich glaube, Ben und mir kann das nicht passieren.

Weil Ben nämlich nicht nur der Junge ist, in den ich verliebt bin, sondern gleichzeitig auch so eine Art ... Seelenverwandter. Jedes Mal, wenn ich in seine graublauen Augen mit den kleinen gelben Einsprengseln sehe, dann kommt es mir so vor, als würden wir uns schon ewig kennen. Nicht nur seit der Kindergartenzeit, sondern noch länger. Als ob wir in einem früheren Leben schon zusammen gewesen wären. Okay, das ist jetzt kitschig, ich weiß, aber manchmal glaub ich das echt. Inzwischen kenne ich die blaue Ader über seiner Schläfe, die immer zu pochen anfängt, wenn er sich über irgendetwas aufregt, schon richtig gut. Und den Ausdruck in seinen Augen, wenn ihm etwas Sorgen macht, er aber nicht will, dass man das merkt. Aber das Schönste ist das Grübchen in seiner linken Wange, das man immer nur sieht, wenn er lacht. Und der Moment, wenn er mich zu sich hochhebt und durch die Luft wirbelt, als wenn ich so leicht wie eine Feder wäre. Und wenn ich daran denke, wie weich sein Blick wird, wenn er mich zu sich heranzieht, kurz bevor er mich küsst, dann wird mir ganz warm im Bauch und ich könnte zerfließen wie ein Stück Schokolade in der Mikrowelle.

Hmmmmm. Apropos Schokolade. Bekomme gerade einen tierischen Heißhunger auf was Süßes. Ob Ben noch die Marzipan-Ostereier hat, die ich neulich bei ihm auf dem Schreibtisch gesehen hab? Denke, einen Versuch ist es wert. (Gott, ich bin echt abhängig von dem Zeug. Bekomme später bestimmt Größe 44, genau wie meine Mutter. Albtraum!!) Andererseits können vier, fünf klitzekleine Ostereierchen auch nicht sooo viele Kalorien haben, oder? Und morgen fahre ich ja wieder mit dem Rad in die Schule und verbrenne da ungeheuer viel Fett. Genau. Außerdem mögen Jungs abgemagerte Bohnenstangen gar nicht so gern. Hat Papa neulich erst gesagt. Denke, das ist das entscheidende Argument. Ostereier, ich komme! Bis morgen!

Dienstag, der 23. März

Höhepunkte

1) Nur noch zehn Tage, bis wir nach Italien fahren!

noch 10 Tage!

2) Ben war zwar gestern nicht da, aber dafür hat er mich heute wieder ganz normal zur Schule abgeholt. Er hatte gestern wirklich nur verschlafen! Morgen gehen wir zusammen ins Kino und anschließend will er mit mir noch etwas wegen der Italienreise besprechen. DAS sollte die bescheuerte Hanna mal hören!

noch 10 Tage!

3) Mama hat mir heute früh am Frühstückstisch versprochen, dass wir am Samstag im Einkaufszentrum ein paar neue Klamotten für mich kaufen. Weil ich aus den Sachen vom letzten Jahr total herausgewachsen bin. Bis eben nach der Schule habe ich mich riesig darauf gefreut. Normalerweise liebe ich es nämlich, shoppen zu gehen, aber ...

Tiefpunkte

1) ... leider hat mir meine Mutter vor fünf Minuten offenbart, was genau sie mit mir shoppen will. Ahhhhhhhhhhhh!!! Hoffe, ich bin Samstag krank.

Vor einer halben Stunde ist meine Mutter mit ihrem »Ach, ich bin ja so harmlos«-Blick in mein Zimmer reingekommen. Ich habe gleich befürchtet, dass jetzt etwas Peinliches kommt, und natürlich hatte ich recht. Als sie das letzte Mal so einen Blick aufgesetzt hat, waren gerade Jette, Scharina, Franzi und Sophie da und sie hat meinen Freundinnen zuerst eine heiße Schokolade angeboten und sich dann bei ihnen erkundigt, ob sie sich eigentlich schon die Achselhaare rasieren. Ich hab gedacht, ich sterbe! Lass mich bitte nie so werden, wenn ich fünfunddreißig bin! Nie, niemals!

Rein theoretisch liebe ich meine Eltern natürlich, aber rein praktisch wird ihr Verhalten jeden Monat unmöglicher. Keine Ahnung, woran das liegt. Vielleicht ist das so eine Art »Vor-Alzheimer«, bei dem man allmählich vergisst, was eklig ist und was nicht. Jette hat so was neulich von ihrer Uroma erzählt. Die war früher eine ganz feine Dame, die, wenn sie mal musste, immer nur davon geredet hat, dass sie sich die Nase pudern gehen würde. Aber im Altersheim hat sie ihr ganzes gutes Benehmen auf einmal vergessen. Und als Jette und ihre Eltern sie letzte Weihnachten besucht haben, hat sie ständig »Schwester, ich muss kacken!« gebrüllt. Ganz laut und so oft, dass Jettes Vater schon nach einer halben Stunde gesagt hat, sie müssten jetzt gehen. Richtig gruselig. Wer weiß, nachher endet meine Mutter genauso?

Okay, bisher habe ich Mama ganz selten »Kacke« sagen hören, (außer neulich, als sie den Autoschlüssel aus Versehen in den Altglascontainer geworfen hatte), aber dafür ist sie in die Tatsache, dass ich in der Pubertät bin, geradezu verknallt. Und das ist mindestens genauso peinlich.

Ständig fragt sie mich, ob zwischen Ben und mir noch alles in

Ordnung ist und ob ich damit klarkomme, dass ich noch immer nicht meine Regel hab und so was. (Ich mein, was bitte schön geht sie das eigentlich an??) Und letzten Samstag, als ich auf Sophies Geburtstagsparty eingeladen war, hat sie alle meine Sachen (und ein paar von ihren) aus dem Schrank geholt und eine Art Modenschau veranstaltet. So nach dem Motto »Oh, Julie, das sieht wirklich superhübsch aus. Und dazu vielleicht noch mein breiter schwarzer Gürtel oder vielleicht doch lieber das rote Tuch …«

Scharina beneidet mich um meine Mutter, weil ihre so viel arbeiten muss und immer müde und abgespannt ist, aber wenn die wüsste, wie Mama wirklich ist, würde sie dankend verzichten. Echt!

Ehrlich gesagt vermute ich zunehmend, dass Mama über mich irgendetwas aus ihrer eigenen Jugend nachholt, und das finde ich schon bedenklich. Ich glaub, es täte ihr richtig gut, mal wieder mit ihren eigenen Freundinnen einen draufzumachen, anstatt sich immer haarklein von mir erzählen zu lassen, in wen Jette verknallt ist und ob Jannik seinem strengen Vater endlich gebeichtet hat, dass er mit Scharina geht. Aber das kann ich ihr natürlich nicht sagen. Na ja, wie auch immer … Ich wollte ja eigentlich schreiben, was passiert ist, als Mama eben in mein Zimmer gekommen ist.

Zuerst hat sie mich gefragt, ob ich ein paar von ihren in Ingwer eingelegten Diät-Radieschen will (reines Ablenkungsmanöver, schließlich weiß sie genau, dass kein normaler Mensch so was isst), und dann hat sie vorgeschlagen, am Samstag ein paar BHs für mich zu kaufen, weil meine H&M-Bustiers inzwischen viel zu klein wären und nicht mehr genügend Halt bieten würden. Hat sie wirklich gesagt!!! Ich hab sie ziemlich geplättet angestarrt (ich mein, welche Mutter bringt es schon fertig, ihrer Tochter erst die zwei grässlichsten Lebensmittel der Welt anzubieten und ihr anschließend mitzuteilen, dass sie einen Hängebusen hat???), aber ehe ich noch etwas sagen konnte, hat sie mich schon mit einem verzückten »Ach, Julie, ich freu mich!« umarmt. »Pass auf, ich frag Papa, ob er Evchen nimmt, und dann machen wir uns einen richtigen Mädchentag, ja?« Mama hat mich angestrahlt wie ein Honigkuchenpferd und ich habe bei dem Wort »Mädchentag« die Augenbrauen hochgezogen, aber sie hat überhaupt nicht geschaltet. Dabei hätte ihr eigentlich selbst auffallen müssen, dass man mit fast sechsunddreißig nun wirklich kein Mädchen mehr ist. Aber bei ihr – keine Reaktion. Anschließend hat sie mit dem Madonna-Song »I'm a virgin« auf den Lippen mein Zimmer verlassen.[7] Wenn

♪ *J'm a virgin...* das nicht bezeichnend für einen Prä-Wechseljahre-Zustand ist, weiß ich auch nicht.

Als sie draußen war, habe ich mich entnervt auf mein Bett fallen lassen und überlegt, wie ich aus der Nummer wieder rauskomme, aber mir ist nichts eingefallen. Ich weiß, Scharina hält mich für bekloppt, weil sie BHs toll findet und schon seit anderthalb Jahren einen trägt, obwohl sie wirklich noch so gut

---

[7] *»I'm a virgin« heißt übersetzt »Ich bin eine Jungfrau« und mit Jungfrau meinte Madonna garantiert nicht ihr Sternzeichen.*

wie gar keinen Busen hat. Aber ich will keinen richtigen BH. Beziehungsweise will ich keinen Busen. Das heißt, natürlich will ich einen Busen, aber keinen so riesigen, wie ich anscheinend kriege. Und mir macht es auch nichts aus, dass ich noch nicht meine Tage habe. Das alles ist peinlich und schrecklich, und wenn, dann will ich überhaupt nur einen ganz kleinen, straffen Busen und keine gigantischen Milchdrüsen wie Mama. (Ich weiß, das ist unfair, weil Mama ja nichts dafür kann, dass ihr Busen seit der Schwangerschaft mit Otti noch größer geworden ist, aber trotzdem.)

Okay, ich kann mir vorstellen, was du denkst. Das klingt jetzt so, als ob ich a) irre prüde wäre und b) ein Problem damit hätte, erwachsen zu werden. Aber das stimmt nicht. (Gut, das mit dem Prüdesein vielleicht, aber das andere nicht.) Ein Stück weit fühle ich mich nämlich schon total erwachsen, manchmal sogar erwachsener als meine Eltern (was allerdings auch nicht sonderlich schwer ist).

Aber manchmal kommt es mir auch so vor, als ob alle anderen das mit dem Erwachsenwerden viel eiliger hätten als ich. Zum Beispiel Zehra und Uta aus unserer Klasse, die schon vierzehn sind und in der Pause heimlich auf dem Klo rauchen. Oder Franzi, die neuerdings Stringtangas trägt.[8] Von Hanna mit ihren Bergen von Schminke im Gesicht mal ganz zu schweigen.

---

[8] *Das sind die, die am Po nur noch ein dünnes Band haben. Scharina nennt sie abfällig »Ritzenputzer«, aber Franzi meint, wir hätten einfach keine Ahnung und die seien voll bequem.*

Okay, mir macht Schminken auch Spaß, aber Sophie hat mir neulich erzählt, dass in unserer Parallelklasse kein Mädchen mehr ungeschminkt zur Schule kommt. Und das ist doch auch nicht mehr normal, oder?

Oder doch? Oh, Mist. Vielleicht bin ich ja auch die, die nicht mehr ganz normal ist. Hanna hat ja früher schon mal so was angedeutet. Von wegen, dass ich ein Spätzünder sei. Was mich dann zu einem Spätzünder mit Atombusen machen würde. (Klingt, finde ich, nach einer Mutation aus einem Science-Fiction-Film: oben Fisselhaare, unten dicke Waden, in der Mitte Monsterbusen und das alles garniert mit einer riesigen Nase. Wahrscheinlich kriege ich demnächst auch noch Pickel. Oh!!!! Mein!!!! Gott!!!!)

Ganz ruhig, Julie. Du bist nicht hässlich. Ganz bestimmt nicht. Du bist nur ein bisschen schlecht drauf, weil Ben heute so merkwürdig reserviert war und sich gar nicht so richtig über die Italienreise-Idee seiner Mutter gefreut hat. Genau. Das ist es. Ben ist schuld. (Vielleicht hat Mumis Die-Männer-sind-an-allem-schuld-Theorie doch was für sich???)

Glaube, ich verkrieche mich jetzt mit Papas geheimem Pralinenvorrat (der war übrigens im Schuhputzregal versteckt) ins Bett. Ist unter den Umständen, dass man in einem Haushalt mit einer präwechseljahrehaften Mutter lebt und noch nicht alt genug ist, sich eine eigene Wohnung zu leisten, wahrscheinlich das Beste, was man machen kann!

18.43 Uhr.

Eigentlich wollte ich heute nichts mehr schreiben, aber eben hat mich Sophie wegen der Mathehausaufgaben angerufen und da ist mir Hannas Bemerkung über diese Neue in Bens Klasse wieder eingefallen – weil Fiete, Sophies Bruder, ja auch in die 9a geht. Also hab ich Sophie einfach mal danach gefragt, und wer sagt es denn ... sie war über die Neue voll im Bilde.

Anscheinend sieht diese Linea megagut aus. Nicht so wie Hanna auf diese Heidi-Klum-Art, sondern irgendwie cooler.

Sophie meinte, sie hätte ganz kurze weißblonde Haare und diese aufgeworfenen Lippen, die so aussehen, als hätte man die ganze Nacht geknutscht. Außerdem trägt sie laut Sophie die meiste Zeit eine uralte Leder-jacke und so eine Art Schlangenlederstiefel (??), spielt E-Gitarre und – jetzt kommt's – sie sitzt im Unterricht direkt neben Ben.

Warum hat er mir das nicht erzählt??

Schließlich erzählt er mir sonst ALLES, sogar, dass er neulich mit seinem Frosch zum Tierarzt musste, weil seine Mutter Heinz (den Frosch) aus Versehen in den Staubsauger gesaugt hat.

Objektiv gesehen gibt's dafür eigentlich nur zwei Erklärungen. (Dafür, dass er mir das mit Linea nicht erzählt hat, nicht für die Sache mit Heinz.)

Erklärung 1: Er hat es schlicht und einfach vergessen, weil er sich die Doppelnull für irgendwelche superlässigen E-Gitarre-

Spielerinnen in seiner Klasse interessiert, ob sie nun neben ihm sitzen oder nicht. Oder

Erklärung 2: Er hat es mir nicht erzählt, weil er befürchtet, dass ich vielleicht eifersüchtig reagieren könnte. Oder

Erklärung 3 (die mir gerade erst einfällt): Zwischen ihm und dieser Linea läuft irgendwas und ... Nein. Das ist natürlich Quatsch. Vergiss es.

Hmm ...

Ehrlich gesagt, klingt Erklärung 2 irgendwie plausibler als Erklärung 1. Ich mein, welcher Junge reagiert schon unbeeindruckt, wenn sich jemand wie Pink neben ihn setzt?[9]

Ach, Blödsinn. Ich mein, selbst wenn sie wie Pink aussieht. Schließlich sprechen wir hier von Ben, meinem Ben!!! Und ich bin nicht eifersüchtig! So weit kommt's noch. Außerdem hat das Ganze sowieso nur die fiese Hanna aufgebracht. Aber wenn sie denkt, dass ich ihr auf den Leim gehe, dann hat sie sich geschnitten! So einfach wie früher bin ich nämlich nicht mehr zu manipulieren! Pah, das wäre wirklich zu blöde! Ich, Julie Ahlberg, stehe über so was! Aber total!!!

---

[9] *Sophie meinte, so ähnlich sähe Linea nämlich aus, wie diese megacoole US-Sängerin Pink.*

Mittwoch, der 24. März

😊 **Höhepunkte**

1) Fiete (Er hat zwar keinen blassen Schimmer davon, aber er ist mein Höhepunkt des Tages. Definitiv!).

😠 **Tiefpunkte**

1) Lebensweisheit Nr. 1: Antworte deiner Mutter nie ehrlich auf die Frage, ob sie zu dick ist oder nicht, denn sonst könnte es sein, dass sie eine Diät beginnt. (Heute Mittag gab es drei Stangen Kohlrabi auf zwei Blättern Chicorée.

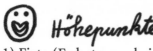

igitt!

Kannte vorher weder das eine noch das andere, weiß jetzt aber, dass beides scheußlich schmeckt. Habe beschlossen, mich nächste Woche abwechselnd bei Scharina, Sophie und Franzi zum Mittagessen einzuladen.)

2) Lebensweisheit Nr. 2: Gehe niemals mit deinem Vater und deinem Freund in einen Kinofilm, bei dem du nicht genau weißt, wovon er handelt, denn sonst passiert dir das, was mir eben passiert ist, und – glaub mir – das willst du nicht!!!

Habe soeben den unglaublichsten Nachmittag meines Lebens hinter mich gebracht. Eigentlich war ich mit Ben ins Kino verabredet, aber eine Viertelstunde bevor ich loswollte, hat Papa mich gefragt, ob wir heute nicht zusammen nach Planten und Blomen auf die Eisbahn wollen. Er hätte sich den Nachmittag extra dafür freigenommen.

Ich habe ihn ziemlich perplex angestarrt, schließlich ist er seit Monaten nicht mehr auf die Idee gekommen, mit mir etwas alleine zu machen, aber er hat nur gesagt, Monate sei das bestimmt nicht her, höchstens ein paar Wochen. Ha, ha, ha. Ich hab ihn streng angeguckt und da hat er eingelenkt.

»Ich weiß, Julie, ich hab dir nach dieser Sache mit Mamas Wochenbettdepression versprochen, dass ich mich nicht mehr so in meinen Job vergrabe, aber das ist alles nicht so einfach. Wenn du wüsstest, was bei uns los ist, seit dieser Unternehmensberater da war ...«

Ich hab aufgestöhnt, weil ich die Leier von dem Unternehmensberater schon kenne. »Hast du nicht letzte Woche erst behauptet, dass du im Büro im Moment kaum was zu tun hast?«

Papa hat meinen Blick seufzend erwidert. »Das ist ja genau das Problem. Wir haben zurzeit alle zu wenig zu tun, aber ich bin der Einzige, der nicht fest angestellt ist, und wenn mir die Stützstrümpfe platzen, dann ...«

Ich hab Papa verwirrt angesehen, weil ich ihn für eine Sekunde in platzenden Stützstrümpfen vor mir gesehen habe, aber er hat nur die Augen verdreht.

»Mit Stützstrümpfen meine ich die Kampagne für diese Sanitätshauskette. Das ist im Moment mein Hauptkunde, aber wenn uns der Auftrag auch noch wegbricht, dann könnte es eventuell sein, dass –«

»Dass was?«

Statt einer Antwort hat Papa nur den Kopf geschüttelt. »Lass uns ein andermal darüber sprechen, ja? Also, wie sieht's aus? Hast du Lust, mit deinem alten Vater schlittschuhtechnisch ein bisschen abzuhängen?«

»Äh, tja, eigentlich …«

Ich hab Mama einen Hilfe suchenden Blick zugeworfen, aber die war mal wieder mit Otti und ihrem Obstbrei beschäftigt und hat überhaupt nicht mitgekriegt, um was es gerade ging. (Und dabei hat sie mir mal gesagt, ich soll mir keine Sorgen machen, wenn Otti auf der Welt ist – sie wäre immer für ihre Große da. Ha, laughing out loud!)

Also hatte ich den Schwarzen Peter und musste Papa erklären, dass ich heute mit Ben verabredet wäre, um den neuen Film mit Brad Pitt zu gucken. Erst hab ich gedacht, jetzt kommt bestimmt wieder so ein blöder Satz à la »Tja, der Liebhaber geht natürlich vor« oder so (Papa ist nämlich ziemlich eifersüchtig auf Ben), aber das, was dann kam, war viel, viel schlimmer.

Papa hat nämlich nur betreten genickt und dabei etwas gemurmelt von wegen, wie viel Spaß wir früher auf der Eisbahn immer gehabt hätten, aber dass er natürlich Verständnis dafür hätte, dass ich etwas anderes vorhabe, und ich bin mir total mies vorgekommen. Vor allem, weil er dabei so wehmütig ausgesehen hat. Und auf einmal, keine Ahnung, wie das kam, hat sich mein Mund wie von selbst geöffnet: »Also wenn du Lust hast, kannst du gern mitkommen. Ins Kino, mein ich …«

»Du willst mich mit ins Kino nehmen? Und was ist mit Ben?«

Papa hat sich verdutzt zu mir umgedreht und ich hab die Schultern gezuckt.

»Der findet das bestimmt auch gut.«

Papa hat mit Mama einen Blick à la »Von wegen!« gewechselt und dann gelächelt.

»Das ist lieb von dir, Julie, aber ich glaube nicht, dass Ben von der Idee so angetan wäre.«

»Blödsinn. Meinetwegen kannst du wirklich gerne mitkommen.«

Im selben Augenblick hat es geklingelt und ich bin zur Tür gelaufen, um Ben reinzulassen. Kaum war er im Flur, hab ich ihn gleich gefragt, ob er etwas dagegen hätte, wenn mein Vater mitkäme, und das hatte er natürlich nicht. Okay, zuerst hat er gedacht, Papa würde uns nur hinfahren, und als er kapiert hat, dass Papa uns nicht nur hinfährt, sondern auch mit ins Kino kommt, hat er mir einen Blick nach dem Motto »Gott, Julie, muss das sein?« zugeworfen, aber den hat Papa zum Glück nicht bemerkt.

Auf dem Weg ins Kino war die Stimmung eigentlich ganz entspannt. (Mal abgesehen davon, dass Papa Ben zum hundertsten Mal erzählt hat, dass seine Schülerband früher »Ostzonensuppenwürfel machen Krebs« hieß, was er bis heute megawitzig findet, na ja, Geschmäcker sind halt unterschiedlich.) Aber an der Kinokasse haben wir dann dooferweise erfahren, dass der Brad-Pitt-Film schon ausverkauft war. Und deshalb hat Papa sich bei dem Typen am Ticketschalter erkundigt, was denn sonst noch so läuft. Woraufhin der nur mit gelangweilter Miene den Kopf geschüttelt hat.

»Der einzige Film, der gleich anfängt, ist »Herr der Liebe« in

Kino acht, aber ich glaub nicht, dass das was für Sie ist.«

»Ach, das glauben Sie nicht? Und warum nicht, wenn ich fragen darf?«

Ich hab Papa einen entnervten Blick zugeworfen, weil ich schon geahnt hab, was jetzt kommt. Papa hasst es nämlich, wenn jemand zu wissen meint, was ihm gefällt und was nicht. Weil er dann denkt, dass der andere ihn für einen Spießer hält. Und um dem anderen zu zeigen, dass er bestimmt kein Spießer ist, tut er dann immer genau das, wovon man ihm gerade abgeraten hat.

»Na ja, ich weiß nicht. Ich dachte alterstechnisch und so ...«

Der Mann am Ticketschalter hat Papa skeptisch gemustert, aber Papa hat seinem Blick standgehalten und eine Sekunde später hat der Kartenverkäufer resigniert die Achseln gezuckt.

»Hey, kein Stress. Ist ja Ihr Ding. Wenn Sie da unbedingt reinwollen ...«

Papa hat sich triumphierend zu uns umgedreht und gefragt, ob das für uns auch okay sei, woraufhin ich erwidert habe, dass der Titel in meinen Augen nicht gerade prickelnd klingt, aber Papa hat erklärt, dass Herr der Liebe die Verfilmung eines preisgekrönten Romans ist, der erst vor Kurzem einen wichtigen Jugendliteraturpreis bekommen hätte, und das müsste mich als angehende Schriftstellerin eigentlich interessieren.

»Also, ich denke, etwas Kultur kann uns allen nicht schaden. Oder, Ben?«

Papa hat Ben fragend angeguckt und der hat die Schultern gezuckt und gesagt, an ihm solle es nicht scheitern. Und damit war die Sache dann entschieden.

Im Kino acht, einem kleinen Schachtelkino, waren wir außer einem glatzköpfigen Mann mit einer Britney-Spears-Tätowierung im Nacken die einzigen Gäste. Das hätte mich eigentlich stutzig machen müssen, aber blöderweise hat mein angeborenes Warnsystem diesmal vollkommen versagt. Papa hat uns ein Eis und Popcorn spendiert, Ben hat mir zugeflüstert, dass es ihn nicht wundern würde, wenn Papa uns bei den spannenden Szenen auch noch die Hand vor die Augen hält, und dann haben wir alle zusammen Werbung raten gespielt, wobei Papa natürlich ständig gewonnen hat. (Lebensweisheit Nr. 3: Spiele nie mit einem Werbetexter Werbung raten!)

Das Popcorn war echt lecker und ich hab angefangen, mich richtig auf den Film zu freuen, aber dann war die Werbung plötzlich zu Ende und statt eines Vorspanns haben zwei Menschen miteinander Sex gehabt. In Großaufnahme. Erst hab ich gar nicht richtig begriffen, was da zu sehen war, aber als ich geschnallt hab, worum es geht, ist mir das Blut so heftig ins Gesicht geschossen, dass ich mir vorgekommen bin wie Mumi, wenn sie ihre Hitzewallungen hat. Ich hab mich zu Ben umgedreht und der hat ausgesehen, als ob er gleich kollabiert,[10] und dann hab ich mich zu Papa umgedreht und der hat so fassungslos auf die Leinwand gestarrt, als säße dort ein weißer Tiger mit Flügeln. Keiner von uns hat etwas gesagt, aber als die Sexszene endlich vorbei war, haben alle aufgeatmet. Ben hat sich zu mir rübergebeugt und leise gefragt, ob sich mein Vater wirklich sicher sei, dass das eine preisgekrönte Literaturverfilmung wäre, aber ehe ich Papa noch fragen konnte, kam schon die nächste Szene, in der ein Chinese in einem schwarzen Lederoutfit mit einem anderen Chinesen, der ziemlich wenig anhatte, Engtanz getanzt hat.

Ich war ganz erleichtert, dass jetzt wenigstens keine nackte Frau mehr zu sehen war, aber Papa ist so abrupt aufgestanden, dass die ganze Sitzreihe vor ihm gewackelt hat. Und dann hat er mit bebender Stimme gemeint, hier müsse es sich wohl um eine Verwechslung handeln und wahrscheinlich sei es das Beste, wenn wir das Kino so schnell wie möglich verließen.

»Julie, Ben, kommt ihr?«

»Ich komme!«

Ich hab mich irritiert zu Ben umgedreht, aber der Mann, der das gesagt hat, war gar nicht Ben, sondern der maskierte Typ von der Leinwand, der jetzt wie ein Schwerverletzter gestöhnt und zwischendrin immer wieder gerufen hat: »Ich komme! Ich komme gleich!«

---

[10] *Kollabieren heißt so viel wie einen Kreislaufzusammenbruch haben. Das sagen sie ganz oft in irgendwelchen Arztserien und ich fand das Wort eigentlich klasse, aber Scharina meint, allmählich würde das mit meiner Vorliebe für Fremdwörter doch nerven, und insofern versuche ich zurzeit, meinen Fremdwörter-Fetischismus etwas zu zügeln. Fetischismus bedeutet übrigens ... Egal.*

Neben mir hat Ben so ausgesehen, als ob ihm gerade übel wird, und ich hab mich gewundert, warum der Mann die ganze Zeit sagt, er käme, ohne zu sagen, wohin denn nun, aber ehe ich Ben danach fragen konnte, hat Papa mich so ruckartig am Ellenbogen hochgezogen, dass meine Popcorntüte in hohem Bogen durch die Gegend geflogen ist. Auf der Leinwand hat der Maskierte noch immer gestöhnt und gleichzeitig hat der Typ mit der Glatze vor uns »Scheiße! Wer war das?« gerufen, und erst in dem Moment hab ich gesehen, dass der Großteil von meinem Popcorn auf seinem Kopf gelandet war. »Ey, hast du sie noch alle? Suchst du Streit, oder was??« Der Typ mit der Glatze hat sich vor Papa aufgebaut wie das Monster in diesem bekloppten Film, den Oliver auf der Klassenreise mithatte. Ich hab vor lauter Schreck das Atmen vergessen und Papa hat ausgesehen, als ob er gar nicht glauben kann, was gerade passiert, und dann hat er dem Mann ganz höflich gesagt, dass es ihm leidtäte, aber im selben Augenblick hat der Typ mit dem Britney-Spears-Tattoo im Nacken schon ausgeholt und Papa einen rechten Haken verpasst. Und was für einen. Whom! Papas Nase hat beim Aufprall richtig geknackt! Ich hab aufgeschrien und Papa hat fassungslos auf das Blut gestarrt, das aus seinen Nasenlöchern lief. Eine Sekunde später hat der Glatzkopf Papa erneut am Hemdkragen gepackt, aber ehe er ein zweites Mal zuschlagen konnte, ist Ben über die Sitzreihe gehockt. Papa hat noch gebrüllt »Nein, nicht!«, aber da hatte Ben den Typen schon von hinten angesprungen und ab da ging alles tierisch schnell.

Ben und der Mann haben kurz miteinander gerungen, aber dann hat man plötzlich ein ersticktes »Ahhhh!« gehört, und als Nächstes hab ich gesehen, dass der Mann mit dem Tattoo Bens Kopf im Schwitzkasten hatte. Bens Gesicht ist puterrot geworden, weil der Typ so fest zugedrückt hat, und ich hab gar nicht mehr nachgedacht, sondern mich einfach auf den Glatzkopf raufgestürzt.

»Julie, nein!«

Der Mann hat nach mir getreten und Ben hat mir keuchend zugerufen, dass ich abhauen soll, aber in derselben Sekunde hat Papa mich von hinten schon zur Seite geschoben. Und dann hat er ausgeholt und dem Glatzkopf mit der Linken einen verpasst. Whommm! Volltreffer! Der Typ ist in sich zusammengesunken wie eine Ziehharmonika.

Ben ist unsanft auf dem Boden gelandet, wo er sich hustend seinen Hals gehalten hat, und während Papa Ben aufgeholfen hat, hab ich erleichtert gedacht, dass es das jetzt gewesen ist. Aber denkste!

Das, was dann kam, war echt wie im Film! Auf einmal hat sich der Typ an der Rückenlehne seines Vordersitzes wieder hochgezogen – und ist wie in Zeitlupe über die Sitzreihe gestiegen und auf mich zugekommen und Papa hat kein Stück gemerkt, weil er noch mit dem hustenden Ben beschäftigt war.

Ich bin immer weiter zurückgewichen und hab dabei leise »Papa!« gefiept. Und noch mal »Papa!«. Mehr ist einfach nicht rausgekommen. Der maskierte Chinese auf der Leinwand hat inzwischen so doll gestöhnt, dass man gedacht hat, er kriegt gleich eine Herzattacke, aber irgendwie muss Papa mein Gefiepe trotzdem gehört haben, denn plötzlich hat er sich zu mir umgedreht, und als er gesehen hat, was los war, hat er sich blitzschnell gebückt und einen Gegenstand vom Boden aufgehoben.

In dem Moment hatte der Tattoo-Typ mich schon erreicht und gepackt und in meinem Schultergelenk hat es wie wild geknackt und kurzzeitig hab ich gedacht, das war's jetzt, der Typ lässt mich nie wieder los, doch auf einmal hat Papa ausgeholt und ihm mit einer leeren Bierflasche von hinten eins übergezogen.

Wumms! Der Glatzkopf ist mit einem Stöhnen zusammengesunken, Papa hat »Raus hier! Aber schnell!« gebrüllt, Ben hat meine Hand gegriffen und weg waren wir.

Was für ein Nachmittag!
Auf dem Nachhauseweg im Auto hat keiner von uns viel geredet, aber zur Verabschiedung hat Papa Ben die Hand gedrückt und »Danke« gesagt und Ben hat geantwortet: »Da nicht für«.
Na und als Papa dann im Haus war, hat Ben mich angegrinst und gemeint, dass er gar nicht gewusst hätte, dass mein alter Herr so eine starke Linke hätte.
Ich hab erwidert, dass ich auch nicht gewusst hätte, dass er, Ben, so ein Ringer-Talent sei, woraufhin er geantwortet hat,

dass ich noch so einiges nicht von ihm wüsste. Und dabei hat er so verschmitzt gelächelt, dass mir ganz heiß im Bauch geworden ist und ich plötzlich wieder an diese Linea denken musste.

Also hab ich ihn kurz entschlossen nach ihr gefragt und zum Glück war das genau die Frage, die dafür gesorgt hat, dass mein Tag doch noch richtig gut geworden ist. (Siehe auch Höhepunkte …) Was mal wieder beweist, dass nichts nur doof ist, sondern alles auch was Gutes hat.

Ben hat nämlich gemeint, dass Linea ganz nett zu sein scheint, aber so genau wüsste er das nicht, weil Fiete sie die ganze Zeit komplett in Beschlag legen würde.

»Fiete?«

Ich hab Ben verdutzt angeguckt und er hat seufzend die Augen verdreht.

»Der steht total auf sie. Aber sag's nicht weiter, okay?«

»Heiliges Ehrenwort.«

Ich weiß, es ist blöd, aber mir ist echt ein Stein vom Herzen gefallen, als ich das von Fiete und dieser Linea gehört habe. Eine Sorge weniger. Und was den Glatzkopf anbelangt … Realistisch betrachtet, sehe ich ihn wahrscheinlich nie im Leben wieder, schließlich ist Hamburg eine Großstadt. Und außerdem fahren wir in ein paar Tagen ohnehin erst mal nach Italien! Yippie!!!

Muss bei Italien immer an Romeo und Julia denken. Stelle mir vor, dass Ben unter dem Balkon meines Zimmers steht und das Lied singt, das er letztes Jahr für mich geschrieben hat.

Julie, my love for you is bigger than a house, bigger than a street, bigger than a town ...

Und dann baden wir im Meer, während Sternschnuppen auf uns herabregnen, und ich sehe in meinem neuen Bikini total schlank aus und anschließend trägt er mich aus dem Wasser an den Strand, wo wir Unmengen von Spaghetti Carbonara essen, während über uns der Mond  scheint. Ja! Das wird bestimmt soooooo romantisch! (Wobei – ich glaub, das Ferienhaus von Bens Eltern hat nur eine Terrasse. Und sterben bei Romeo und Julia am Schluss nicht alle? Egal. Hauptsache, Ben ist da! Und es gibt Spaghetti Carbonara ...)

Donnerstag, der 25. März

☺ *Höhepunkte*

1) Gestern Nacht ist mir noch eingefallen, dass Julias Beine bestimmt nicht so kalklattenweiß wie meine waren. Muss mir unbedingt eine Flasche Selbstbräuner kaufen! So kann ich definitiv auf keinem Balkon stehen!!!

☹ *Tiefpunkte*

1) Hubsi (du erinnerst dich, Hubertus Klewenhagen, der Neue aus Bayern) hat mich gestern in der Schule zu seiner Geburtstagsfeier eingeladen. Die Einladung war auf Büttenpapier mit Goldrand gedruckt!!!! Kannst du dir das vorstellen? Wusste sofort, dass ich nicht hingehen werde, war aber ausredetechnisch aus unerfindlichen Gründen (Falsch verstandene Höflichkeit? Spontane Gehirndemenz?) völlig paralysiert[11] und habe infolgedessen nur ein dämliches »Danke« rausgebracht. Insofern bleibt wohl nur noch eine kurzfristige Absage wegen Krankheit. Ahhh! Ich hasse das!

6.44 Uhr morgens.

Papa hat mich eben vorm Badezimmer abgefangen und gebeten, Mama nichts von der Sache mit dem Glatzenmann zu er-

---

[11] *Paralysiert = gelähmt, eines meiner Lieblingswörter. Scharina meint, ich würde es ständig benutzen, aber ich merke das immer gar nicht.*

zählen, weil sie sich sonst bestimmt nur wieder unnötig aufregen würde.[12] Habe einen Blick in die Küche geworfen, wo Mama gerade einen hysterischen Anfall bekommen hat, weil Otti sich fast einen Geschirrspültab in den Mund gesteckt hätte, und Papa dann versprochen, dass das klargeht. Mama ist, was mögliche Gefahren anbelangt, auch so schon panisch genug. Hat man mal keine Hausschuhe an, wittert sie gleich eine Nierenbeckenentzündung. Mindestens. Und was sollte ich ihr auch erzählen? Dass Papa Ben und mich in eine Literaturverfilmung geschleppt hat, die sich leider als Pornofilm entpuppt hat, und ich dort einen stiernackigen Glatzkopf mit Popcorn beschmissen habe, der Papa daraufhin fast die Nase gebrochen hat? Das glaubt sie uns doch sowieso nie.

13.50 Uhr. Nach der Schule.

Jetzt weiß ich, warum Ben gestern auf Papas Frage, ob er sich auch schon auf Italien freut, so komisch reagiert hat. Scheiße, Scheiße, Scheiße!!! Hab ich gestern wirklich geschrieben, dass nichts nur doof ist und alles auch was Gutes hat? Wie blöd kann man sein! Das ist alles so unfai- Oh, das Telefon klingelt. Vielleicht Ben ...

---

[12] *Das Missständnis mit dem Film gestern hat sich übrigens aufgeklärt. Papa dachte, es handele sich um den Herrn der Diebe, eine preisgekrönte deutsche Jugendbuchverfilmung über eine Bande jugendlicher Diebe in Venedig. In Wahrheit handelte es sich bei dem Herrn der Liebe aber um eine preisgekrönte japanische Erotiktragödie über einen schwulen Japaner in Tokio. (Lebensweisheit Nr. 4: Merke, Chinesen und Japaner sehen sich erstaunlich ähnlich.)*

13.58 Uhr.

Mist. Das eben war nicht Ben, sondern Scharina, die Liebeskummer wegen Jannick hat. Oder besser gesagt wegen seines Vaters. Herr Kleinhardt (also Jannicks Vater) hat nämlich heute früh beim Fegen seines Balkons eine Zigarettenkippe mit Lippenstiftresten gefunden und nun glaubt er, dass Scharina heimlich bei ihm raucht. Ist das zu fassen? Anscheinend war Schari die Einzige, die außer Jannick und ihm und einer geheimnisvollen Frau, für die er die Hand ins Feuer legen würde, in letzter Zeit bei Kleinhardts zu Hause war und damit ist die Beweisführung für ihn abgeschlossen.

Schari meinte, sie hätte überhaupt keine Chance gehabt zu sagen, dass sie noch nie in ihrem Leben eine Zigarette in der Hand gehabt hat, weil Jannicks Vater am Telefon gleich losgebrüllt hätte. Von wegen, dass mit den Mathe-Nachhilfestunden, die Jannick ihr gäbe, jetzt endgültig Schluss sei, weil heimliches Rauchen nicht nur schädlich, sondern auch ein massiver Vertrauensbruch sei und er daher in ihr keinen geeigneten Umgang mehr für seinen Sohn sähe, und so weiter und so weiter.

Was für ein ~~Riesenar...~~ Blödmann! [13] Schließlich gibt Scharina Jannick Mathe-Nachhilfe und nicht umgekehrt! Aber das ver-

---

[13] *Versuche im Moment, nicht mehr ganz so oft Scheiße und Co. zu sagen, weil Mama am Wochenende eine neue Regel eingeführt hat. Seit Samstag muss jeder, der ein Schimpfwort sagt, fünfzig Cent in die Urlaubskasse einzahlen. Zurzeit befinden sich in der Urlaubskasse bereits zwei Euro fünfzig. Natürlich ausschließlich von mir. Wenn das so weitergeht, kann ich das mit dem Laptop, auf den ich spare, endgültig vergessen.*

drängt Jannicks Vater nur zu gerne. Wahrscheinlich passt Schari einfach nicht in sein Denkschema. Dass ein Mädchen mit einem polnischen Nachnamen, schwarz lackierten Fingernägeln und einer pinken Haarsträhne intelligenter sein könnte als sein wundervoller Sohn, ist in seinem Kopf anscheinend nicht vorgesehen. Dabei könnte sich Jannick ohne Schari in Mathe glatt einsargen lassen.

Habe eben mit Scharina verabredet, dass ich gleich bei ihr vorbeikomme. Um Schokoladenkuchen zu backen. Einen mit Abführmittel für Jannicks Vater und einen ohne für uns – zum Frustessen. Das haben wir beide nämlich dringend nötig. Ich allerdings nicht wegen Jannicks Vater, sondern wegen etwas anderem.

Genauer gesagt, wegen etwas ganz **SCHRECKLICHEM**, das ich immer noch nicht richtig fassen kann!

Heute hatten wir zur Zweiten, das heißt, ich hab Ben auf dem Schulweg nicht gesehen. In Mathe habe ich mich dann wieder daran erinnert, dass Ben gestern ja noch irgendetwas wegen der Italienreise mit mir besprechen wollte. Also bin ich in der großen Pause zu unserem Geheimplatz hinter der Turnhalle gelaufen und da war er dann auch. Hockte auf der Bank und hat unglücklich an den Ginsterbüschen herumgezupft.

»Hi! Alles in Ordnung?«

»Klar. Na ja, nicht ganz ...«

Ich hab ihn fragend angeguckt, aber statt einer Antwort hat Ben mich zu sich herangezogen und so geküsst, als gäbe es kein Morgen. Nach zehn Sekunden haben sich meine Beine angefühlt, als wären sie aus Schokoladenpudding, nach zwanzig Sekunden hat sich mein Gehirn in eine undefinierbare Masse verwandelt und nach einer Minute wusste ich nicht mehr, wo oben und unten ist. Unglaublich! Denke, Ben könnte gut bei dieser Zaubershow auftreten, in der sie Uri Gellers Nachfolger suchen. Nach dem Motto »Und nun werde ich dieses Mädchen, das in ihrer letzten Bio-Arbeit immerhin eine Eins minus geschrieben hat, mit einem einzigen Kuss in ein waberndes Intelligenzvakuum verwandeln!«

Nach fünf Minuten Dauerküssen war echt nicht mehr viel von mir übrig, aber irgendwann musste ich aus Luftmangel eine Pause einlegen und da ist mir dann wieder eingefallen, was ich ihn eigentlich fragen wollte.

»Äh, Ben, wolltest du nicht noch was mit mir besprechen? Wegen Italien?«

Ich hab ihn ein Stück von mir weggeschoben, aber das wäre gar nicht nötig gewesen, denn bei dem Wort »Italien« ist Ben schon von ganz allein von mir abgerückt.

»Ja, ich weiß ...«

Ich hab mich gewundert, warum er plötzlich so verlegen ausgesehen hat, aber ehe ich noch mal nachhaken konnte, hat er sich schon geräuspert.

»Tja, also wegen Italien ... Ich hab da noch mal drüber nachgedacht. Zeitlich gibt's da eventuell ein Problem. Weil wir doch gleich am Freitag nach Ostern bei diesem Schülerband-Wettbewerb mitmachen und dafür noch ziemlich viel proben müssen und ...«

»Und?«

Ben hat sich am Kopf gekratzt und ich war etwas irritiert, weil ich nicht begriffen hab, worauf er hinauswollte. Aber dann hat er mich unsicher angeguckt und gemeint, dass er Ostern doch besser hierbleiben würde.

»Ich weiß, das ist für dich echt ätzend, aber ich kann Fiete, Steffen und Marc nicht so einfach hängen lassen! Wo die sowieso schon so genervt davon sind, dass ich dauernd mit dir zusammen bin und deswegen nicht mehr so viel Zeit für die Band habe ...«

»Moment. Nur damit ich das richtig verstehe, du willst lieber hierbleiben, als mit mir nach Italien zu fahren???«

Ich hab Ben fassungslos angestarrt und auf einmal hat er genauso unglücklich ausgesehen wie ich.

»Nein. Eigentlich würde ich ja gerne fahren, aber ... Wenn ich den anderen die Chance bei dem Wettbewerb versaue, wäre das echt fies. Da gibt's immerhin fünfhundert Euro Preisgeld. Davon könnten wir uns neue Verstärker kaufen. Und außerdem stand auf dem Flyer, dass da auch ein echter Musikproduzent in der Jury sitzt, und na ja, das wäre schon eine große Chance ...«

Ben hat schluckend abgebrochen und vor meinem inneren Auge habe ich einen kopfschüttelnden Dieter Bohlen gesehen, der den Fans gerade bedauernd mitteilt, dass die Band, die den Preis am meisten verdient hätte, nicht auftreten kann, weil die Freundin des Bandleaders unbedingt nach Italien wollte. Na, vielen Dank auch!!!

»Tja. Dann hast du dich also quasi schon entschieden ...«

Ich hab versucht, so cool wie möglich zu klingen, aber so richtig hab ich das anscheinend nicht geschafft, denn Ben hat mich mit seinen großen blauen Augen ganz verzweifelt angeguckt.

»Kannst du das nicht verstehen? Das ist echt wichtig für mich.«

Ehrlich gesagt, hätte ich ihm am liebsten entgegengeschleudert »Nein, das kann ich ganz und gar nicht verstehen!«, aber da ich erwiesenermaßen unter einer Art zwangsneurotischer Harmoniesucht leide (O-Ton Mumi), habe ich nur ein vernuscheltes »Doch, klar ...« herausgepresst.

Anschließend habe ich gemerkt, dass Ben mich noch immer abwartend angeguckt hat, so als ob mein »Doch, klar ...« nicht gereicht hätte. Also hab ich ein knappes »Wenn das dir so wichtig ist, dann musst du eben hierbleiben!« hinterhergeschoben. Allerdings muss mein Tonfall dabei etwas gereizt geklungen haben, denn statt einer Antwort hat Ben nur geseufzt.

»Okay, ich hab's verbockt. Und jetzt bist du sauer auf mich.«

Innerlich hab ich gedacht, sauer ist gar kein Ausdruck, aber nach außen hab ich versucht, cool zu bleiben. Schließlich will ich nicht der Typ Freundin sein, der herumheult, nur weil ihr Freund sich für seine Band entscheidet und nicht für sie.

»Bin ich nicht! Sauer meine ich. Und außerdem ...«

Ich hab fieberhaft nach einer Ausrede gesucht, um meine Würde zu wahren, ein bisschen Stolz hab ich schließlich auch noch, aber mir ist partout keine eingefallen. Ben hat schon ganz komisch geguckt, also hab ich einfach meinen Mund aufgemacht und gehofft, dass da schon irgendetwas halbwegs Vernünftiges rauskommen wird.

»... und außerdem wollte ich dir gerade dasselbe sagen. Mit Italien, mein ich.«

»Wolltest du?« Das verdutzte Gesicht, das Ben gemacht hat, war es wert!

»Ja. Ich kann nämlich auch nicht mitkommen. Wegen meiner Eltern.«

»Wieso? Was ist denn mit denen?«

Gute Frage! Wenn mir darauf nur irgendeine Antwort eingefallen wäre.

Ben hat mich verwirrt angeguckt und ich hab (in Anbetracht der Umstände ziemlich lässig, wie ich fand) die Schultern gezuckt.

»Tja, die können nicht. Aus beruflichen Gründen. Ist natürlich schade. Aber was soll man machen.«

Während ich mich selbst über meine spontanen Schauspielkünste gewundert habe, hat Ben mich noch immer ungläubig angestarrt.

»Aber deine Mutter hat meine Mutter doch gestern Abend noch gefragt, ob's in dem Haus in der Toskana ein Babybett für deine Schwester gibt.«

»Wirklich? Na ja, gestern Abend wusste sie ja auch noch nicht, dass ...«

»Dass?«

Ben hat mich verwirrt angeguckt und mir ist nicht das Geringste eingefallen, was ich darauf erwidern könnte. Schließlich hat sich Mama für Otti wirklich schon um ein Babybett gekümmert, aber ich hätte mir lieber die Zunge abgebissen, als Ben das zu sagen. Also hab ich meiner Fantasie einfach freien Lauf gelassen.

»... dass sie Karfreitag arbeiten muss. In der Buchhandlung. Und Ostersonntag auch.«

»Karfreitag UND Ostersonntag? Welche Buchhandlung hat denn an den Feiertagen offen?«

Ben hat mich noch verwirrter als eben schon angesehen und im selben Moment ist mir Mamas Kollegin mit ihrem Wasserrohrbruch zu Hause eingefallen. Und dann hab ich Ben erzählt, dass sie bei Groth heute früh einen Wasserrohrbruch gehabt hätten und nun müssten meine Mutter und ihre Kolleginnen über Ostern antanzen, um den Schaden aufzunehmen und die neuen Bestellungen vorzubereiten und so weiter.

»Oh, Shit. Das ist ja ätzend.«

Ben hat mich mitfühlend angesehen und ich hab geseufzt.

»Und ob. Morgen muss Mama erst mal alle möglichen Föhne

besorgen, damit sie die Bücher trocken föhnen können ...«
Kurzzeitig habe ich befürchtet, dass das mit dem Föhnen vielleicht ein bisschen zu dick aufgetragen war, aber zum Glück hat Ben nicht weiter nachgebohrt, sondern nur gemeint, dass sie bei seinem Vater in der Firma neulich auch einen Wasserrohrbruch gehabt hätten.

»Ist ziemlich nervig, so was. Aber wenigstens hat das Ganze auch was Gutes. Wenn du sowieso nicht fährst, muss ich kein schlechtes Gewissen mehr haben, weil ich hierbleibe! Oh, Mann!! Wenn ich das den Jungs sage, springen die bestimmt vor Freude in die Luft.«

»Mhm. Wahrscheinlich ...«

Ben hat ziemlich erleichtert ausgesehen, aber ich hatte einen ganz bitteren Geschmack im Mund, was bei mir immer das erste Anzeichen dafür ist, dass ich gleich in Tränen ausbreche. Und deswegen hab ich Ben gesagt, dass ich jetzt schleunigst wieder in meine Klasse muss, weil der Clausen immer einen Schreikrampf kriegt, wenn man auch nur eine Sekunde zu spät kommt. Und dann bin ich aufgestanden und gegangen.

Nach Schulschluss hab ich nur noch gesehen, wie Steffen, Marc und Fiete Ben bei den Fahrradständern abgeklatscht haben. Tja, so viel also zum Thema Band oder Julie. Bens Entscheidung war da ziemlich eindeutig, würde ich sagen.

Kann's noch immer nicht fassen. Habe eben anderthalb Stunden lang die CD gehört, die Ben mir mit seinen Lieblingssongs gebrannt hat, und fühle mich noch immer wie geschreddert.

Schari hat eben noch mal angerufen und gefragt, ob ich eine Tafel Schokolade mehr mitbringen kann (in ihrem Rezept für Schokokuchen sind vier Tafeln Vollmilch vorgesehen und nicht drei, wie wir gedacht haben), aber als sie gemerkt hat, wie schlecht ich gerade drauf bin, hat sie vorgeschlagen, dass wir uns das mit dem Backen schenken und lieber gleich zur Schokolade übergehen. Ist sie nicht toll?? Schari ist wirklich meine **aller-, allerbeste Freundin!!!!!!!!!!!!!**

Freitag, den 26. März

Höhepunkte

1) Keine.

 **Tiefpunkte**

1) Morgen ist der BH-Kauf.

2) Hatte beim Aufwachen gehofft, ich hätte das gestrige Gespräch mit Ben nur geträumt, aber als ich mein nass geheultes Kissen gesehen hab, bin ich unsanft auf den Boden der Tatsachen zurückgeplumpst, der leider wie folgt aussieht: a) Ben will nicht mit mir nach Italien fahren und b) ich habe ihn angelogen und gesagt, dass wir auch nicht fahren, weil ich nicht so rüberkommen wollte wie eine doofe sitzen gelassene Tussi, wobei der Gipfel von dem Ganzen ist, dass ...

3) ... Mama und Papa noch gar nichts davon wissen. Schluck.

7.03 Uhr. Kurz vorm Frühstücken.

In fünf Minuten muss ich meinen Eltern eröffnen, dass wir über Ostern doch nicht nach Italien fahren. Etwas, das in Anbetracht der Tatsache, dass Mama sich gestern eine komplette neue Urlaubsgarderobe mitsamt drei Reiseführern über die Toskana gekauft hat, nicht gerade einfach werden dürfte. Wäre zurzeit gern jemand anderer, aber Mumi sagt immer: »Je eher da ran, desto schneller davon.« Also gehe ich jetzt in die Küche und klär das Ganze. Wünsch mir Glück!

7.28 Uhr.

Ha, wer sagt's denn?! Das eben ist gar nicht so schlecht gelaufen! Zuerst wusste ich nicht so richtig, wie ich anfangen sollte, aber dann bin ich einfach mit der Tür ins Haus gefallen und habe erklärt, dass wir den Toskana-Urlaub leider absagen müssen. Papa hat seine Zeitung umgeblättert und dabei »Das ist schön, Julie ...« gemurmelt (Hab ich schon erwähnt, dass er einem morgens nie zuhört?), aber Mama hat natürlich gleich geschaltet. Sie hat abrupt aufgehört, mit Otti »Hoppe, hoppe, Reiter« zu spielen, und mich stattdessen angesehen, als hätte ich ihr gerade eröffnet, dass ich mir ein Zungenpiercing stechen lassen will. Ich hab mich nicht getraut, ihren Blick zu erwidern, aber das musste ich auch gar nicht, denn Otti hat vor lauter Empörung über das abgebrochene Spiel ihre Breischale umgekippt und da war die Stimmung dann erst mal auf dem Höhepunkt. Mama hat genervt einen Lappen geholt, ich hab ihr geholfen, den Tisch sauber zu wischen, und sie hat seufzend den Kopf geschüttelt.

»Was erzählst du denn da, Julie? Das ist doch Blödsinn. Ich hab schon zugesagt und Bens Eltern rechnen fest damit, dass wir mitkommen.«

»Ich weiß. Tut mir leid, aber wir können trotzdem nicht fahren. Ich war gestern bei Ben und ... Es geht einfach nicht!«

Otti hat noch immer gebrüllt und ich hab gespürt, dass mir gleich wieder die Tränen in die Augen schießen, aber ehe Mama noch nachfragen konnte, hat Papa mit einem »Könnte mir vielleicht mal jemand einen Kaffee geben?« hinter seiner Zeitung hochgeguckt und da hat Mama ihm den feuchten Wischlappen einfach auf den Teller gefeuert.

»Herrgott, Reiner, hast du überhaupt gehört, was deine Tochter gerade gesagt hat?«

»Was?«

Papa hat die brüllende Ottilie verwirrt gemustert, und während Mama stöhnend die Augen verdreht hat, hab ich noch mal wiederholt, dass wir nicht mehr nach Italien fahren können, so laut, dass es diesmal auch Papa verstanden hat. Für einen Moment waren alle still, selbst Otti, und diesmal war Papa echt gut. Vielleicht war das auch sein Dankeschön, dafür, dass ich Mama nichts von dem tätowierten Glatzkopf erzählt habe, auf jeden Fall hat er nicht mit der Wimper gezuckt, sondern mich nur prüfend gemustert.

»Okay. Und warum nicht? Gestern hast du dich doch noch total darauf gefreut. Ist es wegen Ben? Habt ihr euch gestritten?«

»Nein, nicht wirklich. Es ist nur ... Ihr versteht das nicht ...«

Während Mama und Papa mich besorgt angesehen haben, habe ich plötzlich gemerkt, dass mir eine Träne über die Wange gelaufen ist und dann noch eine, und als Nächstes konnte ich nichts mehr sehen, weil Mama mich schon zu sich herangezogen hat.

 »Ach, Mäuschen. Was ist denn bloß los? Mein kleines, armes Wurzelgemüse!« [14]

---

[14] *Wurzelgemüse nennt Mama mich immer, wenn sie gerade einen Liebesanfall hat. Habe schon x-mal versucht, es ihr abzugewöhnen, aber seit ich erfahren habe, dass Sophies Mutter Sophie manchmal »Hängebauchschweinchen« nennt, wenn sie alleine sind, finde ich »Wurzelgemüse« gar nicht mehr so schlimm.*

Ich hab mich in Mamas Arme gekuschelt, und als ich wieder hochgeguckt habe, hab ich gesehen, wie Mama Papa lautlos das Wort »Liebeskummer« zugeflüstert hat, und dann hat Papa sich geräuspert und vollmundig verkündet, dass das gar so keine schlechte Idee sei, die Toskana-Reise abzusagen, weil das Ganze eh recht teuer geworden wäre und er eigentlich ohnehin etwas anderes zu Ostern geplant hätte. Etwas Familieninternes, sozusagen eine Vater-Tochter-Intensivkur.

»Du meinst so etwas, was man gegen Schuppen nimmt?«

Ich hab Papa unter Tränen angelächelt und er hat mit den Augen gezwinkert und dann gesagt, dass das eine Überraschung werden würde und ich mir über Italien keine Gedanken mehr machen solle, denn das würden sie mit Maike und Stefan, also Bens Eltern, schon geregelt kriegen.

»Oder was meinst du, Geli?«

Mama hat noch mal schwer geseufzt und ich hab gemerkt, dass sie gerade an ihren neuen Badeanzug gedacht hat, aber dann hat sie mich wieder an sich gedrückt. »Papa hat vollkommen recht. Mach dir deshalb keine Sorgen, in Ordnung?«

Ich hab den Kopf geschüttelt und Papa hat gesagt, jetzt müsste ich aber schnell meine Sachen packen, damit ich nicht noch zu spät zum Unterricht komme, und dann hat er mir noch einen Kuss auf die Stirn gedrückt. Und das war's.

Puhhhhh! Das hätte auch richtig ins Auge gehen können!!!!

Komisch nur, dass ich trotz aller Erleichterung gleichzeitig immer noch traurig bin. Wahrscheinlich weil es jetzt endgültig ist.

Sozusagen mit Brief und Siegel.

Wir fahren nicht mehr nach Italien.

Keine Spaghetti Carbonara!

Keine Sonne!

Kein Meer!

Keine Sternschnuppen!

Keine Romeo-und-Julia-Szene mit Ben unter dem Balkon.

Stattdessen eine wie auch immer geartete Schuppen-Kur mit Papa. Auch was Schönes. (Ha, ha, ha.)

14.56 Uhr. Nach der Schule.

Unglaublich, aber wahr. Es geht mir ein klitzekleines bisschen besser!

Eigentlich hatte ich heute überhaupt keine Lust, mit Ben nach der Schule nach Hause zu fahren, weil ich gedacht hab, dass mich das bestimmt nur wieder traurig macht, aber dann hat Ben gar nicht über die geplatzte Italienreise geredet, sondern mich stattdessen gefragt, ob ich mir vorstellen könnte, als Sängerin bei **Blacksheep** (so heißt seine Band, die Schwarzen Schafe, nur auf Englisch) mitzumachen. Unfassbar, oder? Ich war total perplex, weil ich mit so was überhaupt nicht gerechnet habe, aber Ben hat bis über beide Ohren gegrinst und dann gemeint, na, da freue er sich doch, dass seine Überraschung geklappt hätte. (Keine Ahnung, was die Männer und Jungs in meiner Umgebung auf einmal mit ihren Überraschungen haben. Erst Papa und jetzt Ben. Na, egal ...)

Ich hab geantwortet, dass ich gar nicht gewusst hätte, dass die Schwarzen Schafe überhaupt eine Sängerin suchen, und Ben hat gemeint, dass ihm die Idee auch erst gestern Abend gekommen wäre. Das mit Italien hätte ihn so irre genervt, dass er die ganze Zeit überlegt hätte, wie er das wiedergutmachen könnte, und da ist ihm dann das mit der Sängerin eingefallen.

»Wenn du bei uns in der Band wärst, könnten wir uns über Ostern wenigstens die ganze Zeit sehen. Auch wenn wir nicht nach Italien fahren, verstehst du? Voll der Hattrick!«

Ben hat mich verzückt angestrahlt und für einen Augenblick hat er mich mit seiner Begeisterung richtig angesteckt. Aber dann habe ich erst so richtig geschnallt, was er gerade gesagt hat, und da hat mein Magen prompt zu rumoren angefangen. Ich mein, nicht, dass ich nicht singen könnte oder so. In Musik hatte ich bisher immer eine Zwei und in der Fünften war ich auch mal ein Jahr im Chor, aber eine echte Rockband – das ist ja nun wirklich etwas anderes.

Ich hab Ben zögernd gesagt, dass ich gar nicht weiß, ob ich wirklich so gut singen kann, aber er hat nur gemeint, ich hätte bestimmt eine tolle Stimme.

Mhm.

Erinnere mich dunkel, dass Papa meine Stimme mal mit der eines halskranken Esels verglichen hat. Und letztes Jahr hat er mir einen Euro angeboten, wenn ich aufhöre, unter der Dusche »Last Christmas, I gave you my heart« zu singen. Okay, Papa hat eine grundsätzliche Abneigung gegen

Weihnachtlieder und die Dusche verzerrt das natürlich auch ziemlich doll, aber trotzdem ...

Was die ganze Geschichte noch zusätzlich schwierig macht, ist, dass Bens bester Freund Fiete, der bekloppte Marc und Steffen, der neue Keyboarder, Bens Idee mit der Sängerin zwar gut finden, aber dass sie dafür gleich ein richtiges Casting veranstalten wollen. Der bekloppte Marc ist nämlich felsenfest davon überzeugt, dass sie bei dem großen Schülerband-Wettbewerb am Freitag nach Ostern bei uns an der Schule nur Chancen haben, wenn sie eine Top-Interpretin finden. Laut Ben haben Marc und er sich gestern Abend am Telefon deswegen sogar richtig gestritten. Weil Ben das mit dem Casting für völlig überflüssig hält. Aber Marc ist trotzdem hart geblieben und hat gesagt, entweder es findet nächsten Dienstag ein richtiges Vorsingen mit allem Drum und Dran statt oder Ben kann das mit der Sängerinnen-Idee vergessen.

Ben hat mich gefragt, ob ich ein Problem mit einem Casting hätte, und dabei hat er ganz besorgt ausgesehen, aber ich hab ziemlich lässig erwidert, dass das in meinen Augen nur fair wäre. Wenn ich wirklich als Leadsängerin in einer Band singen sollte, will ich das schließlich auch aus eigener Kraft geschafft haben und nicht mit Vitamin B.

Oh, Mann, wie das klingt! Leadsängerin!! Kann mir das noch überhaupt nicht vorstellen!!! Aber wer weiß. Madonna hat schließlich auch mit dreizehn angefangen. Und Rihanna glaub ich auch. Oder war das Katy Perry? Egal.

19.31 Uhr.

Bekomme gerade eine echte Krise! So ein Mist! Versuche verzweifelt, mich da nicht reinzusteigern, aber das klappt nicht! Heute Nachmittag beim Konfer[15] habe ich Scharina, Franzi, Jette und Sophie von dem Sängerinnen-Casting erzählt. Na ja, und eben hat Sophie mich angerufen und mir berichtet, dass ich mich nicht aufregen soll, aber dass sich diese Linea wohl auch bei dem Casting bewerben wird. Und nicht nur das. Anscheinend ist sie auch noch eine Top-Favoritin, nicht nur weil sie E-Gitarre spielt, sondern vor allem weil sie – Zitat Fiete – »eine megageile Stimme« hätte. Normalerweise würde mich das nicht sonderlich stören, weil ich ja von Ben weiß, dass Sophies Bruder voll in Linea verknallt ist, und da findet man den anderen immer toll, aber Sophie meinte, Fiete hätte ihr eben ein Demotape von Linea vorgespielt und darauf würde sie klingen wie Shakira.

Mhm. Ehrlich gesagt, klingt meine Stimme nicht im Mindesten wie die von Shakira. Und auch nicht wie die von Rihanna oder Katy Perry. Sondern eher wie die von meiner Mutter. Zumindest wenn man Papa und dem Bofrost-Mann glauben kann, die unsere beiden Stimmen am Telefon ganz häufig miteinander verwechseln. Theoretisch ist das ja auch nicht schlimm, weil Mama eigentlich eine ganz nette Stimme

---

[15] *Wobei mir gerade einfällt, müsste es nicht eigentlich Konfir heißen, wegen Konfirmandenunterricht? Egal.*

hat, nur leider ist ihre Singstimme ... na ja, gewöhnungsbedürftig wäre eine Untertreibung. Letztes Jahr im Weihnachtsgottesdienst hat ihr Sitznachbar vor lauter Schreck sein Gesangsbuch fallen lassen, als Mama »Stille Nacht« angestimmt hat. Wirklich wahr!

Was also, wenn meine Singstimme genauso klingt wie die von Mama? Man hört sich ja selber nie so, wie andere einen hören, und insofern wäre es durchaus möglich, dass ich denke, ich würde ganz normal singen, und dabei klinge ich in Wirklichkeit wie ein Hirsch in der Brunft. Oh, Shit!

Allmählich kommt mir diese ganze Sängerinnen-Idee immer bekloppter vor. Ich mein, mal ganz abgesehen von meiner Stimme. Allein schon die Vorstellung, dass ich auf irgendeiner Bühne stehen und singen soll, während mich tausend Leute anstarren! **No way!**

Ich muss vorhin ein totales Blackout gehabt haben, als ich Ben zugesagt habe. Schließlich mache ich bei der Theater-AG seit Jahren nur das Bühnenbild, weil ich in der Vierten bei »Hänsel und Gretel« vor lauter Lampenfieber mitten in die Requisite gekotzt habe. Dabei hatte ich da nur eine Rolle als vierte Tanne von rechts!!! Und jetzt soll ich die Leadsängerin sein! Oh, Gott, ich muss unter Drogen gestanden haben, als ich Ben gesagt habe, dass ich bei diesem bescheuerten Casting mitmache! Wie konnte ich nur???

Samstag, der 27. März

👍 Höhepunkte

1) Nach drei Stunden Wachliegen und knapp viereinhalb Stunden Albträumen, in denen ich im Bikini vor Stefan Raab »Stups, der kleine Osterhase« singen musste, ist die Nacht endlich vorbei! Hosianna!

😶 Tiefpunkte

1) Habe eben Scharina angerufen, um sie nach einer Idee zu fragen, wie man aus der Casting-Geschichte wieder rauskommen könnte. Scharina meinte, sie verstehe mich vollkommen. Sie hätte nach einem Blick auf Lineas Homepage (Was für eine Homepage??) auch die Panik gekriegt, aber leider hätten Hanna und Katja gestern zwanzig Euro darauf gewettet, dass ich mich nicht traue, am Dienstag dort anzutanzen, und insofern dürfte ich jetzt nicht kneifen. (Vermute, Schari hat zwanzig Euro dagegen gewettet, denn ihre Stimme bekam auf einmal etwas Dringliches.) War nach dem Telefonat schwer geschockt. Stehe plötzlich im Mittelpunkt einer Schulwette. Absolut grauenvoll!

2) Habe den Namen von dieser Linea eben im Internet gegoogelt und bin dabei auf fünfundsechzig **(!!!)** Einträge gestoßen. Anscheinend war die Schülerband, in der sie vorher mitgesungen hat, ziemlich erfolgreich. Außerdem war da noch ein Foto auf ihrer Homepage und ich muss sagen, **SIE SIEHT**

WIRKLICH AUS WIE PINK! Nein, ehrlich gesagt, sogar noch besser. Und, ach ja, sie ist sechzehn, ein Jahr älter als Ben. Spüre ein merkwürdiges neues Gefühl in meinem Magen, wenn ich an das Vorsingen denke. Vermute, es ist nackte Angst.

3) Gleich kaufen wir einen BH.

9.25 Uhr.

Habe Mama, Papa und Otti eben Rehab vorgesungen. Diesen Song von Amy Winehouse mit dem »No, no, no ...«. Bei dem ersten »No, no, no ...« war noch alles in Ordnung, aber dann hat Otti angefangen zu schreien. Ich hab noch mal von vorn angefangen, weil ich gedacht habe, dass es vielleicht daran lag, dass Mama mitgesungen hat, aber beim zweiten Mal hat Otti sich die Hände über die Ohren gehalten und noch lauter geschrien. Irgendwann hat Mama sich Otti geschnappt und ist mit ihr im Flur Schnullersuchen gegangen und ich habe Papa gefragt, wie er es fand. Er hat eine Sekunde gezögert und mich dann gefragt, ob ich eine ehrliche oder eine höfliche Antwort will.

AHHH!!!!

Habe gekränkt erwidert, dass er sich bloß keinen Zwang antun soll, aber im selben Moment, als er den Mund aufmachen wollte, ist Mama in die Küche zurückgestürzt gekommen und hat gesagt, er müsse jetzt dringend Brötchen holen, sonst kämen wir nicht mehr rechtzeitig los zum Shoppen.

Habe ihr natürlich unterstellt, sie hätte das mit Absicht gemacht, um Papa freizukaufen, aber sie hat beteuert, es würde ihr ausschließlich um die Brötchen gehen und wir hätten einfach keine Zeit mehr, um Papas Antwort auf meine Frage zu hören.

Für wie blöd halten die mich eigentlich?????

Da niemand sonst da war, habe ich anschließend Mama nach ihrer Meinung gefragt. Sie fand, dass ich toll gesungen hätte, was aber a) alles heißen kann, schließlich sind Mütter bei so was einfach nicht objektiv – und b) reichlich geistesabwesend rüberkam, weil sie mich quasi im gleichen Atemzug gefragt hat, ob ich lieber einen BH mit oder einen ohne Bügel will. Als ob mir das nicht völlig piepegal wäre!!!! Und wer hängt seine BHs überhaupt auf Bügel? Legt man die nicht einfach in die Schublade? Oh Gott! Wenn ich an gleich denke, wird mir ganz schlecht. Warum können wir das Teil nicht einfach bei H&M kaufen, wo kein Mensch auf einen achtet? Muss es denn ausgerechnet ein Geschäft mit persönlicher Beratung sein? Haben andere Mütter auch diesen Tick? Ich hasse persönliche Beratung! Habe zwar seit über einem halben Jahr keine Platzangstattacke mehr gekriegt, aber wer weiß, was passiert, wenn ich allein in einer Umkleidekabine stehe und diese Teile anprobieren muss.

Andererseits – hoffentlich bin ich alleine da! Muss Mama unbedingt noch sagen, dass ich sie umbringe, wenn sie wieder so abrupt den Vorhang beiseitezieht wie beim letzten Mal, als wir einen Bikini kaufen waren. Ich wäre beinahe in Ohnmacht gefallen! Vor allem, weil der Verkäufer nur ein paar Meter entfernt stand! Und ich hatte lediglich einen Slip an! Aber so was merkt Mama ja nie. Sehe mich schon von wildfremden fünfzigjährigen Frauen mit umhängenden Lesebrillen umgeben, die meinen Busen wie ein Stück Schnitzel taxieren. Oh, Gott! Ich will nicht!!!!

BH-ALARM!

17.34 Uhr.

Warum? Warum passiert so was immer nur mir?? Ich kapier das einfach nicht!!
Was steht noch auf diesem bestickten Leinentuch vom Flohmarkt, das bei Mumi in der Küche hängt? »Und wenn du denkst, es geht nicht mehr, kommt von irgendwo ein Lichtlein her.« Dumm nur, dass mein Licht am Ende des Tunnels garantiert ein direkt auf mich zu rasender Intercityexpress ist!!! Was glaubst du, wer eben neben mir stand, als die Wäscheverkäuferin meiner Mutter erklärt hat, dass mein linker Busen größer sei als mein rechter?
Meine Intimfeindin Hanna aus der 7a! Ahhhhhhhhhh!!!! Ich fass es nicht! Das ist mal wieder soooooooooooo typisch. Warum in Hundekacke treten, wenn man auch darin baden kann? Dabei hatte alles so gut angefangen!
Normalerweise macht Mama mich beim Shoppen immer wahnsinnig, aber diesmal hat sie sich für ihre Verhältnisse wirklich zusammengerissen. Zuerst waren wir in der obersten Etage vom Alsterhaus Eis essen und dann habe ich mir drei Stockwerke tiefer einen ziemlich coolen Jeansrock ausgesucht

und zwei schwarze T-Shirts und Mama hat nicht einmal mit der Wimper gezuckt. Und das, obwohl ich weiß, dass sie es hasst, wenn ich mir alles in Schwarz kaufe, weil etwas Helles in ihren Augen einfach frischer aussieht. (Bei einem Shoppingtrip mit ihr kommt man sich immer vor wie ein Joghurt.) Als wir an der Kasse waren, hatte ich fast gute Laune. Ehrlich gesagt auch, weil ich ein klitzekleines bisschen gehofft hatte, dass sie die BH-Geschichte vielleicht vergessen hätte, aber von wegen. Auf der Rolltreppe hat sie gesagt: »Und jetzt fehlt nur noch der BH«, und da wusste ich, dass ich keine Chance hab.

Je näher wir der Wäscheabteilung gekommen sind, umso verzückter hat Mama geguckt, und das muss die Verkäuferin geradezu gerochen haben, denn kaum waren wir um die erste Säule herum, ist sie wie ein Pfeil auf uns zugeschossen.

»Kann ich Ihnen und Ihrer Tochter, vielleicht behilflich sein?« Mama hat genickt und dann gemeint, sie sei auf der Suche nach einem allerersten BH für ihre Tochter und da habe ich schon gemerkt, wie sich meine Nackenhaare aufgestellt haben. Als ob es nicht gereicht hätte, ganz normal nach einem BH zu fragen. Nein, sie muss natürlich gleich rausposaunen, dass es der allererste BH ist. Echt krank!

Die Verkäuferin, die vorher eher gelangweilt gewirkt hat, hat auf einmal genauso verzückt gelächelt wie Mama und dann hat sie durch die ganze Abteilung »Gerda, kommst du mal? Hier sucht jemand seinen allerersten BH!« gerufen. Alle haben sich zu Mama und mir umgedreht und ich hab mir nur noch gewünscht, dass sich der Boden auf-

tun und ich mit einem Plumps ins Stockwerk darunter kata-
pultiert werden möge (vorzugsweise in eine Abteilung, die vollkommen harmlos ist – vielleicht zu den Schals oder den Ruck-
säcken), aber das ist natürlich nicht passiert. Stattdessen hat
mich ein dicker Mann, der mit seiner genauso dicken Frau bei
den Nachthemden stand, ganz lüstern angestarrt und ich hab
Mama zugeflüstert, dass ich mich umdrehe und gehe, wenn sie
nicht auf der Stelle dafür sorgt, dass die Verkäuferin leiser ist.
Zu Mamas Ehrenrettung muss ich sagen, dass sie wirklich den
Mund aufgemacht hat, aber im selben Moment, wo diese komische Gerda »Wie viel Busen hat sie denn? Reicht Cup A?«
zurückgerufen hat (Ohne Worte!), habe ich Hanna und ihre
Mutter bei den Bademoden entdeckt. Ich war so
erschrocken, dass mein Herzschlag für eine Sekunde ausgesetzt hat, und dann ist mir schwarz
vor Augen geworden.

Als ich wieder klar denken konnte, bin ich hektisch hinter den
nächsten Ständer verschwunden, aber da war es schon zu spät.
Die schreckliche Verkäuferin hat mit einem »Na, man nicht so
schüchtern ...« nach ihrem Maßband gegriffen und es mir um
die Brust gewickelt und im selben Augenblick hat Hannas
Mutter hochgeblickt und mich erkannt.
»Oh, sieh mal, Hanna, ist das nicht Julia?«
Ich hab so doll die Fäuste geballt, dass sich meine Fingernägel
in die Handinnenflächen gedrückt haben. Die Verkäuferin ist
mit ihrem Maßband irgendwo zwischen den Büstenhaltern
verschwunden und Mama hat mir bei dem Anblick von Han-

nas Mutter einen mitfühlenden Blick zugeworfen (schließlich weiß sie, dass Hanna und ich seit der Sylt-Geschichte im letzten Jahr ein absolutes No Go sind), aber Hannas Mutter hat die Einschläge mal wieder nicht gehört und ist direkt auf uns zugekommen.

»Frau Ahlberg, wie schön, dass wir uns treffen. Ich sage meinem Mann immer, wie schade ich es finde, dass sich die beiden Mädchen durch die Intrigen dieser kleinen Polin so auseinandergelebt haben.«

»Scharina ist keine Polin. Nur ihre Eltern kommen aus Polen und ...«

»Natürlich. Julie, du musst sie nicht verteidigen. Wir haben nichts gegen Ausländer. Hanna, Julia ist hier.«

Hannas Mutter hat ihrer Tochter einen auffordernden Blick zugeworfen und Hanna hat mich genervt angesehen und dann gesagt, das wäre ja nicht zu überhören gewesen.

»Meinst du echt, die haben hier was in deiner Größe?«

»Hanna, bitte! Ach, diese Kinder!«

Hannas Mutter hat in gespielter Verzweiflung aufgestöhnt und dann noch einmal vorgeschlagen, dass Hanna und ich uns doch bald wieder verabreden sollten, aber ehe meine Mutter etwas darauf antworten konnte, habe ich schon gesagt, dass wir jetzt leider dringend losmüssten.

»Du weißt doch, Mama, wir müssen noch unbedingt meine ... meine Uhr abholen ...«

»Deine Uhr? Was für eine ...? Ach ja, deine Uhr!«

Mama hat für ihre Verhältnisse erstaunlich schnell geschaltet, aber leider ist die zweite Verkäuferin im selben Moment mit drei BHs in der Hand auf uns zumarschiert und da war an Flucht nicht mehr zu denken.

»Hier bitte. Meine Kollegin meinte, die rechte Brust sei etwas stärker als die linke, aber das ist bei diesem Modell kein Problem.«

Ich hab fassungslos auf die BHs gestarrt und dabei gehofft, dass sie das eben nicht wirklich gesagt hat, aber im selben Moment hab ich aus den Augenwinkeln gesehen, wie sich ein fieses Grinsen auf Hannas Gesicht ausgebreitet hat.

»Oh, Julie, du Arme! Unterschiedlich große Brüste. Das ist ja schrecklich!«

Hanna hat mit gespieltem Mitleid den Kopf geschüttelt und ich hab gedacht, gleich knalle ich ihr eine, völlig egal, ob ihre Mutter danebensteht oder nicht, aber da hat Mama mich schon warnend am Ellenbogen gefasst.

»Zieh sie doch schnell mal an, Julie, und dann verschwinden wir auch sofort.«

»Ja, mach doch, Julie. Ich probier auch zwei Badeanzüge an.«

Während Hanna mit einem falschen Lächeln im Gesicht und ihren zwei Badeanzügen in der Hand in der Kabine neben meiner verschwunden ist, war ich einen Augenblick kurz davor, einfach abzuhauen, aber dann ist mir klar geworden, dass ich damit alles nur noch schlimmer machen würde. Also hab ich mit starrem Gesichtsausdruck genickt und bin mit den drei BHs ab in die Kabine.

Draußen hat Hannas Mutter meiner Mutter lauthals erzählt, dass die meisten jungen Mädchen ungleiche Brüste hätten und sie sich deshalb keine Gedanken machen bräuchte, und drinnen hab ich Hanna in der Kabine nebenan kichern hören, aber ich hab nicht geheult, sondern nur daran gedacht, dass ich Hanna auf keinen Fall den Triumph lassen darf. Also habe ich die Zähne zusammengebissen und die drei BHs mit tödlicher Entschlossenheit durchprobiert. Wirklich unglaublich, welche Selbstbeherrschung man aufbringen kann, wenn man es muss. Den ersten, der halbwegs saß, habe ich beiseitegelegt und dann hab ich mich so schnell wie möglich wieder angezogen und mir die ganze Zeit eingeredet, dass Hanna nicht durch den Vorhang gucken kann. Für einen Moment war mein Verfolgungswahn sogar so groß, dass ich mir ernsthaft eingebildet habe, das Geräusch einer klickenden Kamera zu hören, aber Gott sei Dank hat mein gesunder Menschenverstand dann doch noch über meine Paranoia gesiegt.

Sobald ich wieder draußen war, habe ich mir Mama geschnappt und bin mit einem »Jetzt müssen wir aber wirklich los!« in Richtung Kasse gerast. Oh Mann. Zum Glück hat Hanna mit ihren Badeanzügen noch länger gebraucht und insofern haben wir sie anschließend nicht mehr gesehen. Mama hat sich auf dem Rückweg noch entschuldigt, dass unsere Shopping-Tour so enden musste, aber ich war einfach nicht in der Stimmung, ihr Absolution [16] zu erteilen. Allein die Vorstellung, was Hanna mit ihrem Wissen über meinen ungleichen Busen anfängt! Ich wette, morgen weiß es die halbe Schule! Oh, guckt mal! Da kommt Julie! Wusstest ihr schon, dass sie zwei unterschiedlich große Brüste hat? Verdammt, ich bin geliefert! Ich bin so was von geliefert!

---

[16] *Absolution ist so eine Art Vergebung, die man vom Priester bekommt, wenn man katholisch ist. Wir sind zwar nicht katholisch, aber aus unerfindlichen Gründen benutzen Mama und Papa das Wort trotzdem ziemlich oft. Hmm. Eigentlich merkwürdig. Werde das bei Gelegenheit mal recherchieren. Vielleicht ist ja einer von beiden heimlich doch katholisch. Oder jüdisch. Das fände ich noch spannender. Dann könnte ich später nach Israel auswandern. Aber bei meinem Pech sind wir garantiert alle nur langweilig evangelisch.*

Sonntag, der 28. März

☺ Höhepunkte

1) Heute ist Sonntag. Was heißt, dass heute keine Schule ist. Was wiederum bedeutet, dass niemand etwas über meinen ungleichen Busen sagen kann. Lieber Gott, lass es bitte nie Montag werden!

2) Mumi, die eigentlich heute zum Kaffee kommen wollte, weil Mama beim letzten Mal ja so abrupt aufbrechen musste, hat eben telefonisch abgesagt. Weil sie eine Verabredung hat. Das Unglaubliche an der Sache ist, dass es sich laut Mama bei der Verabredung um einen Mann handelt!!!!!!! Bin tief beeindruckt. Meine feministische [17] Oma hat ein *Date!*

☹ Tiefpunkte

1) Kenne jetzt Papas »Überraschung«. Wünschte, Männer und Jungs würden sich das mit den Überraschungen ein für alle Mal verkneifen.

Papa hat mir eben seine Überraschung präsentiert. Nach dem Frühstück hat er mir die Augen verbunden und dann ist er mit

---

[17] *Feministisch bedeutet ... Hm. Mal davon abgesehen, dass meine Oma von sich sagt, dass sie eine Feministin ist, ist mir die Bedeutung noch immer ein bisschen unklar. Laut Mumi sind Feministinnen Frauen, die stolz darauf sind, Frauen zu sein (?). Laut Mama sind Feministinnen starke Frauen, die für Frauen kämpfen (??), und laut Papa haben Feministinnen meistens einen an der Marmel (???). Habe zuerst vermutet, Feministinnen sind diese Frauen, die manchmal auf Hamburg 1 miteinander im Schlamm ringen, aber da meine Oma auch eine davon sein soll, ist es wohl doch etwas anderes.*

mir an der Hand nach draußen zum Parkplatz marschiert, wo ich ein ominöses Tuch von einem zwei Meter langen Gegenstand abnehmen durfte. Zuerst habe ich nicht verstanden, was das schrottige orange Boot mit dem Holzdeck, das unter dem Tuch zutage gekommen ist, auf unserem Parkplatz macht, aber dann hat Papa mir freudestrahlend eröffnet, dass er den Piraten ganz billig geschossen hätte und dass wir damit über Ostern in die Südsee segeln würden. Nur wir beide. Ohne Mama und Otti. Wie Robinson und Freitag in Robinson Crusoe. Oder wie Tom Sawyer und Huckleberry Finn auf ihrem Floß. Oh, Mann. Habe ihn angeguckt wie ein Eichhörnchen auf Drogen und dann gefragt, ob das Boot nicht ein bisschen zu klein für einen Segeltrip in die Südsee ist (immerhin liegt die Südsee hinter Australien, ich glaub, weiter weg kann man gar nicht segeln!), aber er hat nur gelacht und gesagt, na, er meine ja auch die dänische Südsee. Ha, ha. Selten so gelacht. Mama und Otti, die in der Tür standen, haben gekichert und ich musste daran denken, wie schrecklich seekrank ich das letzte Mal geworden bin, als Papa mit mir auf der Elbe segeln war. Und dann fiel mir Ben ein und unser Plan von dem gemeinsamen Proben über Ostern und da ist mir erst richtig schlecht geworden. Wollte Papa eigentlich sagen, dass ich schon was anderes vorhabe, aber er sah so glücklich aus, dass ich kein Wort herausgebracht habe. Also geht er jetzt davon aus, dass wir Karfreitag gemeinsam nach Dänemark segeln. Scheiße!!!

Als ob das mit Papas dänischer Südsee-Überraschung nicht schon reichen würde, hab ich im Anschluss auch noch die totale Panik wegen des Castings am Dienstag gekriegt. Eine halbe Stunde hab ich hin und her gegrübelt und dann habe ich bei Schari angerufen, aber da war die ganze Zeit besetzt. (Wette, sie hat mit Jannick telefoniert.) Also hab ich bei Sophie durchgeklingelt, die ausnahmsweise einmal nicht beim Reiten war, und ihr mitgeteilt, dass ich am Dienstag unbedingt krank spielen müsste, weil es einfach keine andere Möglichkeit gäbe, aus dem Ganzen rauszukommen, ohne sich bis aufs Blut zu blamieren, so ähnlich wie diese armen Irren bei DSDS, die auch immer denken, sie könnten singen, und dabei klingen wie das quietschende Scharnier an unserer Schuppentür. **AHHHH!!!!!** Offenbar muss ich bei meinem Telefonat mit Sophie ein kleines bisschen wirr und hysterisch geklungen haben, denn sie hat gesagt, ich solle mich nicht von der Stelle rühren, und zwanzig Minuten später klingelte es an unserer Tür und Sophie, Scharina, Jette und Franzi standen davor.

Jette hat meinetwegen extra ihr »Moby-Dick-Treffen«[18] abgesagt und Franzi hatte sogar noch ihre Brille auf, obwohl sie sonst nie ohne Kontaktlinsen aus der Tür geht!

Ich liebe meine Freundinnen!!!!!!!

---

[18] *Moby-Dick ist so eine Art Langzeit-Diät-Kurs, bei dem sich Jugendliche einmal die Woche treffen und gemeinsam Sport machen oder was zusammen kochen. Meistens natürlich was Gesundes, Kalorienarmes, aber Jette meint, das würde trotzdem fast immer ziemlich lecker schmecken. Denke, ich sollte Mama in Anbetracht ihres heutigen Rosenkohl-Rote-Bete-Schnitzels da auch mal vorbeischicken.*

Ich hab vor lauter Panik inzwischen voll am Rad gedreht, aber nachdem Scharina mich an sich gedrückt hat und Franzi in ihrer coolen Art gesagt hat, sie verstehe die ganze Aufregung nicht, wenn ich so viel Schiss vor diesem Vorsingen hätte, dann sollte ich es doch einfach bleiben lassen, ging es mir schon viel besser! Jette hat zwar gemeint, sie fände meine Stimme echt schön und sie würde überhaupt nicht begreifen, warum ich wegen fünf Minuten auf der Bühne so eine Panik schiebe, aber das Geld, das ich Franzi, Scharina und ihr als Wiedergutmachung für ihren verlorenen Wetteinsatz angeboten habe, wollte sie trotzdem nicht nehmen. Weil ich ja nichts dafür könne, dass sie sich durch Hannas und Katjas doofe Sprüche zu der Wette hätten hinreißen lassen.

Anschließend hat Schari mir noch ihren Glücksbringer, eine silberne Feder von ihrer Mutter, in die Hand gedrückt und gesagt, die könne ich so lange behalten, bis der ganze Casting-Mist vorbei ist, und da hab ich auf einmal wieder an die Sache mit Hanna vor einem halben Jahr denken müssen, als keiner zu mir gehalten hat, und was für ein Glück es ist, dass ich sie jetzt habe, meine allerliebste Schari mit ihrem Pocahontas-Lächeln, und Sophie, Jette und Franzi noch dazu. Und da hätte ich glatt schon wieder heulen können, diesmal allerdings vor Rührung.

Aber dann hat Sophie mich in die Realität zurückgeholt und gefragt, ob ich Ben schon Bescheid gesagt hätte, und da ist mir gleich wieder übel geworden. Schließlich hab ich nicht die geringste Ahnung, wie ich ihm erklären soll, dass ich beim Casting nicht mitmachen will. Jette, die seit ein paar Monaten ständig davon redet, dass sie später mal Kommissarin werden will, meinte, das Beste sei in solchen Fällen immer die Wahrheit, aber ich bin mir nicht sicher, ob sie damit recht hat. Schließlich ist es eine Sache, vor den besten Freundinnen zuzugeben, dass man allein schon bei dem Gedanken, auf einer Bühne vor zig Leuten vorzusingen, nervöse Zuckungen bekommt, und eine ganz andere, das demjenigen zu beichten, der das Ganze extra für einen organisiert hat. Außerdem habe ich Ben vorgestern ja noch erzählt, dass ich seine Idee ganz toll finde. So ein Mist!

Nach zwei Stunden Diskussion, was man in so einem Fall am besten tut, mussten Sophie, Franzi und Jette nach Hause. Glücklicherweise hatte Schari aber noch Zeit und wir haben allein weiterüberlegt. Anfangs bin ich wie eine Blöde in meinem Zimmer herumgetigert und hab dabei tausend Gesprächsanfänge durchgespielt, aber letztlich ist mir klar geworden, dass ich Ben die Wahrheit einfach nicht sagen kann. Immerhin hat er sich so viel Mühe gegeben, mich in die Band zu holen, und sich deshalb fast mit den anderen Bandmitgliedern verkracht – da kann ich ihn nicht plötzlich hängen lassen. Also ist mir meine ursprüngliche Idee mit dem Krankwerden wieder eingefallen, die ich Sophie schon am Telefon erzählt hatte. Immerhin würde ich so quasi zwei Fliegen mit einer Klappe schlagen, weil das Segelwochenende mit Papa dann ja auch ins Wasser fallen würde. Aber als ich Scharina davon berichtet hab, habe ich gleich gemerkt, dass sie das Ganze nicht im Mindesten so genial fand wie ich. Anstatt mir freudestrahlend auf die Schulter zu klopfen, hat sie mich nämlich nur zweifelnd angesehen.

»Na ja ... Das mit dem Krankspielen hast du doch neulich schon mal gemacht, nachdem du die Einladung zu Hubertus' Geburtstagsparty bekommen hast, und irgendwie fand ich das schon ein bisschen ...«

»Ein bisschen was?«

Meine Stimme hat einen Hauch gereizt geklungen und Schari sah eine Sekunde lang so aus, als ob sie am liebsten nicht weitersprechen würde, aber dann hat sie sich doch einen Ruck gegeben.

»Na ja, ein bisschen ... feige.«

»Feige?« Ich hab Schari empört angeguckt.

»Und was hätte ich sonst machen sollen? Hast du gesehen, wie Hubsi meinen Busen vorgestern nach einem Bleistift gefragt hat? Der guckt mir überhaupt nicht mehr ins Gesicht! Das ist echt ekelhaft, und wenn ich zu seiner Party gehen würde, dann würde er garantiert denken, dass ich ihn mag, und ...«

Ich wollte gerade noch weiter ausholen, da hat Scharina mich schon unterbrochen.

»Ist dir eigentlich noch nie aufgefallen, warum du andauernd in solche Kacksituationen gerätst?«

Ich hab den Kopf geschüttelt.

»Nein. Mumi würde wahrscheinlich sagen, schlechtes Karma oder Zufall oder ...«

»Das ist kein Zufall.«

»Ach, nein? Und was sonst bitte schön?«

Ich hab Scharina finster angeblitzt, aber sie hat meinem Blick einfach standgehalten.

»Du bist einfach zu nett. Ich mein, du kannst einfach nicht Nein sagen, wenn jemand was von dir will. Mit dem Effekt, dass du andauernd Dinge machen musst, die du eigentlich gar nicht willst. Oder du versuchst, dich da irgendwie herauszuwinden, und verstrickst dich dabei immer mehr in Lügenmärchen, aus denen du zum Schluss nicht mehr herauskommst.«

»Aber das stimmt nicht. Ich sag ganz oft Nein!«

»Ach ja? Und wann?«

»Na ja, zum Beispiel neulich bei meinen Großeltern. Und davor...«

Ich hab nachgedacht, aber so schnell ist mir natürlich nichts eingefallen. Scharina dafür leider umso mehr.

»Von wegen oft! Das mit deinen Großeltern war die totale Ausnahme. Nimm doch mal den BH-Kauf mit deiner Mutter! Tagelang hast du erzählt, was für einen Horror du davor hast, aber auf die Idee, ihr zu sagen, dass du das Teil lieber alleine kaufen willst, bist du überhaupt nicht gekommen! Und dann diese Kino-Geschichte. Da hast du deinen Vater nur mitgenommen, weil du ihn nicht enttäuschen wolltest! Dasselbe mit dem Casting. Und beim Segelwochenende genauso! Manchmal hat man bei dir schon das Gefühl, es reicht, dass du denkst, der andere könnte irgendwas von dir wollen, und – schwupps – legst du schon los. Wie so ein Flaschengeist, der dazu verdammt ist, ständig die Wünsche der anderen zu erfüllen, damit bloß keiner sauer auf ihn ist.«

»Aber so ist das überhaupt nicht!«

»Und wie ist es sonst?«

Scharina hat mich fragend angesehen und ich hab ein trotziges »So auf jeden Fall nicht ...« rausgepresst. Anschließend hat meine Unterlippe angefangen zu zittern, wie sie es immer tut, wenn ich mich in die Ecke gedrängt fühle, aber im selben Moment hat Scharina schon nach meiner Hand gegriffen.

»Hey, ich sag das doch nicht, um dich zu ärgern! Ich mach mir nur Sorgen um dich. Weil du in letzter Zeit ziemlich oft Bauchweh hast oder Kopfweh und ... na ja ...«

»Du machst dir Sorgen um mich?«

Ich hab innegehalten und Scharina verdattert angeguckt. Schließlich hab ich mir letztes Jahr monatelang Sorgen um sie gemacht, wegen Kevin, ihrem achtzehnjährigen Bruder, der sie ganz oft geschlagen hat, wenn er betrunken war, und ihrer Mutter, die nie da war, und Hanna, die sie ständig gemobbt hat, und jetzt das! Scharina hat verlegen die Schulter gezuckt und dabei genickt und da hab ich sie zu mir herangezogen und wir haben uns ganz doll umarmt, so lange bis Scharina beim Blick auf die Uhr hinter mir einen spitzen Schrei ausgestoßen hat.

»Oh, nee! Ich glaub's nicht. Ich wollte vor einer Viertelstunde bei Jannick sein! Mist! Und das, wo der Bulle heute früher nach Hause kommt ...«

»Der Bulle?«

»Na, Jannicks Vater. Aber sag bloß niemandem, dass Jannick ihn manchmal so nennt.«

»Bestimmt nicht. Dabei fällt mir ein, habt ihr das jetzt eigentlich geklärt, mit dieser Zigarettenkippe auf dem Balkon?«

Schari hat unglücklich den Kopf geschüttelt und dann gemeint, dass Herr Kleinhardt noch immer glauben würde, dass die Kippe mit den dunkelroten Lippenstiftresten von ihr stammen würde und dass er sie nach wie vor auf dem Kieker hätte, und das, obwohl wir die Sache mit dem Kuchen und dem Abführmittel letztlich gar nicht durchgezogen haben, weil Schari dann doch fand, das ginge zu weit.

Eigentlich wollte ich ihr gerade vorschlagen, die Geschichte mit dem Abführmittel noch mal in Betracht zu ziehen, aber da hat sie schon den Kopf geschüttelt und gemeint, manchmal hätte ich echt einen Knall. Und eine Sekunde später ist sie mit fliegenden Fahnen los zu Jannick, dem Hobbit, und ich bin in meinem Zimmer zurückgeblieben und hab über das, was sie zu mir gesagt hat, noch mal in Ruhe nachgedacht.

Ich mein, auch wenn ich das mit dem Flaschengeist ein bisschen übertrieben fand – irgendwie hat sie schon recht. Nein-Sagen ist wirklich nicht meine Stärke. Und wenn Scharina schon findet, dass das mit dem Krankspielen langsam überhandnimmt, obwohl sie das mit der abgesagten Konfer-Reise (plötzliches Kopfweh) und dem vorletzten Mal Sport (Bauchschmerzen) gar nicht mitbekommen hat, sollte ich das vielleicht nicht mehr ganz so inflationär [19] einsetzen. Hm. Vielleicht

---

[19] *Inflationär = übermäßig. Weiß ich von Jette. Neulich hat der rothaarige Oliver nämlich laut durch die Klasse gegrölt, sein Vater hätte »inflationär coole Muckis«. Wusste nicht, was inflationär heißt, aber Jette, deren Vater Arzt ist, meinte, es käme von »Flatulenzen«. Habe meine Mutter zu Hause gefragt, was das ist, und Mama meinte, Flatulenzen seien Pupse. Finde die Herkunft einiger Wörter ehrlich gesagt etwas gewöhnungsbedürftig. (Pupskalte Muskeln??)*

wäre es doch das Beste, wenn ich Ben einfach sage, dass ich Schiss habe und deshalb nicht auftreten kann. Oder?

14.24 Uhr.

Hatte den Telefonhörer schon dreimal in der Hand, habe mich aber noch immer nicht getraut, Ben anzurufen.

14.56 Uhr.

Habe eben meinen Schreibtisch aufgeräumt, sämtliche Buntstifte angespitzt und meine Socken nach Farben sortiert. Jetzt fällt mir nichts mehr ein, was ich noch tun könnte, um den Anruf bei Ben hinauszuzögern. Bin nachher um halb fünf mit Gesa verabredet (der, den ich letztes Jahr über die Telefon-Hotline kennengelernt habe und von dem ich dachte, er sei eine Frau). Eigentlich wollte ich ihm etwas vorsingen, weil er schließlich ein voll ausgebildeter Sänger ist, der sich mit so was auskennt, aber vielleicht kann ich mir das ja schenken. Ich muss Ben nur sagen, dass ich übermorgen nicht vorsingen kann. Weil ... Weil ... Oh Gott, mein Kopf ist jetzt schon leer.

15.14 Uhr.

Habe eben mit Ben telefoniert. Ich habe »Hallo, hier ist Julie!« gesagt und er hat »Hallo, hier ist Ben!« geantwortet und danach mussten wir beide lachen. Anschließend meinte er, dass er mich auch gleich angerufen hätte. Weil er mir nämlich noch mal sagen wollte, wie sehr er sich auf unser gemeinsames Probenwochenende an Ostern freut. Ich habe geschluckt und dann den Kopf geschüttelt.

»Na ja, aber vorher ist ja noch das Casting. Tja, und deswegen rufe ich auch an. Also, es ist nicht so, dass ich Angst davor hätte ... Eigentlich ... Quasi ... Obwohl ...«

Ich hätte wahrscheinlich noch Ewigkeiten so vor mich hin gestottert, aber im selben Moment hat Ben schon gesagt, dass er diese ganze Casting-Idee genauso daneben fände wie ich, und da hab ich erst mal erleichtert aufgeatmet. Für eine Sekunde habe ich sogar gehofft, dass das mit der Absage viel leichter gehen würde als erwartet, aber da hat Ben schon weitergesprochen und gesagt, er fände es super von mir, dass ich trotzdem nicht kneifen würde.

»Irgendwie bin ich immer noch sauer auf Steffen, dass er da gleich so eine große Nummer draus gemacht hat. Das Blöde ist, dass Fiete diesen ganzen Casting-Quark jetzt auch gut findet, weil er hofft, dass Linnie das Teil gewinnt, und deshalb stand es zwei zu eins für das Casting, weil Marc sich enthalten hat und ...« *Linnie?*

»Linea. Du weißt doch, die Neue bei uns in der Klasse.«

»Ach ja. Die **Linea**.«

Ich hab innegehalten, weil mir im selben Moment vor Eifersucht ganz heiß geworden ist, aber da hat Ben sich am anderen Ende der Leitung schon geräuspert. »Julie, versprichst du mir was? Ich weiß, du hasst diesen ganzen Vorsinge-Mist, und ich find's auch total bekloppt, aber ... Gewinnst du das Ding?«

»Klar. Ich mein ... äh ...«

Irgendwie muss Ben am anderen Ende der Leitung gemerkt haben, dass was nicht stimmt, denn plötzlich hat seine Stimme ganz weich und zärtlich geklungen. »He, ich weiß, dass du Schiss hast. Ich hab auch immer tierisches Lampenfieber, wenn ich auf die Bühne muss, aber du schaffst das. Ich find deine Stimme total gut und das, was noch nicht so toll hinhaut, üben wir einfach über Ostern. Und außerdem ... Erinnerst du dich noch daran, wie Scharinas Bruder, dieser bescheuerte Kevin, uns letztes Jahr in diesen Keller gesperrt hat? Da warst du so cool! Wenn ich nicht schon vorher in dich verknallt gewesen wäre, wäre ich's danach garantiert gewesen. Manchmal weißt du's vielleicht selber nicht, aber du bist das mutigste Mädchen, das ich kenne.«

Für eine Sekunde war ich ganz perplex und geschmeichelt und hab gedacht, das sollte Scharina mal hören, von wegen, ich würde mich nie was trauen, aber dann habe ich gemerkt, dass das Gespräch in eine ganz falsche Richtung läuft.

Also habe ich kurz entschlossen meine Taktik geändert und gesagt, dass ich blöderweise seit heute früh tierisch unter Halsweh leiden würde.

»Voll übel. Und ich glaub, heiser bin ich auch ein bisschen.«
Ich hab probeweise angefangen zu husten und anschließend hat Bens Stimme ganz besorgt geklungen.

»Sollen wir das Casting lieber auf Mittwoch verschieben? Ist für mich kein Problem. Ich ruf Marc gleich an und dann ...«

»Ich weiß nicht. Könnte natürlich sein, dass ich am Mittwoch auch noch heiser bin. Da geht ja im Moment so ein Grippevirus um. Der soll Wochen dauern, hab ich gehört!«

»Wochen?«

»Mhm. Ja. Mindestens.«

Für ein paar Sekunden war Stille im Hörer. Anschließend hat Ben sich geräuspert und dann hat seine Stimme auf einmal ganz merkwürdig geklungen. »Wenn du keine Lust hast, in der Band mitzumachen, dann würdest du mir das doch sagen, Julie? Oder? Ich mein, eigentlich wollte ich da nichts drauf geben, aber Marc und Steffen haben da so was angedeutet ...«

»Was angedeutet?«

Ich hab irritiert den Kopf geschüttelt, was er natürlich nicht sehen konnte, aber da hat er schon weitergeredet.

»Na ja, irgendwas von einem Typen in deiner Klasse, dem du ein Foto geschenkt haben sollst oder so. Keine Ahnung. Und Fiete meinte, er hätte durch Zufall ein Telefonat mit angehört, in dem du total ausgeflippt bist und gesagt hast, dass du vielleicht einen auf krank machen willst, um nicht bei uns mitmachen zu müssen.«

»Blödsinn! Ich und einen auf krank machen! Und ein Foto hab ich auch niemandem gegeben! Von wem hat Fiete das denn?

Von Sophie?«

Ich war kurz davor, mich richtig aufzuregen, aber da hat Ben schon die Reißleine gezogen und sich entschuldigt und gemeint, dass Fiete sich das Ganze wahrscheinlich nur ausgedacht hätte.

»Seit der in Linnie verknallt ist, benimmt er sich echt wie der letzte Depp. Mach Sophie deswegen nicht an, okay? Die kann nichts dafür. Und außerdem ...«

»Außerdem?«

»Ach, egal. Du sagst, wenn du die ganze Sängerinnen-Idee für Schwachsinn hältst, oder? Ich mein, ich will nicht, dass du dich zu irgendwas gezwungen fühlst.«

»Nein. Natürlich nicht. Ich will ja in eure Band. Ich ...«

Ich hab abgebrochen. Für einen Augenblick war Stille im Hörer und dann hat Ben erleichtert aufgeatmet.

»Super. Hey, Julie, du glaubst gar nicht, wie gut das tut, wenn du das sagst. Für einen Moment hab ich echt gedacht ... Egal. Ich freue mich total auf Ostern. Und du?«

»Ich mich auch. Ist doch klar.«

Ben hat noch einen Kuss durch die Leitung geschickt und dann aufgelegt und ich hab wie eine Gehirnamputierte auf den Telefonhörer gestarrt und gedacht, super, Julie, das war ja mal wieder eine Glanzleistung!

Wie kann man nur so bescheuert sein?? Da baut Ben mir goldene Brücken und was mach ich? Schaufle mir lustig mein eigenes Grab. Wirklich, Julie, klasse hingekriegt! Ganz toll.

Montag, der 29. März

😊 Höhepunkte

1) Heute war der erste Schultag nach der BH-Katastrophe, und soweit ich gehört habe, hat niemand über meine ungleichen Brüste gelästert! Habe ehrlich gesagt keine Erklärung dafür. Sollte Hanna auf einmal Skrupel bekommen haben? Eigentlich kaum vorstellbar, oder?

2) Habe heute bei Scharina gegessen. Pfannkuchen mit Nuss-Nugat-Creme und anschließend Vanilleeis mit Schokosoße. Finde, eine Mutter, die mittags nicht da ist, weil sie arbeiten muss, erspart einem das vorzeitige Ausziehen von zu Hause.

😮 Tiefpunkte

1) Ben hat heute früh einen alten Föhn vorbeigebracht. Für meine Mutter. Damit sie die nassen Bücher im Laden damit trocknen kann. Habe inzwischen ein wirklich schlechtes Gewissen wegen dieses nicht existenten Wasserrohrbruchs. Aber eine Lüge mehr oder weniger macht den Kohl jetzt auch nicht mehr fett. Erinnere mich daran, dass ich Mama unbedingt noch Bescheid sage, damit sie sich gegenüber Ben und seinen Eltern nicht verquatscht!!!

2) Morgen ist Dienstag. D-Day. Casting-Day. Auch wenn ich versuche, es die ganze Zeit zu verdrängen.

3) Habe festgestellt, dass das Wort Bullenschwein absolut unfair ist. Schließlich sind Schweine nette Tiere. Total sensibel

und klug. Ganz im Gegensatz zu einem gewissen Bullen, der echt nicht mehr alle Tassen im Schrank hat!!!!!!!

Schari tut mir sooooooo leid!!!!! War eigentlich der festen Überzeugung, dass niemand zurzeit vom Schicksal so gebeutelt ist wie ich, aber als Schari mir vorhin gesteckt hat, was gestern zwischen ihr und Jannicks Vater vorgefallen ist, hat das meinen eigenen Kram doch in ein ziemlich anderes Licht gestellt. Ich mein, diese ganze Vorsing-Geschichte ist schon ein ziemlicher Horror, aber das, was Schari gestern erlebt hat, toppt meine Sorgen noch mal gewaltig. Oh Mann. Allmählich können Schari und ich uns den Titel »Master of Desaster« teilen. Aber am besten erzähl ich von Anfang an ...

Nach dem Mittagessen hab ich Schari beim Treppewischen geholfen, was erstaunlicherweise richtig viel Spaß gemacht hat. Allein grusle ich mich in Scharinas Treppenhaus immer ziemlich, weil das Licht im Flur andauernd kaputt ist und die Graffiti im Halbdunkel so fies aussehen, aber wenn Schari dabei ist, sehe ich das wesentlich entspannter. (Na ja, außer letzte Woche, als Scharis betrunkene Nachbarin uns »miese Nutten« genannt hat, obwohl wir nur die Plastiktüten vor ihrer Tür kurz zum Wischen beiseitegestellt haben, aber Schari meinte, die würde immer so reden und da brauche man sich nichts bei zu denken.) Ist ja auch egal. Nachdem wir die Treppe geputzt hatten, sind wir auf alle Fälle wieder reingegangen und haben bei Schari in der Küche Mangas gezeichnet und dabei habe ich eine Horrorgeschichte erzählt, die Scharina voll cool fand. Im Manga-Zeichnen ist Scharina zehnmal besser als ich (ich krieg die Augen von Sakura und Naruto nie so richtig hin), aber das macht nichts, weil ich mich sowieso mehr auf die Geschichten konzentriere. Diesmal habe ich den rothaarigen Oliver und unseren frischgebackenen Siegel-ringträger Hubsi von Klewenhagen von feministischen Vampiren zu **Hackfleisch** verarbeiten lassen, und das war ziemlich lustig. (Hubertus war am Ende eine sprechende Frikadelle und Oliver hat Pickel bekommen, aus denen Würmer gekrochen sind – voll eklig!)

Anschließend haben Schari und ich Schoko-Muffins gebacken (Schari backt im Moment andauernd Muffins, echt praktisch) und alles war eigentlich wie immer. Außer dass Schari ein bisschen stiller war als sonst, aber das ist mir anfangs gar nicht aufgefallen. Dafür war ich wahrscheinlich von den neuesten Karriereplänen ihres Bruders viel zu fasziniert. Schließlich nennt Kevin sich, laut Scharina, neuerdings »Killa-Kevin« und arbeitet als Türsteher in einer Nobel-Disco auf dem Kiez. Das ist aber noch nicht alles. Nachdem sein Plan, als Gangsta-Rapper in die Musikge-schichte einzugehen, nicht geklappt hat (was ja kein Wunder ist, weil selbst Gangsta-Rapper einen höheren IQ als Kevin haben, meine Meinung, nicht die von Schari), will er jetzt eine Security-Firma für Personenschutz gründen. Was, wenn du mich fragst, nur ein anderes Wort für einen Schlägertrupp vol-ler Hirnis ist. Aber okay, in Sachen Kevin bin ich auch nicht wirklich objektiv. Schari sieht das Ganze natürlich viel positiver, weil sie ihren Bruder noch immer liebt, obwohl er sie letztes Jahr ziemlich oft verprügelt hat, aber bevor wir uns deshalb wieder in die Haare gekriegt haben, habe ich lieber schnell das Thema gewechselt und ihr von meiner Hanna-Begegnung beim BH-Kauf erzählt. Und da waren wir dann wieder ganz einer Meinung.

In ihren Augen verfüge ich über eine schier unermessliche Selbstbeherrschung und ich muss sagen, langsam finde ich das auch. Im Nachhinein erscheint es mir ganz unvorstellbar, dass ich Hannas hämisches Lachen erduldet habe, ohne ihr an die Kehle zu springen. Vielleicht sollte ich mich später neben meiner Schriftstellerei und der Erforschung der Wirbeltierwelt auch noch beim diplomatischen Dienst bewerben. Für jemanden, der Hannas miese Sprüche erträgt, ohne auszurasten, ist die Erreichung des Weltfriedens wahrscheinlich nur ein Klacks. Was das Sängerinnen-Casting morgen anbelangt, ist meine Zuversicht allerdings weniger groß. Habe Schari berichtet, dass ich aufgrund des verpatzten Telefonats mit Ben nun doch beschlossen habe, am Dienstag aufzutreten, und deshalb gestern auch noch bei Gesa war. Sie wollte natürlich ganz genau wissen, was Gesa zu meiner Stimme gesagt hat (immerhin ist er dank seiner Gesangsausbildung in solchen Fragen quasi ein Profi), aber ich wusste nicht so richtig, was ich ihr darauf antworten sollte. Schließlich war das, was Gesa zu meinem »No, no, no ...« gesagt hat, ziemlich kryptisch. Nach ein paar Minuten Geschwafel à la »in Teilbereichen durchaus ausbaufähig« habe ich ihm auf den Kopf zugesagt, dass er meine Stimme schrecklich findet, aber er meinte, so könne man das nicht stehen lassen.

»Du singst wirklich nicht schlecht. Deine Stimme ist nur noch ein bisschen zart und natürlich noch sehr jung ... also vielleicht solltest du weniger Amy Winehouse singen, sondern mehr ... Volkslieder.«

»Volkslieder??«

Ich war kurz davor, ihm bei lebendigem Leib die Haut abzuziehen – ich mein, *Volkslieder*!!!, aber da ist er schon zurückgerudert und hat gemeint, wenn ich was gegen Volkslieder hätte, könnte ich es auch mit Deutsch-Pop versuchen.

»Irgendwas Softes. Also nichts, wozu man eine richtige Rockröhre braucht. Vielleicht Rosenstolz.«

»Aber du hast vorletzte Woche noch gesagt, Rosenstolz sei der totale Kitsch!«

»Wirklich? Na ja, vielleicht brauchst du einfach noch ein paar Jahre.«

Gesa hat mich seufzend betrachtet und mir dann vorgeschlagen, erst mal Gesangsstunden zu nehmen, aber der Tipp war in Anbetracht [20] des morgigen Castings natürlich für die Tonne. Wo soll ich bis morgen auch Gesangsstunden herkriegen?

Ich hab Scharina gefragt, ob noch andere außer Hanna und Katja Wetten abgeschlossen hätten, wer gewinnt, und sie meinte, ich solle besser fragen, wer keine Wette abgeschlossen habe. So viel also zum Thema »Ich geh da morgen ganz entspannt in

---

[20] *Super Formulierung, oder? »In Anbetracht dessen ...« Muss ich unbedingt öfter verwenden!*

die Aula und singe etwas vor«. Oh Mann. Vielleicht sollte ich das mit dem Krankwerden doch noch durchziehen. Ich muss nur Sophie und die anderen verdonnern, dass sie ihre Klappe halten, und dann ... Nee, ich glaube, das nimmt Ben mir nach unserem Telefonat nicht mehr ab. Hmmm. Eventuell passiert ja auch ein Wunder und es wird gar nicht so schlimm, wie ich befürchte. Wenn man sich etwas ganz schrecklich vorstellt, dann kann es in Wirklichkeit doch nicht so heftig kommen, oder? Vielleicht muss ich mir das Ganze einfach nur furchtbar genug ausmalen. Ich könnte zum Beispiel stolpern, mich im Mikrokabel verheddern und dann laut schreiend von der Bühne stürzen, wobei ich mir eine Platzwunde zuziehen würde, durch die das Blut mir in Strömen herunterlaufen würde, woraufhin Ben sich besorgt über mich beugen würde, und ich ihm – weil ich kein Blut sehen kann – quer übers T-Shirt kotzen würde, wonach ...

AAAAAAAAAAAAAARGH!

Okay, okay, ich hör ja schon auf. Ich mein, ich bringe es fertig und verheddere mich WIRKLICH im Kabel. Und stolpere dann laut schreiend von der ...

JULIE! STOPP!

21.05 Uhr.

Habe mir das, was ich geschrieben habe, eben noch mal durchgelesen, und bin jetzt ziemlich geschockt von mir selbst. Weißt du, was mir dabei nämlich bewusst geworden ist? Ich hab die ganze Zeit nur von mir geschrieben, von **MEINEN** Sorgen und **MEINEN** Problemen. Dabei wollte ich doch eigentlich von Scharina schreiben!!! Habe bisher immer gedacht, ich sei ziemlich sensibel und einfühlsam, aber allmählich bin ich mir da nicht mehr so sicher. Gott, ich will keine schreckliche Exzentrikerin[21] werden, die nur von sich selber redet!!! Muss Schari und die andern unbedingt demnächst fragen, ob ihnen das bei mir auch schon aufgefallen ist. Echt gruselig. Heute Nachmittag war es nämlich fast genauso. Den halben Nachmittag hat meine beste Freundin damit verbracht, mich aufzumuntern, und erst dann ist mir aufgefallen, dass sie immer stiller wurde und immer bemühter klang, selbst als wir über Hanna gelästert haben, wobei sie normalerweise dabei sonst immer in Höchstform ist. Und da erst ist mir klar geworden, dass ich die ganze Zeit gesabbelt hab und mich gar nicht nach ihr erkundigt hab. Na, und deshalb habe ich Schari dann gefragt, wie es eigentlich gestern mit Jannick war – und da kam alles heraus!!!!!

Jannicks Vater, der Bulle, ist nämlich früher nach Hause gekommen als geplant und ... Na ja, um das Ganze richtig zu verstehen, muss man wissen, dass Jannicks Vater früher mal ein waschechter, richtiger Bulle war, der den ganzen Tag mit Dieben, Schlägern und Kiffern zu tun hatte. Aber dann hat er – laut Jannick – irgendwann festgestellt, dass er das nicht länger

---

[21] *Oder heißt das Egozentrikerin?*

machen kann, weil er zu sensibel dafür ist (Ha! Da lachen ja die Hühner! Der und sensibel!!!), und deshalb hat er sich in eine andere Abteilung versetzen lassen. Na, und jetzt ist er eben Sachbereichsleiter für Kriminalstatistik und muss andauernd Vorträge über die Verrohung der Jugend halten, die vor Horror-zahlen über die Straftaten Minderjähriger nur so strotzen, und deswegen glaubt Jannicks Vater inzwischen, dass in allen Jugendlichen per se[22] ein schreckliches »Störer-Gen« schlum-mert. (Außer natürlich bei seinem Sohn.)

Neulich hat er bei uns an der Schule einen Vortrag über Ju-gendkriminalität gehalten und sich da so reingesteigert, dass man den Eindruck hatte, es würde schon an ein Wunder gren-zen, dass bei uns in der Klasse noch niemand umgebracht wor-den ist. Ehrlich! Wenn es nach Jannicks Vater geht, dann han-deln die meisten Teenager mit Drogen oder sie sind Neonazis oder sie planen einen Amoklauf oder alles gleichzeitig. In mei-nen Augen müsste der Mann mal dringend durchgekitzelt wer-den, damit er das Lachen nicht völlig verlernt, aber laut Jannick vergräbt er sich seit seiner Scheidung die meiste Zeit in seinem Schrebergarten, wo er hässliche Teetassen töpfert und dabei den Sonnengruß übt, und insofern ist das mit der Kitzelei nicht sonderlich realistisch.

Neben seiner Paranoia vor Zigarettenrauch und kriminellen Jugendlichen, die es auf seinen Sohn angesehen haben könn-

---

[22] *per se = an sich. Ha, finde Latein zwar unterirdisch, aber wenigstens eignet es sich hervorragend zur Anhäufung überflüssigen Wissens. Seitdem weiß ich zum Beispiel, dass die Automarke Audi einst einem Herrn Horch gehört hat, der sie nur deshalb »Audi« nannte, weil das auf Deutsch »Höre!« oder »Horch!« bedeutet.*

ten, ist das Nervigste an Jannicks Vater, dass er Scharina immer so ansieht, als wäre sie eine Al-Qaida-Terroristin mit Fußpilz. Dachte erst, er hätte vielleicht was gegen sie, weil ihre Familie aus Polen kommt und er ein bescheuerter Rassist ist, aber Jannick meinte, sein Vater käme ursprünglich selber aus Danzig, was ja bekanntermaßen in Polen liegt, und deshalb kann es das schon mal nicht sein. Schari glaubt, dass Herr Kleinhardt so super besorgt um seinen Sohn ist, weil er Angst hat, dass seine Frau ihm das Sorgerecht streitig machen könnte, wenn in seiner Erziehung irgendetwas schiefläuft, und vielleicht hat sie damit ja recht. Wäre wenigstens eine Erklärung dafür, dass Jannicks Vater jeden, der bei ihm zu Hause auftaucht, so übertrieben unter die Lupe nimmt.

Wie auch immer, auf jeden Fall ist Herr Kleinhardt gestern Nachmittag, als Scharina bei Jannick war, ausgerechnet in dem Moment in Jannicks Zimmer geplatzt, als die beiden sich geküsst haben, und danach war wohl erst mal die Hölle los. Jannicks Vater ist komplett ausgerastet! Erst hat er Jannick angebrüllt, wenn er sich noch einmal mit Scharina treffen würde, hätte er acht Wochen Hausarrest, und dann hat er zu Schari gesagt, sie solle sofort sein Haus verlassen, ehe sie seinem Sohn noch ein Kind anhängt. Im Ernst! Schari meint, das waren genau seine Worte! Schari hat nur noch geheult und Jannick hat seinen Vater angebrüllt, aber Herr Kleinhardt hat ihm nicht zugehört, sondern nur zurückgeschrien, dass er solche verwahrlosten Mädchen zur Genüge aus seinen Statistiken kennen würde und dass man sich Schari mit ihren gefärbten

Haaren und ihrer kaputten Tasche ja nur ansehen müsse, um zu wissen, aus was für einem Stall sie kommt.

Stall!!!!! Hat er wirklich gesagt. Als wenn Scharina ein Kaninchen wäre. Nicht zu fassen, oder? Der Typ hat echt den Schuss nicht gehört! Als ob man aufgrund einer pinken Haarsträhne und schwarz lackierter Fingernägel darauf schließen könnte, was für ein Mensch Scharina ist! Und dann die Sache mit dem Kindandrehen! Das ist so was von lächerlich! Wo Scharina und Jannick beide erst dreizehn sind und gerade einmal Händchen halten!

Anschließend musste Scharina ganz allein mit Herrn Kleinhardt die Treppe runtergehen. Und unten vor der Tür hat er ihr dann gesagt, dass er nicht zulassen würde, dass sie seinen Sohn erst zum Rauchen anstifte und anschließend auch noch sexuell belästige und dass sie deswegen Hausverbot bei ihm hätte.

GEHT´S NOCH???????????????

Ich meine, dass Scharina Jannick nicht sexuell belästigt, müsste selbst Herrn Kleinhardt klar sein, und dass sie nicht raucht, weiß auch jeder! Keine Ahnung, wer diese Zigarette mit dem dunkelroten Lippenstift auf Herrn Kleinhardts Balkon ausgedrückt hat – Schari war's auf jeden Fall nicht!

Inzwischen ist Scharina so verzweifelt über Herrn Kleinhardts Verbot, Jannick weiter zu treffen, dass sie sogar ernsthaft darüber nachdenkt, ihr gesamtes Outfit zu ändern. Echt wahr! Samt ihrer pinken Haarsträhne, der Schultasche aus alten Autoreifen und ihrer selbst bemalten Manga-T-Shirts. Die tausend Mal, die Hanna und Katja Schari »Assi-Schlampe« genannt haben, hat sie locker weggesteckt, aber eben hat sie so geweint, wie ich es noch nie erlebt habe, noch nicht mal bei der Sache mit Kevin.

Dass Erwachsene so fies sein können! Und dabei ist er Polizist! Von wegen, die Polizei, dein Freund und Helfer! Herr Kleinhardt hat echt Glück, wenn er mir in nächster Zeit nicht unterkommt.

Ich habe Scharina gesagt, dass sich in meinen Augen nicht sie ändern muss, sondern Herr Kleinhardt, aber sie hat nur »Das verstehst du nicht« geschluchzt und etwas von wegen, dass Herr Kleinhardt nur das ausgesprochen hätte, was viele denken. Dass nämlich Leute wie sie und ihre Mutter, die zwei Jobs machen muss und in einer heruntergekommenen Hochhaussiedlung lebt, in der die kleinen Kinder in den Fahrstuhl kacken, Abschaum sind.

»Schwachsinn! Das denkt doch niemand!«

»Von wegen. Herr Kleinhardt denkt das wohl.«

Scharis Unterlippe hat gezittert und ich hab gemerkt, wie ich langsam wütend geworden bin, wütend auf Jannicks bekloppten Vater und wütend auf den Chef von Scharis Mutter, der ihr so wenig zahlt, dass sie nebenbei noch putzen gehen muss, und wütend auf den Hausverwalter, der diese beschissenen Flurlampen nicht repariert, und wütend auf mich selbst, dass ich sie den ganzen Nachmittag mit meinem blöden Casting vollgequatscht habe, während sie doch viel größere Sorgen hat.

»Aber das zeigt doch nur, wie beschränkt dieser Typ ist!«

Ich hab richtig gebrüllt vor Wut.

»Aber das denkt nicht nur Herr Kleinhardt! Das denken alle. Alle! Das denk ja sogar ich ...«

Schari hat den Kopf in den Händen vergraben und ich hab kaum Luft bekommen, so einen Kloß hatte ich auf einmal im Hals.

»Aber, das stimmt doch nicht!!!! Du bist kein Abschaum!!!!!! Wie kannst du so was auch nur denken??? Du kannst irre toll Mangas zeichnen und Muffins backen und deine Mutter ist eine super Kosmetikerin und ...«

Schari hat sich vor Schluchzern geschüttelt und ich hab wie vom Donner gerührt dagestanden und für einen Moment nicht gewusst, was ich noch sagen soll, aber im selben Augenblick hat Schari das Kissen von ihrem Bett schon mit aller Wucht gegen die Wand gedonnert.

»Ach, ja? Und was ist, wenn ich Jannicks Vater sogar verstehen kann?? Wenn ich einen Sohn hätte, würde ich vielleicht ja auch nicht wollen, dass der mit einer zusammen ist, die nie jemanden zu sich nach Hause einladen mag, weil es hier so scheiße klein ist, und das nur, weil ihr Vater keinen Unterhalt zahlt und ihr Bruder ständig Mist baut und ihre Mutter andauernd irgendwelche Scheiß-Schwindelanfälle hat ...« Schari hat sich schluchzend aufs Kissen geschmissen und ich wollte eigentlich was sagen, aber es ist einfach nichts rausgekommen. Und dann musste ich plötzlich auch weinen. Das war total furchtbar!

Einen Moment lang haben wir beide geheult und dann hat Schari auf einmal aufgehört und sich verwirrt zu mir umgedreht.

»Julie? Warum heulst *du* denn jetzt??«

»Keine Ahnung …«

Ich hab schluchzend die Schultern gezuckt und bin mir völlig dämlich vorgekommen, aber im selben Moment ist mir plötzlich bewusst geworden, warum, und da hab ich mir fluchend die Tränen aus dem Gesicht gewischt und sie mit brennenden Augen angestarrt.

»Vielleicht, weil du den ganzen Mist, den Jannicks Vater dir erzählt hat, glaubst! Dabei ist das doch kompletter Käse! Als ob es irgendeine Rolle spielt, wo man wohnt oder was für Eltern und Geschwister man hat! Das ist doch scheißegal!! Das Einzige, was zählt, ist man selbst!!! Und du bist klasse! Ohne dich wäre ich total aufgeschmissen. Weil du nämlich die Einzige bist, die immer den Weg kennt, wenn ich mich in der Schule verlaufe, und die Einzige, die immer genau das Richtige sagt, wenn's mir schlecht geht, und die Einzige, die ganz genau weiß, was richtig und was falsch ist, ich mein nicht nur in Mathe, sondern überhaupt. Und wenn du mich fragst, dann wirst du später bestimmt eine tierisch berühmte Manga-Zeichnerin und heiratest Jannick und …«

An der Stelle ist mir die Puste ausgegangen und ich hab Schluckauf bekommen, und während ich verzweifelt versucht habe, zehnmal tief durchzuatmen und dabei lautlos »Möbelwägelchen« zu sagen (was laut Mumi die beste Methode gegen Schluckauf ist), hat sich auf Scharinas Gesicht ein Lächeln ausgebreitet.

»Du meinst wirklich, ich heirate später mal Jannick?« Scharina hat verlegen den Kopf geschüttelt und ich hab hicksend genickt.

»Garantiert. Okay, du wirst dich damit abfinden müssen, dass deine Kinder alle wie kleine Hobbits aussehen, aber dafür kriegst du immerhin die beste Babysitterin der Welt!«

»Damit meinst du doch nicht dich, oder?«

Schari hat mich mit verheulten Augen angelächelt und ich habe mit genauso verheulten Augen genickt.

»Klar.«

»Okay, gebongt. Aber vorher hörst du mit diesem bekloppten Rumgehickse auf!« Schari hat mir einen Nasenstüber verpasst und ich hab ihr vorgeschlagen, sich das Gesicht zu waschen und Jannick auf dem Handy anzurufen, um noch einmal über alles zu reden.

Und das hat sie auch getan und dann haben sie sich auf den Bänken hinter dem Sportplatz verabredet und ich bin nach Hause gefahren.

Nicht zu glauben, was die Liebe aus einem macht, oder? Ich lasse mich morgen in der Aula öffentlich demütigen, nur um vielleicht den Hauch einer Chance zu haben, Ostern mit Ben zu verbringen, und Scharina überlegt, die Haarsträhne, wegen der sie sich wochenlang mit ihrer Mutter gefetzt hat, zu überfärben, weil sie hofft, dass Kotzbrocken-Kleinhardt ihr dann vielleicht wieder erlaubt, sich mit Jannick zu treffen. Dabei finde ich es nach wie vor ein Unding, dass der Typ sich überhaupt eine Meinung über Schari anmaßt! Wünschte, der würde mal Mumi kennenlernen, die würde ihm schon Bescheid stoßen,

wie man sich gegenüber Mädchen und
Frauen benimmt!!!! Aber vorerst sollte ich mich vielleicht selbst um die
Sache kümmern. Auch wenn ich
zurzeit noch nicht die geringste
Ahnung habe, wie ich Schari
helfen kann. Aber irgendetwas
fällt mir da bestimmt noch ein.
Wie sagt Mumi noch immer,
wenn sie mich davon überzeugen will, eine Girlpower-AG an
unserer Schule zu gründen?
»Wer kämpft, kann verlieren,
wer nicht kämpft, hat schon
verloren.«

Dienstag, der 30. März

Höhepunkte

1) Keine.

☺ Tiefpunkte

1) Habe seit heute Morgen ganz schreckliche Bauchschmerzen. Schätze, das ist die Aufregung vor dem Casting. Oder die viele Schokolade gestern. Vielleicht hätte ich den sechsten Schoko-Muffin doch nicht mehr essen sollen, aber diese Diät-Essen, die Mama uns den ganzen Tag auftischt, machen mich inzwischen so hungrig, dass ich beim Anblick von Süßem vollkommen willenlos reagiere.

2) Hubsi (heute trug er eine Art Konfirmationsjackett, frag mich nicht, warum) hat mich heute in der Schule so lange angestarrt, dass es auch den anderen aufgefallen ist. Selbst Jette, die sonst nie was merkt! Zu allem Überfluss meinte Sophie auch noch, dass Hubertus sich neuerdings Chancen bei mir ausrechnet, weil ich ihm irgendetwas von mir geschenkt hätte. Dabei hab ich ihm überhaupt nichts geschenkt! Arghhhhhhhh! Franzi, die als einziges Mädchen noch bei Hubertus' Geburtstagsparty eingeladen war, hat mir erzählt, dass er in seinem Zimmer zwei Wandertag-Fotos von mir neben das Poster einer halb nackten Frau gehängt hat. **Ihhhhhhhhhhhhhhhhhhhh!** Manche Jungs sind so eklig!!!

3) Heute nach der Siebten ist das Sängerinnen-Casting.

9.15 Uhr. Im Lateinunterricht.

Eigentlich sollen wir jetzt irgendein Streitgespräch zwischen Augustinus und Orosius übersetzen, aber da ich ohnehin nur Bahnhof verstehe, kann ich genauso gut Tagebuch schreiben. Schließlich gibt es gute Nachrichten! Habe eben in der kleinen Pause mit Schari gesprochen, die heute von einem Ohr bis zum anderen strahlt! Und ihre Haarsträhne ist auch noch pink!!! Bin tierisch erleichtert. Anscheinend hat sie gestern mit Jannick geredet und der hatte die Idee, seine Mutter einzuschalten (du weißt schon, die, von der Herr Kleinhardt geschieden ist), damit er Schari weiter sehen darf. Vielleicht reicht es ja auch schon, wenn er mit ihr droht. Laut Jannick bekommt er von seiner Mutter alles, weil sie so ein tierisch schlechtes Gewissen hat, dass sie ihn und Jannicks Vater verlassen hat, und insofern gibt's in Sachen Hausverbot einen Lichtstrahl am Horizont. Bin echt froh! Das gestern hat mir nämlich ganz schön Angst gemacht, aber so wie Schari eben drauf war, denke ich, Jannick und sie kriegen die Sache schon wieder hin. Und notfalls kann ich mir Herrn Kleinhardt ja noch immer zur Brust nehmen und ein Exempel statuieren (wenn ich nur wüsste, was für eins).

11.23 Uhr. Große Pause.

In zweieinhalb Stunden ist das Sängerinnen-Casting. Habe eben x-mal darüber nachgedacht, wie ich aus der Segelnummer wieder rauskomme, und bin jetzt zu einer Entscheidung gelangt. Wenn ich das Casting gewinne, sage ich Papa, dass das mit Dänemark leider nichts wird, und frage ihn, ob er nicht stattdessen mit Mama segeln gehen will. (Mama hasst Segeln, insofern wird sie mich killen, wenn sie das hört, aber wo gehobelt wird, fallen nun mal Späne, sagt Mumi auch immer.)

Okay, und wenn ich das Casting verliere, gehe ich mit Papa segeln. Ist vielleicht ein zusätzlicher Anreiz, um heute Nachmittag alles zu geben. Apropos alles. Habe beschlossen, »Liebe ist alles« von Rosenstolz zu singen. Bei dem Lied hat sich Otti wenigstens nicht die Ohren zugehalten. Drück mir die Daumen. Um Punkt 15.00 Uhr geht's los.

11.43 Uhr.

Oh Gott! Hocke gerade auf dem Schulklo und kann vor lauter Bauchkrämpfen kaum schreiben.

Was mache ich nur? Mein Bauch macht Geräusche wie ein Vulkan kurz vorm Ausbruch und eben hab ich auch noch Durchfall bekommen. So ein Kack! (Im wahrsten Sinne des Wortes!) Erst habe ich gedacht, das ist bestimmt nur die Aufregung, aber inzwischen befürchte ich, dass ich gerade dabei bin, wirklich krank zu werden. Verflixt! Das glaubt mir nach der ganzen Vorgeschichte doch niemand mehr! Das Schlimmste ist, dass ich unmöglich von der Toilette aufstehen kann.

Hab's eben versucht, aber ich hatte kaum die Klotür auf, da ging's schon wieder los.

Elf Minuten später.
Noch immer auf dem Schulklo.

Dünnpfiff ist gar kein Ausdruck für das, was ich habe. Und dazu Bauchkrämpfe, die so fies sind, dass ich sie noch nicht mal Hanna wünschen würde. Um mich herum ist zum Glück alles still, weil die anderen im Unterricht sind, aber ich schaff es einfach nicht, mir die Jeans hochzuziehen. Hoffentlich schickt Herr Clausen niemanden los, um nach mir zu gucken. Wenn ich mir vorstelle, dass mich so jemand sieht, kann ich mir gleich einen Strick nehmen! Oh, nee. Gerade wird mir auch noch speiübe-

Vier Minuten später.

Oh Gott. Oh Gott! Jetzt hab ich auch noch gespuckt. Das meiste hab ich versucht aufzuwischen, aber ...
Oh, nein, es geht schon wieder l-

12.10 Uhr. Schulklo.

Du glaubst nicht, wie es um mich herum stinkt. Abartig! An Aufstehen ist nicht zu denken und allmählich frage ich mich ernsthaft, was passiert, wenn ich heute Abend noch immer hier sitze. Habe in meiner Verzweiflung kurzzeitig überlegt, mich in der nächsten Pause doch bemerkbar zu machen, den Gedanken aber nach einem Blick auf meine ~~vollgekotz...~~ Hose schnell wieder verworfen. Oh, SHIT! Was mache ich denn jetzt? Rufe ich Mama an und frage, ob sie mich abholt oder ... Oh nein, nicht schon wie-

Drei Minuten später.

Mama hat gesagt, sie holt mich gleich ab. Es ist alles so eklig hier und ich fühl mich so ...

Etwas später. Zu Hause.

Habe mich eben noch mal übergeben. Jetzt geht es mir etwas besser, aber das hält leider höchstens zehn Minuten an, dann wird mir wieder so übel wie beim Segeln, nur noch schlimmer. Dabei müsste mein Magen eigentlich langsam leer sein, aber von wegen. Boah, ich sag dir ... Ich hassssseeee Virusse und den hier ganz besonders!

13.54 Uhr.

Puh!!!!! Vor einer Viertelstunde hat Mama mir eine Tablette gegeben und die hat es wirklich gebracht – denn seitdem musste ich nicht mehr aufs Klo!!! (Könnte glatt als Höhepunkt durchgehen.) Dafür ist mir ganz schummrig und müde bin ich auch, dabei muss ich doch unbedingt Ben oder wenigstens seine Mutter abpassen, damit er Bescheid weiß, was mit mir los ist und warum ich nicht beim Casting war.

14.02 Uhr.

Bin völlig weggetreten! Eben, als ich aus dem Fenster geguckt habe, um zu sehen, ob drüben bei Ben schon jemand zu Hause ist, hatte ich die allererste Halluzination meines Lebens. Ob du's glaubst oder nicht, eine Sekunde lang hätte ich Stein und Bein darauf geschworen, dass dieser Kahlkopf mit dem Britney-Spears-Tattoo vor unserer Gartenpforte steht. Der aus dem Kino, mit dem Popcorn. Vor unserem Haus!

Habe kurz die Augen geschlossen, um zu überprüfen, ob ich mir das Ganze nur einbilde, und zack, eine Sekunde später war der Spuk vorbei. Weil ich es nicht glauben wollte, habe ich mich wie eine Wilde verrenkt, um weiter aus dem Fenster gucken zu können, aber soweit ich sehen konnte, stand vor der Pforte absolut niemand mehr. Gespenstisch, oder?

Habe mir neulich eines von Mamas Psychobüchern ausgeliehen (seitdem sie diese postnatale Depression nach Ottis Geburt hatte, kauft sie die quasi ständig) und da stand unter anderem drin, dass außergewöhnliche Belastungen (und wenn so ein Virus plus die Angst vor dem Casting keine sind, weiß ich auch nicht) durchaus zu zeitweiligen Bewusstseinseintrübungen führen können. Das ist echt wieder typisch! Andere sehen bei einem Magen-Darm-Infekt höchstens das Innere der Kloschüssel und was sehe ich? Einen übergewichtigen Glatzkopf mit einem Britney-Spears-Tattoo im Nacken! Ich mein, wenn schon Wahnvorstellungen, warum nicht Tom Higgenson, dieser Sänger der Plain White T's, der vor unserer Haustür »Hey There Delilah« (abgewandelt in »Hey There Julie«) für mich singt? Oder Ben mit einem Rosenstrauß und einer Riesenpackung Salzstangen in der Hand?

Ich hab noch total benebelt am Fenster gestanden, da ist Mama reingekommen und hat mir einen Teller mit Zwieback neben das Bett gestellt und gesagt, ich solle ins Bett zurückgehen und versuchen zu schlafen. Habe ihr erklärt, warum das auf keinen Fall geht, aber Mama meinte, ich soll mir keine Sorgen machen, sie würde sich schon um Ben kümmern und ihm die ganze Sache mit dem Casting erklären, schließlich sähe ich aus wie der Tod auf Socken. Oh Mann, manchmal bin ich soooo froh, dass ich sie habe! Auch wenn sie ab und zu nervt, aber bei so was ist sie einfach klasse!! Hoffe, Ben ist nicht allzu sauer darüber, dass ich wirklich krank bin, aber wenn Mama ihm meine Spuckerei anschaulich genug schildert, wird er mir wahrscheinlich auf Knien danken, dass mir das Ganze nicht auf der Bühne passiert ist.

PS: Eben fällt mir ein: Vielleicht kommen meine Bewusstseinsstörungen ja von den Tabletten? Muss Mama unbedingt heute Abend fragen, was das für ein Zeug war.

17.12 Uhr.

Oh Gott! OH GOTTTTTTTTTTTTTTTTTTT

17.34 Uhr.

Tut mir leid, wenn die Seite hier ganz feucht ist, aber ich muss gerade tierisch weinen. Oh, Shit! Ich kann gar nicht richtig schreiben. Meine Hand zittert wie Espenlaub und ich fühle mich wie in einer Art Nebel.

Das Einzige, was ich weiß, ist, dass Ben vorhin bei uns geklingelt hat und ich im Halbschlaf zur Tür getaumelt bin und er mich mit einem ganz eiskalten Blick angesehen hat. Und dann hat er gesagt, dass er mich in der nächsten Zeit nicht sehen will und dass ich ... Oh Mist ...

18.54 Uhr.

Habe eben wieder gespuckt, aber jetzt ist eh alles egal. Komplett alles! Ben hat nämlich vor zwei Stunden mit mir Schluss gemacht. Ich kann's noch immer nicht fassen! Das ist alles so absurd. Habe mir in der letzten Stunde x-mal in den Arm gekniffen, aber ich bin nicht aufgewacht. Stattdessen hat mein Arm jetzt lauter blaue Flecke. Das heißt, es ist wirklich aus. Aus und vorbei. Wenn es mir in den letzten Monaten schlecht gegangen ist, habe ich immer an Ben gedacht und dann habe ich mich gleich ein bisschen besser gefühlt, aber wenn ich im Moment an Ben denke, habe ich das Gefühl, als würde mir bei lebendigem Leib das Herz herausgerissen werden. Irgendwie ist mir erst jetzt klar geworden, dass ich davon ausgegangen bin, dass wir noch tierisch lange zusammenbleiben. Vielleicht nicht für immer, aber ... Doch, eigentlich schon. Für immer. Ziemlich blöde von mir, wie's aussieht.

23.06 Uhr.

Kann vor lauter Heulen nicht schlafen. Dabei ist mir gerade erst eingefallen, dass ich ja noch gar nicht aufgeschrieben habe, was heute Nachmittag eigentlich genau passiert ist. Also ...

Nach dem ganzen Spucken und Durchfall und den Tabletten hab ich wie eine Tote geschlafen, und als ich zwei Stunden später aufgewacht bin, habe ich gesehen, dass Mama mir eine Tasse Tee neben das Bett gestellt hatte. Daneben lag ein Zettel: »Muss mit Evchen zum Arzt, Vorsorgeuntersuchung. Habe Ben noch nicht erreicht. Bin gegen sechs wieder da. Schlaf schön, Kuss, Mama.«
Ich hab noch gedacht, na toll, ich bin krank und sie kümmert sich mal wieder nur um Otti, aber im selben Moment hat es schon unten an der Tür geklingelt. Ich hab geglaubt, das ist bestimmt Schari, die mir die Hausaufgaben bringt, und bin ein bisschen wackelig in meine Jeans geschlüpft und die Treppe runter zum Eingang gewankt, aber statt Schari stand Ben mit

einem ganz komischen Gesichtsausdruck vor der Glastür und ich hab überhaupt nicht geschaltet. Okay, ich glaube, ich hab mich noch kurz darüber gewundert, dass er so außer Atem war und die blaue Ader über seiner Schläfe so heftig gepocht hat, aber da hat er mich schon mit beißender Stimme gefragt, ob ich wüsste, wie spät es ist. Na, und im selben Moment ist mir das mit dem verpassten Casting wieder eingefallen und ich hab begriffen, dass Mama noch gar nicht mit ihm gesprochen hat, und da ist mir total übel und schwindelig geworden und diesmal war daran nicht der Virus schuld.

»Oh Scheiße! Tut mir leid, Ben! Eigentlich wollte Mama gleich noch zu euch rüberkommen und ...«

»Sicher. Und morgen heiratet der Papst.«

Ich hab verwirrt den Kopf geschüttelt, weil ich nicht ganz begriffen habe, was die Hochzeit des Papstes mit dem Besuch meiner Mutter zu tun hat, aber davon ist mir nur noch schwindeliger geworden und deshalb hab ich damit gleich wieder aufgehört.

»He, ich weiß, du bist bestimmt sauer, dass ich nicht beim Casting war, aber ich hab auf einmal so einen Magen-Darm-Virus bekommen und deswegen musste ich ganz schnell nach Hause.«

Stille. Ben hat nichts gesagt, sondern mich nur finster gemustert. Also hab ich mich noch einmal geräuspert.

»Dieser Virus, der kam ganz überraschend.«

Stille.

»Ich kann wirklich nichts dafür. Heiliges Ehrenwort!«

Immer noch Stille. Ben hat mich weiter angeguckt, aber gesagt hat er keinen Ton.

»Äh ... Ben? Alles in Ordnung?«

»Nein.«

»Nein?«

Ich hab gemerkt, dass in mir langsam Panik hochgestiegen ist, weil Ben irre sauer ausgesehen hat, aber bevor ich noch einmal beteuern konnte, dass ich wirklich krank sei, hat er endlich den Mund aufgemacht.

»Nein, es ist N I C H T alles in Ordnung. Es ist nicht in Ordnung, dass du einfach nicht auftauchst, ohne abzusagen. Und es ist auch nicht in Ordnung, dass ich mir den Arsch aufreiße, damit wir über Ostern zusammen sein können, während du längst vorhast, mit deinem Vater nach Dänemark zu segeln.«

»Oh. Dänemark.«

Für eine Sekunde war mein Kopf komplett leer und mir ist überhaupt nicht eingefallen, wie ich Ben die Dänemark-Geschichte erklären könnte, aber dann habe ich einfach drauflosgeredet.

»Das mit Dänemark, das ist nicht so, wie du denkst. Also wenn du denkst, dass ich lieber nach Dänemark fahren würde oder so, denn ich will gar nicht nach Dänemark, also ich mein, ich segle ja überhaupt nicht ...«

»Das sieht dein Vater aber anders. Mit dem habe ich gerade telefoniert und der meinte, dass du dich riesig darauf freust.«

»Oh. Wirklich? Äh ...«

»Aber jetzt kannst du ja leider nicht mitfahren, was? Weil du ja ... was hattest du noch? Schreckliche Halsschmerzen? Nein, die waren gestern ... Diesen wochenlangen Grippe-Infekt? Ach nee, jetzt fällt's mir wieder ein! Heute ist es ja ein Magen-Darm-Virus!«

Bens Stimme hat ganz schneidend vor Ironie geklungen und ich habe mich noch mal entschuldigt (ich entschuldige mich immer, wenn jemand mich so ansieht, das ist eine Art Reflex bei mir), aber das hat ihn nur noch wütender gemacht.

»Wenn du noch einmal ›Tut mir leid ...‹ sagst, dreh ich mich um und gehe, kapiert?«

»Aber ... es tut mir wirklich leid, das mit Dänemark, mein ich, und das mit dem Krankwerden, aber ...«

»Wahrscheinlich genauso leid wie die Sache mit dem Wasserrohrbruch, was?«

Bens Stimme ist ganz leise geworden, so leise, dass ich ihn kaum noch verstanden habe.

»Äh, Wasser ... Ach so. Du meinst den Wasserrohrbruch in der Buchhandlung ... Tja, der ...«

Ich hab fieberhaft überlegt, was ich jetzt sagen soll, schließlich hatte ich mir den ja nur ausgedacht, um meine Würde bei Bens Italien-Absage wahren zu können, aber mir ist auf die Schnelle nichts eingefallen.

»Also, der Wasserrohrbruch ... Ich weiß, das klingt jetzt komisch, aber ...«

Im selben Augenblick hat Ben mir das Wort abgeschnitten und jetzt hab ich ihn ziemlich gut verstanden, weil er so überdeut-

lich gesprochen hat, dass er gar nicht mehr nach Ben klang.
»Julie, ich war da. Bei Groth. Gerade eben. Bevor ich mit deinem Vater telefoniert habe. Weil ich mir Sorgen gemacht habe, als du nicht zum Casting erschienen bist und niemand bei euch zu Hause ans Telefon gegangen ist. Und da hab ich dann erfahren, dass die gar keinen Wasserrohrbruch hatten. Weder vor ein paar Tagen, noch sonst irgendwann.«

»Oh.«

»Das war schon die dritte Lüge.«

»Ich weiß, aber ...«

Ich hab Ben schluckend angesehen und Ben hat meinen Blick mit einem ganz merkwürdigen Ausdruck im Gesicht erwidert. Und dann hat er etwas gesagt, das mich völlig aus dem Konzept gebracht hat. »Ich kürz das Ganze jetzt ab, okay? Stimmt es, dass du dich in jemand anderen verknallt hast?«

Für eine Sekunde habe ich gedacht, ich hätte mich verhört, aber dann habe ich gemerkt, dass er das wirklich gesagt hat, und da habe ich laut aufgelacht. Okay, das war natürlich voll daneben, aber mir war noch immer ganz schwummerig und Bens Frage kam mir so absurd vor! Als ob ich mich je in irgendjemand anderen verknallen könnte! Na, und während ich gelacht hab, hab ich wieder zu Ben geguckt und auf einmal hab ich gewusst, dass ich gerade totalen Mist baue. Ich hab schnell mit dem Lachen aufgehört, aber da war es schon zu spät. Ben hat ausgesehen, als hätte er auf einmal eine Erkenntnis gewonnen, und ich hatte plötzlich einen ganz bitteren Geschmack auf der Zunge.

»Tja, anscheinend hat man mit dem blöden Ben immer was zu lachen, was? Erst schleppt er irgendwelche Föhne an, die kein Mensch braucht, und dann muss er sich auch noch von seinem Nachfolger erzählen lassen, an welchen Stellen bei seiner Freundin die Leberflecke sitzen.«

Bei dem letzten Satz hat Bens Stimme wahnsinnig verletzt geklungen und ich habe ihn angestarrt wie eine Fata Morgana. Leberflecke?? Einen Moment lang habe ich überlegt, ob das hier vielleicht gar nicht wirklich passiert, sondern nur ein Albtraum ist, wegen dieser bekloppten Tabletten, aber im selben Moment hat Ben schon weitergesprochen. »Hast du ein herzförmiges Muttermal auf der linken Brust?«

»Hä ?«

»Verdammt, ich will eine Antwort, Julie! Hast du ein herzförmiges Muttermal, ja oder nein?«

Für eine Sekunde hab ich gedacht, jetzt wird das Ganze völlig absurd, und hab mich ganz fest in den Arm gekniffen, aber aufgewacht bin ich davon nicht. Und da bin ich auf einmal wütend geworden. Ich mein, keine Ahnung, woher er das mit dem Muttermal weiß, das weiß noch nicht mal Schari, aber auch wenn Ben mein Freund ist, hat er noch lange nicht das Recht, in so einem Tonfall mit mir zu reden!

»Das geht dich gar nichts an, klar?«

Für einen Augenblick hat Ben mich ungläubig angestarrt.

»Es stimmt also? Du hast ein Muttermal auf der linken ... Oh Scheiße!«

Ben hat sich abrupt weggedreht und ich wollte gerade erwidern, dass ich sein Verhalten ziemlich daneben finde, da hat er mir schon entgegengeschleudert, dass er mich niemals wiedersehen will.

»Und das meine ich ernst, klar? Meinetwegen kannst du dir drei Magen-Darm-Infekte holen. Und am besten gleich die Pest dazu! Ist mir scheißegal!«

»Aber ...«

»Ach ja, und noch viel Spaß in Dänemark! Und in deinem weiteren Leben!«

»Ben! Jetzt bleib doch mal stehen! Ich will doch gar nicht nach Dänemark! Ich finde Dänemark total bescheu ...«

Ich bin Ben hinterhergelaufen, aber im selben Moment, als ich ihn am Ärmel zu fassen bekommen habe, ist Papa uns von der Gartenpforte aus entgegengekommen.

»Hallo, Ben, hallo, meine Kleine. Ich hab heute schon früher Schluss und hab gedacht, wir können ja schon mal unsere Segelsachen packen und ... Äh, na dann werd ich wohl schon mal ...«

Papa muss gemerkt haben, was zwischen Ben und mir los war, denn er hat mitten im Satz aufgehört und ist dann schnell in Richtung Haustür verschwunden. Und während ich noch überlegt habe, ob Papa meinen letzten Satz (von wegen ich fände Dänemark bescheuert) jetzt mitbekommen hat oder nicht, hat Ben sich angewidert von mir losgemacht und zwei Sekunden später war von drüben nur noch die knallende Haustür zu hören.

Wumms! Und das war's dann. Ich habe noch einen Augenblick auf die Stelle gestarrt, wo Ben eben noch gestanden hat, und dann hab ich mich fassungslos zu Papa umgedreht, der im Eingang auf mich gewartet hat.

»Äh, Julie, also ich weiß jetzt nicht genau, was da eben zwischen euch war, aber wir fahren doch nach Dänemark, oder? Ich freue mich nämlich drauf und außerdem wollte ich beim Segeln auch noch etwas Wichtiges mit dir besprech ...«

»Tschuldigung ...«

Ich hab mich mit gequälter Miene zu Papa umgedreht und irgendetwas gemurmelt von wegen mir sei schlecht und dann bin ich ins Badezimmer gestürzt und hab gewürgt und geheult und gespuckt, alles gleichzeitig, bis Mama zwanzig Minuten später mit Otti vom Arzt zurückgekommen ist.

Tja, so viel dazu. Mein Herz ist ein Wrack, mein Magen-Darm-Trakt ein Notstandsgebiet und mein Leben ein Trümmerhaufen. Und das alles wegen einer blöden Lüge, einer doofen Ausrede und einem ätzenden Leberfleck auf der Brust, den ich sowieso noch nie leiden konnte.

Mittwoch, der 31. März

🙂 Höhepunkte

1) Gibt's nicht.

Tiefpunkte

1) Meine Existenz.

Bin eben aufgewacht und wusste im ersten Moment nicht, warum ich an einem stinknormalen Schultag um 8.54 Uhr noch immer in meinem Bett liege, aber dann fiel mir alles wieder ein. Ben und ich sind nicht mehr zusammen. Denke, sterben wäre eine gute Alternative!

10.42 Uhr.

Habe eben erfolglos versucht, einen Zwieback zu essen. Null Chance. Obwohl ich nach der ganzen Spuckerei gestern eigentlich Hunger haben müsste, konnte ihn einfach nicht runterbringen. Immer, wenn ich an Ben denke (und ich denke im Moment andauernd an ihn), dreht sich mein Magen einmal um sich selbst, und das war's dann zum Thema Essensaufnahme. Kaum zu glauben, aber vor ein paar Wochen hab ich mir sogar mal gewünscht, Liebeskummer zu bekommen, weil Jette meinte, das sei besser als jede Diät. (Das war auch der Grund, warum sie in den letzten Winterferien vier Kilo abgenommen hat – sie hat sich nämlich in Sepp, ihren 23-jährigen (!!!) Skilehrer verknallt! Wenigstens etwas, zu dem Skilehrer gut sind ...) Ach, verdammt, jetzt werde ich auch noch fies. Dabei habe ich eigentlich nichts gegen Skilehrer.[23] Wahrscheinlich hab ich's einfach nicht besser verdient! Oh Mann!

Das Haus ist total still. Mama ist mit Otti bei Mumi, weil sie mit ihr über irgendetwas Wichtiges reden will. Dachte erst, es sei Mumis geheimnisvolles Date, aber das ist es wohl doch nicht, sonst hätte Mama wohl kaum den Immobilienteil vom Abendblatt mit eingesteckt. Ob Mumi umziehen will? Keine Ahnung. Mir auch egal.

Alle anderen sind in der Schule und ich starre seit zwei Stunden wie ein waidwundes Reh durchs Fenster auf Bens Vorgarten (er ist auch in der Schule, zumindest ist sein Fahrrad weg) und fühle mich dabei wie ein gehirnamputierter Zombie. Habe eben auf dem Weg ins Bad in den Spiegel geguckt und festgestellt, dass ich auch so aussehe. Bin anscheinend über Nacht mutiert: von einer gut durchbluteten Dreizehnjährigen mit blauen Augen und Nofretete-Nase zu einem bleichen Mitglied der Addams-Family mit eingefallenen Wangen und Augenringen, so groß wie Lkw-Räder.

Kann noch immer nicht glauben, dass ich Ben nie wieder umarmen oder durchs Haar wuscheln darf. Habe neulich in einer von Mamas Zeitschriften gelesen, dass es gut ist, wenn man sich bei Liebeskummer wütend fühlt, weil man dann bereits auf dem Weg der Besserung ist. Fühle mich leider

---

[23] *Okay, sie sagen Fleischpflanzerl zu Frikadellen und haben Namen, die sich auf »Depp« reimen, aber das war's auch schon ...*

NULL wütend. Nur abgrundtief elend. So ähnlich muss es einem nach einem Boxkampf gehen, den man haushoch verloren hat. Man kommt sich vor wie ein wabbeliges Häufchen Mensch, das niemand mehr haben will.

Das einzig Positive ist, dass ich Ben in der Pause nicht sehen muss, weil ich heute nicht in der Schule bin. (Und wenn ich Glück habe, kann ich morgen auch noch zu Hause bleiben, was genau genommen heißt, dass ich jetzt schon Osterferien habe.) Na ja, und vielleicht noch, dass Mama gestern Abend nicht weiter nachgehakt hat, als ich ihr gesagt habe, dass sie mit Ben nicht mehr reden muss, weil ich das schon erledigt hätte. Habe erst befürchtet, sie sieht mir an, was passiert ist, und will dann alles haarklein wissen, aber sie hat nur kurz genickt und an ihrem erleichterten Blick habe ich gemerkt, dass sie ihr Angebot, mit Ben zu reden, längst wieder vergessen hatte. Tja, so viel zum Thema: Meine Tochter ist mir wichtig.

Okay, um sie zu verteidigen, muss man vielleicht erwähnen, dass Papa ihr vor ein paar Tagen irgendetwas Blödes erzählt haben muss, seitdem wirkt sie nämlich ziemlich geistesabwesend und ist ganz schön gereizt, aber trotzdem. Selbst wenn Papa mal wieder irgendeinen Unsinn angestellt hat, vergisst man deswegen die einzige Bitte seiner kranken Tochter? Eigentlich nicht.

11.53 Uhr.

Es ist noch immer alles still.

12.46 Uhr.

Wollte eben den Fernseher anstellen, aber Mama hat die Fernbedienung mitgenommen. Kann man sich so was vorstellen? Dieses merkwürdige Erziehungsseminar, an dem sie im letzten Monat teilgenommen hat, ist echt das Letzte. Erst die Sache mit dem Strafgeld für Schimpfwörter und jetzt das. *Dabei bin ich 13! Ich habe ein Recht auf Fernsehen! Selbst als Hartz-IV-Empfänger dürfen sie einem nicht den Fernseher wegnehmen! Hab ich gestern geschrieben, dass ich meine Mutter mag? War wohl auch eine Halluzination! Warum darf sie mich immer noch behandeln, als ob ich ein Baby wäre? Ich hasse das!!! Ist schließlich meine eigene Entscheidung, ob ich beim Vormittagsprogramm von Sat 1 verblöde oder nicht.*

13.03 Uhr.

Hätte nie gedacht, dass ein Haus so still sein kann. War kurzzeitig versucht, Bens Blacksheep-CD anzuhören, habe es dann aber unter Aufbringung sämtlicher Selbsterhaltungskräfte gelassen.

13.27 Uhr.

Habe eben das Radio angestellt. Auf Radio Hamburg lief »Sinfonie«. Bei der Textzeile »Wir stehen hier im Regen, haben uns nichts mehr zu geben und es ist besser, wenn du gehst ...« habe ich das Radio wieder ausgeschaltet.

13.52 Uhr.

Habe es eben noch mal mit dem Radio probiert. Diesmal sang Juli: »Ja, ich weiß, es war 'ne geile Zeit, es tut mir leid, es ist vorbei! Es ist vorbei!« Beim zweiten »vorbei« habe ich den Stecker gezogen. Nehme an, der Radiosender hat irgendeinen Deal mit der Bestatter-Innung abgeschlossen, um die Selbstmordrate bei Liebeskummer hochzutreiben. Wahrscheinlich kriegen sie Prozente auf die Särge.

14.37 Uhr.

Mama war da und hat gefragt, ob ich etwas essen will. Ich habe ihr geantwortet, dass ich nichts außer der Fernbedienung und einer Tüte Chips brauche, woraufhin sie meinte, wie schön, dann sei ich ja gesund und könne morgen wieder in die Schule gehen. Habe ich schon geschrieben, dass ich sie manchmal hasse??!

17.05 Uhr.

Hoffentlich ist dieser Kack-Tag bald um!

Donnerstag, der 1. April

☺ Höhepunkte

1) Gerade war Dr. Brandt, unser alter Hausarzt, da und hat diagnostiziert, dass ich einen kleinen (ha, von wegen!) Magen-Darm-Infekt habe, der zurzeit überall umgeht. Damit habe ich also quasi einen amtlichen Beweis dafür, dass ich Ben mit dem Kranksein nicht angelogen habe.

☹ Tiefpunkte

1) Habe Dr. Brandt gebeten, bei Ben zu klingeln und ihm zu sagen, dass ich wirklich krank bin, aber er meinte, so viel Zeit hätte er seit der letzten Gesundheitsreform nicht mehr und ich könne von Glück sagen, dass er aus alter Freundschaft zu meinen Eltern überhaupt noch Hausbesuche macht.

2) Papa und Mama verhalten sich merkwürdig. Heute früh hat Mama mich gefragt, ob ich sehr an unserem Garten hängen würde. Habe irritiert erwidert, warum sie das wissen will, aber sie hat nur an Ottis Lätzchen herumgenestelt und »Nur so ...« gemurmelt. Ziemlich sonderbar, wenn du mich fragst!

3) Seit vorgestern Abend habe ich nicht mehr gespuckt und der Durchfall ist auch vorbei. Das heißt, ich muss morgen mit Papa nach Dänemark segeln. Verdammt!

Eben habe ich sechsmal versucht, Ben telefonisch zu erreichen, aber zuerst war immer der Anrufbeantworter dran, dann ist niemand mehr rangegangen und zuletzt hat Bens Mutter abgehoben und mir gesagt, dass ihr das Ganze schrecklich leidtue, aber dass ich im Moment bitte nicht mehr anrufen solle, weil Ben eh nicht mit mir sprechen will und sie gerade einen wichtigen Anruf erwarte. Danach hat sie aufgelegt. Klack. Unfassbar, oder? So schnell kann's gehen. Vor ein paar Tagen wollte Bens Mutter noch mit uns in den Urlaub fahren und jetzt blockiere ich nur noch ihre Leitung.

Hätte nicht gedacht, dass es möglich ist, aber ich fühle mich heute noch schrecklicher als gestern.

Schari hat angerufen und mich gefragt, ob sie vorbeikommen soll, nachdem ich ihr gestern Abend gefühlte zwei Stunden lang (laut Mama waren es drei) am Telefon versucht habe zu erklären, was passiert ist. Aber ich weiß, dass Scharina donnerstags immer ihrer Mutter hilft, die Wohnung einer alten Dame zu putzen, und deswegen hab ich gesagt, sie solle sich keine Sorgen machen, ich käme schon klar.

Aber dann ist mir zwei Stunden später doch dermaßen die Decke auf den Kopf gefallen, dass ich Jette und Sophie zu einem sofortigen Chat bei SchülerVZ genötigt habe. (Franzi konnte auch nicht, ihre Mutter hat gesagt, sie sei bei einem Schminkkurs in der Familienbildungsstätte. Jette meint, sie könne schwören, dass der Kurs eigentlich erst ab vierzehn Jahren ist, aber Franzi hat ihren Eltern vorletzte Woche sogar weisgemacht, dass Fünfen in Bio dieses Jahr wegen Lehrermangel nicht gewertet werden, also ist so was für sie eine Kleinigkeit.)

Beim Chatten hat Jette sich zuerst danach erkundigt, welche Trost-Strategie mir lieber sei, eins oder zwei. Habe gefragt, worin Strategie eins und zwei sich denn unterscheiden, und Sophie hat es mir erklärt. Strategie eins zielt darauf ab, dass Ben ein Vollidiot ist und ich meine Zeit lieber mit meinen Freundinnen verbringen soll, die schließlich alle noch keinen Freund haben (von Schari mal abgesehen). Hatte ehrlich gesagt das Gefühl, dass Sophie diese Variante eindeutig bevorzugt, denn sie meinte, sie hätte sich schon das Kinoprogramm für nächste Woche besorgt und könnte auch das Reiten absagen, um stattdessen mit mir Kerzenziehen zu gehen.

Habe mich anschließend nach Strategie zwei erkundigt, woraufhin Jette meinte, die ginge eher in die Richtung, dass Ben mich im Grunde seines Herzens immer noch liebt und er und ich bald wieder ein Paar sein würden.

Na, was glaubst du, habe ich gewählt? Natürlich Variante zwei. Sophie war leicht geknickt, aber Jette meinte, das sei die richtige Entscheidung gewesen, denn sie sei sich inzwischen hundertprozentig sicher, dass der Krach zwischen Ben und mir nur ein Missverständnis sei. Habe sie gefragt, wie sie darauf kommt, und sie hat geantwortet, Ben hätte doch nur Schluss gemacht, weil er glauben würde, dass ich einen neuen Freund hätte, was ja gar nicht stimmen würde, und insofern würde unserem Streit quasi die gesamte Rechtsgrundlage fehlen.[24]

---

[24] *Jettes Kommissarinnen-Tick wird allmählich echt skurril, finde ich. Neulich hat sie mir geschlagene zwei Stunden zu erklären versucht, was der Unterschied zwischen Erpressung und Nötigung ist, und ich bin vor Langeweile fast gestorben.*

Zuerst war ich ziemlich verzückt von Jettes These, habe dann aber vorsichtig einfließen lassen, dass Ben wohl auch deswegen sauer auf mich ist, weil ich ihn dreimal hintereinander angelogen habe, woraufhin Jette erwiderte, das Argument sei aus irgendwelchen rhetorischen Gründen zu vernachlässigen. (Warum, habe ich nicht ganz verstanden, aber die Aussicht, dass das Ganze nur halb so schlimm ist, war so verlockend, dass ich nicht weiter nachgebohrt habe.)

Nachdem Jette mich fast davon überzeugt hatte, dass der ganze Streit zwischen Ben und mir nur eine Lappalie ist, hat sich Sophie leider eingeschaltet und geschrieben, dass sie uns ja nicht stören wolle, sie wüsste allerdings von ihrem Bruder Fiete höchstpersönlich, dass Ben mich nie wiedersehen wolle. Na, und das hat mich dann wieder auf den Boden der Tatsachen zurückgeholt. Verflixt! Habe die anderen gefragt, was sie von der Idee halten, Ben in einem langen Brief alles zu erklären, aber Sophie und Jette waren sich einig, dass das nur verlorene Liebesmüh sei, solange ich die Sache mit dem Leberfleck nicht aufklären könne.

»Verstehst du nicht, Julie? Wenn Ben wirklich gesagt hat, dass er sich von seinem Nachfolger erzählen lassen musste, wo bei seiner Freundin die Leberflecke sitzen, dann muss es diesen Nachfolger auch geben. Ist doch klar.«

»Und wer ist dieser komische Nachfolger, bitte schön? Und warum weiß ich nichts von ihm?«

Eine Sekunde ist der Bildschirm leer geblieben, aber dann hat Jette sich wieder gemeldet.

»Keine Ahnung. Das müssen wir eben herausfinden. Und dafür brauchen wir zuallererst einen Decknamen. Was haltet ihr von Soko[25] Leberfleck?«

»Soko Leberfleck?? Bist du jetzt völlig durchgeknallt?«

War gerade dabei, Jette fortschreitenden Gehirnschwund zu unterstellen (ich mein, als ob es nicht schon reicht, dass sie sämtliche Folgen von Soko Köln auf DVD hat), da hat Sophie sich unerwartet auf Jettes Seite geschlagen.

»Julie, hör auf! Jette hat recht. Solange du nicht genau weißt, was dahintersteckt, kriegst du Ben garantiert nicht zurück.«

Na, super. Habe mir unglücklich den zehnten Schoko-Crossie in den Mund gestopft (das mit dem Appetitverlust bei Liebeskummer hat bei mir nur anderthalb Stunden funktioniert, war ja klar!) und dann frustriert auf den Bildschirm gestarrt, auf dem Jette sich jetzt danach erkundigt hat, wer außer uns dreien noch von meinem Muttermal wüsste.

»Niemand. Na ja, außer meinen Eltern.«

»Aber das macht keinen Sinn.«

»Sag ich ja.«

»Kann es nicht sein, dass jemand es zufällig gesehen hat? Beim Sport oder so?«

»Nein.«

»Und warum nicht?«

Ich habe einen Moment gezögert und dann seufzend geantwortet.

---

[25] *Soko = Sonderkommission*

»Weil es direkt auf meiner linken Brust ist. Jetzt zufrieden?«

»Oh. Ist ja eklig.«

»Vielen Dank! ☹«

Wie schön, wenn die eigenen Freundinnen so sensibel wie Schlachterhunde sind. Da fühlt man sich doch gleich bedeutend besser!

Während Sophie mir irgendwas à la »Marilyn Monroe hatte auch ein ganz dickes Muttermal, direkt neben ihrem Mund, und war trotzdem die schönste Frau der Welt« zugeschickt hat (Danke, Sophie!), war ich kurz davor, mich aus unserem Chat auszuklinken, aber dann hat Jette gemeint, ich solle nicht beleidigt sein, schließlich sei das Wichtigste doch jetzt, die Sache gemeinsam aufzuklären.

»Okay, ich sage euch, wie wir's machen. Als Erstes quetscht Sophie ihren Bruder darüber aus, was er von der ganzen Nachfolger-Sache weiß. Dann verteilen wir ein paar Wanzen in Bens Zimmer, ich hab welche in meinem Spurensicherungs-Set, ihr wisst schon, dieses Profi-Set, das mein Vater für mich im Internet bestellt hat, und dann schleichen wir uns undercover bei Ben ein und ...«

Manchmal bin ich ja etwas schwer von Begriff, aber diesmal habe ich erstaunlich schnell geschaltet.

»Äh, Moment mal! Jette, du willst **was** in Bens Zimmer verteilen??«

Für einen Augenblick ist der Bildschirm leer geblieben und da ist mir klar geworden, dass Jette gerade wirklich und wahrhaftig vorgeschlagen hat, Bens Zimmer mit professionellen Abhörgeräten zu bestücken. Na, und da bin ich beinahe kollabiert.

»Hier verwanzt niemand irgendetwas, verstanden? Ben ist doch kein Verbrecher! So was ist total mies und hinterhältig! Außerdem, stellt euch doch nur mal vor, er merkt davon was, das wäre so, so ...«

Vor lauter Empörung ist mir kein passendes Wort eingefallen. Von Jettes Seite ist ein »Aber ...« auf dem Bildschirm aufgetaucht, aber danach ist nichts mehr gekommen, also habe ich gleich ein »Nichts aber!« zurückgeschossen, woraufhin sie gleich noch mal angesetzt hat.

»Aber wenn du ihn zurückbekommen willst, dann sind Wanzen vielleicht gar keine schlechte Idee.«

»Auf die Art will ich ihn aber nicht zurück!«

»Soll ich dann mein Reiten doch absagen, damit wir am Mittwoch zusammen Kerzenziehen können? ☺«

Das war natürlich Sophie.

»NEIN!«

»Aber die Wanzen sind wirklich ganz unauffällig.«
Wieder Jette.

»NEIN!!!«

»Spielverderber!«

»Das ist kein Spiel! Das ist mein Leben!!!«

Nachdem ich das ein für alle Mal klargestellt hatte, blieb der Bildschirm erst mal weiß, aber dann blinkte ein zaghaftes »Tut mir leid!« von Jette auf und ich habe wieder ausgeatmet.

»Schon okay. Dabei fällt mir ein, weiß einer von euch, wer das Casting gewonnen hat?«

Für eine Sekunde kam nichts, dann meldete sich Sophie mit einem zögernden »Ja«.

»Ja, und wer hat das Casting jetzt gewonnen?«

»Willst du das wirklich wissen?«

»Natürlich!«

»Na gut. Linea hat gewonnen.«

Im selben Moment habe ich mir gewünscht, ich hätte nicht gefragt. Linea hat gewonnen. War ja klar. Ich hab noch meine Wunden geleckt, da hat Jette schon gemeint, dass das leider noch nicht alles wäre. Noch nicht alles? Was denn noch? Wollte Jette gerade fragen, da ist von Sophie schon ein »Sag's ihr nicht!« aufgeblinkt.

»Was soll sie mir nicht sagen? Jette??«

»Sorry, Julie, aber Sophie hat recht. Das würde dich nur aufregen!«

»Noch mehr aufregen geht nicht! Also: Was sollst du mir nicht sagen?«

»Frag Sophie.«

»Sophie?«

»Ich glaube wirklich nicht, dass es gut wäre, wenn du das weißt. Dabei fällt mir gerade ein, würde es euch mit dem Kerzenziehen auch schon am Dienstag passen? Ich könnte dann trotzdem zum Reiten gehen. :)«

»Sophie, hör sofort damit auf! Das ist der billigste Ablenkungsversuch, den ich je erlebt habe!«

Langsam bin ich richtig wütend geworden und dann habe ich Jette und Sophie gedroht, dass sie nicht mehr meine Freundinnen sind, wenn sie mir nicht sofort sagen, was los ist. Okay, ich weiß, das war starker Tobak und anschließend ist mein Bildschirm auch vor lauter Schreck leer geblieben. Aber dann hat Sophie mir zögernd geschrieben, dass ihr Bruder gerade Liebeskummer hat, weil er von Linea gehört hat, dass sie nicht in ihn, sondern in jemand anderen verknallt ist.

»Und? In wen ist sie verknallt?«

Stille.

Wollte gerade eine erneute Drohung ausstoßen, da ploppten doch drei Buchstaben auf dem Bildschirm auf.

»B – e – n.«

Ich hatte es geahnt. Irgendwie hatte ich es geahnt.

»Aber das muss überhaupt nichts heißen! Echt nicht!!!«

Für einen Augenblick war ich nicht in der Lage zu antworten, weil ich die Zukunft plötzlich glasklar vor mir gesehen habe. Linea wird Ben über Ostern beichten, dass sie ihn toll findet, und Ben wird anfangs sprachlos sein, aber nach ein paar Tagen gemeinsamen Probens mit der Band wird er sie allmählich mit anderen Augen sehen und etwas später werden Schari, Franzi, Jette, Sophie und ich die beiden knutschend auf den Treppen vor der Schule stehen sehen und noch ein paar Wochen später wird sich kein Schwein mehr daran erinnern, dass Ben je mit der total unscheinbaren kleinen Julie aus der Siebten zusammen war.

Sophie und Jette müssen gemerkt haben, was in meinem Kopf abgelaufen ist, denn Sophie hat mich auf einmal gefragt, ob sie vorbeikommen soll, und Jette wollte auch schon ihre Jacke holen, aber ich hab schnell geschrieben, dass ich jetzt Schluss machen muss, weil meine Mutter nach mir ruft. Und dann habe ich den Chat beendet.

So viel also dazu. Auf der einen Seite Linea, die schon sechzehn ist und singt wie Shakira und aussieht wie Pink und so sexy ist, dass sie schon mal in der BRAVO war (stand auf ihrer Homepage, unglaublich, oder?). Und auf der anderen Seite ich: Julie Ahlberg, dreizehn, schokoladensüchtige Besitzerin einer Nofrete-Nase, die sich in ihrer Freizeit gern zum Affen macht, indem sie Geschichten über feministische Vampire erfindet oder »Liebe ist alles« in der Tonlage einer röhrenden Hirschkuh intoniert. Für wen sich Ben in diesem Fall entscheidet, ist ja wohl klar. Denke, so betrachtet wäre selbst ich nicht gern mit mir zusammen.

16.28 Uhr.

Gerade eben hat Mumi angerufen und sich danach erkundigt, wie es mir geht. Hab mir die Tränen aus dem Gesicht gewischt und kurz überlegt, ob ich mit ihr über Ben reden soll, es aber dann doch gelassen. Wahrscheinlich würde sie sich ein spitzes »Was habe ich dir gesagt« nicht verkneifen können, um dann eine lange Tirade vom Stapel zu lassen, von wegen, dass ich ohne Ben viel besser dran wäre und dass pubertierende Jungs einen sowieso nur vom Lernen abhalten, bevor sie einen dazu verdammen, ihre Socken zu waschen.

Weil ich keine Lust hatte, ihr irgendetwas à la »Mir geht's ja so toll!« vorzuspielen, habe ich sie gleich nach ihrem Date gefragt und das war genau die richtige Taktik.

Unfassbar! Sie ist dermaßen hin und weg von diesem Thorwald (so heißt ihr Date), dass sie aus dem Schwärmen kaum noch herausgekommen ist. Thorwald hier und Thorwald da! Mittendrin habe ich kurzzeitig befürchtet, dass sie gleich wieder irgendetwas Oberpeinliches vom Stapel lässt (z. B. was für Unterhosen dieser Thorwald trägt oder so), aber zum Glück hat sie es bei einer Hymne auf seine Sensibilität belassen.

Laut Mumi arbeitet der tolle Thorwald als Sozialarbeiter mit verwahrlosten Jugendlichen, töpfert gern und beherrscht außerdem eine besondere Art der Fußreflexzonen-Massage. (Hätte ich wählen können, hätte ich mir lieber nicht vorgestellt, wie ein uralter Mann, der Thorwald heißt, meiner Oma die Füße massiert, aber Mumi fragt einen leider nie, bevor sie so was erzählt ...) Thorwalds einziges Manko scheint zu sein, dass er weder raucht noch trinkt, und das bei Mumi, die ohne ihre Zigaretten und ihren Piccolo-Sekt quasi nicht lebensfähig ist. (Aber ich wette, das trainiert sie ihm auch noch ab oder besser gesagt an.)

War im Anschluss an das Gespräch eben ehrlich gesagt noch frustrierter als vorher, versuche, mir aber gerade einzureden, dass es doch schön ist, wenn wenigstens einer aus der Familie glücklich verliebt ist. Wie sagt Mumis Schwester Martha, die in Köln lebt, doch immer: »Man muss auch jönne könne ...«[26]

23.57 Uhr.

Bin eben aufgewacht und konnte nicht wieder einschlafen, weil ich die ganze Zeit Ben und Linea in einer leidenschaftlichen Knutsch-Umarmung vor mir gesehen habe. Also bin ich noch mal runter in die Küche, um mir ein Glas Wasser zu holen. Unten saßen Mama und Papa mit Leichenbittermiene vor Bergen von Kontoauszügen und haben sich angezickt. Am liebsten hätte ich gleich wieder kehrtgemacht, aber als ich an Mama vorbeigekommen bin, hab ich durch Zufall gesehen, dass oben auf ihrem Zettel »Lebenshaltungskosten Januar bis Dezember« stand, und da hat irgendetwas in meinem Kopf pling gemacht. Ich bin stehen geblieben und habe Mama gefragt, warum sie auf einmal mitten in der Nacht darüber reden, was wir monatlich zum Leben brauchen, aber Mama hat sich nur geräuspert und Papa einen verlegenen Blick zugeworfen. Und Papa hat dann die Schultern gezuckt und gemeint, das würden sie manchmal erst so spät machen, weil sie dann mehr Ruhe hätten, und ich solle jetzt schnell wieder ins

---

[26] *Auf Hochdeutsch: »Man muss auch gönnen können ...«*

Bett gehen, damit ich morgen fit für unsere Segeltour sei.

Hm. Ich weiß, es klingt doof, aber aus unerfindlichen Gründen muss ich die ganze Zeit daran denken, dass Franzi neulich erzählt hat, wie ihre Eltern vor ihrer Trennung auch ständig Kostenaufstellungen gemacht haben. Um herauszufinden, ob sie sich eine Scheidung überhaupt leisten können. Wegen der Unterhaltszahlungen und der neuen Wohnung, in die ihre Mutter gezogen ist, und so weiter.

Es ist echt merkwürdig, ich bin mir ganz sicher, dass meine Eltern sich nicht scheiden lassen wollen, schließlich ist Otti noch nicht mal ein Jahr alt und da tut man so etwas eigentlich nicht, aber trotzdem. Wenn ich so darüber nachdenke, habe ich sie ewig nicht mehr rumknutschen sehen, und in letzter Zeit verhalten sie sich untereinander auch ziemlich distanziert. Von den häufigen Krächen wegen Papas Job und der Prämie, die er zum zweiten Mal nicht bekommen hat, mal ganz abgesehen. Aber eigentlich habe ich gar keine Lust, darüber nachzudenken. Noch ein Problem neben meinem Liebeskummer ertrage ich einfach nicht. Und Verdrängung ist schließlich auch etwas Schönes. Zumindest zeitweise.

Freitag, der 2. April (Karfreitag)

☺ Höhepunkte

1) Bei Licht betrachtet erscheinen mir meine Ängste von gestern, was meine Eltern und ihre komische Kostenaufstellung anbelangt, doch ziemlich weit hergeholt. (Gott sei Dank!)

2) Papa ist eben in mein Zimmer gekommen und hat gesagt, dass wir nachher doch nicht losfahren können, weil ein Vulkan in Dänemark ausgebrochen sei, genau da, wo wir hinsegeln wollten. Wollte gerade mega-erleichtert meine Tasche auspacken, da ...

☹ Tiefpunkte

1) ... hat Papa sich grinsend umgedreht und gemeint, die Vulkangeschichte sei nur ein verspäteter Aprilscherz gewesen. Denke, er darf sich nicht wundern, wenn er eines Tages Opfer eines frühen gewalttätigen Todes wird.

Habe eben beim Packen der Segelsachen aus dem Fenster geguckt und für eine Sekunde wieder den Glatzkopf mit dem Britney-Spears-Tattoo vor unserem Briefkasten gesehen. Zum Glück weiß ich ja inzwischen, dass er gar nicht wirklich da ist. Also habe ich die Augen geschlossen und langsam bis zehn gezählt, und als ich sie wieder aufgemacht habe, war da nur noch der Laternenpfahl. Hosianna! Wenn ich wegen gebrochenen Herzens später durchs Abi rassle, kann ich wenigstens Geld mit diesen Ratgeberbüchern verdienen, die Mama immer so gerne liest. Sehe die Titel schon vor mir: »Schluss mit Wahnvorstellungen in zehn Schritten« oder »Julies heiße Tipps: Wie man trotz Diarrhö[27] und Liebeskummer seine Fantasie bezwingt«[28].

Abgesehen von zeitweiligen Wahnvorstellungen habe ich im Moment ungeheure Wutgefühle auf mich selbst. Ben hat mit mir Schluss gemacht, das Thermometer draußen zeigt sieben Grad Celsius, es regnet in Strömen und ich werde Ostern seekrank auf einer schrottigen Nussschale irgendwo in der dänischen Südsee verbringen. Und ich kann noch nicht einmal jemanden dafür verantwortlich machen. Bin ja selbst schuld. Weil ich ein feiger Schisser bin.[29]

Warum habe ich Papa nicht längst gesagt, dass ich nicht nach Dänemark will? Wobei ich damit wahrscheinlich schon viel früher hätte anfangen müssen: zum Beispiel, als ich zehn war und ihm zuliebe den Jüngstenschein auf der Alster gemacht habe. Kein Wunder, wenn er noch immer denkt, ich fände Segeln genauso toll wie er, schließlich hab ich ihm damals schon

---

[27] *Diarrhö = keine Ahnung, wie man's ausspricht, heißt aber Durchfall auf Medizinisch*

[28] *Könnte ein Bestseller werden. Befürchte nur, dass meine Zielgruppe recht klein ist. Wie viele Leute mit Wahnvorstellungen gibt es eigentlich? Hmm. Muss den Gedanken bei Gelegenheit mal vertiefen.*

[29] *Mir fällt gerade auf, wahrscheinlich ist ein feiger Schisser so was wie ein weißer Schimmel oder ein viereckiges Quadrat, aber ich habe Schari versprochen, nicht mehr so oft rumzuklugscheißern, also lasse ich das jetzt einfach stehen.*

nicht die Wahrheit gesagt, sondern so getan, als wäre ich genau der super Kumpel, für den er mich heute noch hält.

Mein Gott! Schari hat recht. Mit meinem Durchsetzungsvermögen ist es echt nicht weit her. Keine Ahnung, warum. Vielleicht, weil ich einen Super-Horror davor habe, jemanden zu enttäuschen. Vor allem Papa. Bei Mama ist das anders. Mit Mama kann ich mich tierisch anzoffen, zum Beispiel, wenn es darum geht, mein Zimmer aufzuräumen. Aber anschließend ist die Sache gleich wieder gegessen. Zu Mama habe ich sogar neulich »Blöde Kuh!« gesagt und sie hat »Selber blöde!« geantwortet und da musste ich fast lachen. Aber so was wäre bei Papa undenkbar. Wenn ich mich mit Papa streite, dann ist das immer richtig fies, und deshalb versuche ich, das meistens zu vermeiden. Ob Jette und Sophie das auch so geht? Sophie bestimmt. Immerhin hat sie mir neulich berichtet, dass ihr Vater es toll findet, wenn Mädchen in Physik und Mathe gut sind, und dass sie deshalb extra viel für diese Fächer lernt, obwohl sie Deutsch und Englisch viel lieber mag. Schon strange, oder? Sophies Vater erzählt ihr auch immer was von wegen, sie müsse besser sein als andere, wenn sie in der globalisierten Welt überleben will. Am letzten Girls' Day hat er sie in seiner Firma sogar als zukünftige Bundeskanzlerin vorgestellt. »Und das hier ist meine Tochter Sophie, die vielleicht mal die nächste Angela Merkel wird. Na, aber erst mal studiert sie Physik oder Jura und dann gucken wir weiter ...« Hat er wirklich gesagt. Ist ja schön, wenn Väter stolz auf ihre Töchter sind, aber Sophie meinte, sie sei vor lauter Scham fast gestorben. Schließlich arbeitet ihr Vater bei einer Firma, die Autoteile herstellt, und die ganzen Automechaniker haben wohl ziemlich belustigt geguckt, als ihr Vater mit der Bundeskanzler-Nummer ankam. Und außerdem will Sophie sowieso später Schauspielerin werden. Aber das hat sie ihrem Vater natürlich nicht gesagt.

So ein Leistungsfetischist[30] wie Sophies Vater ist Papa zum Glück nicht, aber sonderlich viel merken tut er leider auch nicht. Zwischentöne zum Beispiel versteht er überhaupt nicht. Nicht weil er sie nicht verstehen will, sondern weil er sie nicht verstehen kann. Dafür fehlen ihm einfach die Antennen. Wenn Mama ihm zum Beispiel sagt, dass ich den Bergkäse von Aldi ganz, ganz lecker finde, dann passiert gar nichts. Wenn Mama ihm aber auf einen Zettel schreibt »Aldi – Bergkäse kaufen!«, dann tut er das. Mumi meint, so wie Papa seien die meisten Männer und Jungs. Man müsse ihnen immer ganz genau sagen, was man will und was nicht, weil sie sonst eh nichts kapieren und nur noch machen, was sie wollen. Aber ich glaube nicht, dass das stimmt. Ben ist definitiv nicht so. Ben versteht alles. Weil er nett ist. Und zuhört. Und toll erzählen kann und wunderschöne Musik macht und mega-gut aussieht und die längsten Wimpern hat, die ich je gesehen habe, und die wildesten blonden Locken, die ihm immer ins Gesicht fallen, wenn er lacht (wobei er dann die-

---

[30] *Fetischisten sind Leute, die irgendetwas so toll finden, dass sie das geradezu verherrlichen. Ich bin zum Beispiel ein Schokoladen-Fetischist. Scharina ist eine Manga-Fetischistin, Franzi eine Schmink-Fetischistin und Jette eine Skilehrer- und Soko-Fetischistin.*

ses Grübchen kriegt), und weil er mich schon so lange kennt und mich schon im Kindergarten immer beschützt hat und ... Oh Scheiße!!!!

Zehn Minuten später.

Habe mich nach dem Heulkrampf eben halbwegs wieder beruhigt. Denke, ich darf einfach nicht mehr an Ben denken, das ist das Einzige, was hilft. Ablenkung halt. Mama hat eine Postkarte neben ihrem Bett stehen, da steht drauf »Die Energie fließt dahin, wo die Aufmerksamkeit ist«. Wenn ich meine Aufmerksamkeit also ständig auf Ben und meinen Liebeskummer richte, dann wird der nur immer schlimmer. Insofern habe ich beschlossen, meine Aufmerksamkeit darauf zu richten, dass unsere Segeltour ganz toll wird. Dann wird sie ja vielleicht auch wirklich toll. (Wie sagt Herr Clausen immer, wenn er die Mathearbeiten austeilt: »Die Hoffnung stirbt zuletzt.«) Habe eben noch einmal mit Sophie telefoniert und sie gefragt, ob sie schon etwas in Sachen »Was steckt hinter Bens merkwürdigem Leberfleck-Verdacht?« herausgekriegt hat, aber sie meinte, ihr Bruder wäre im Moment ziemlich schlecht drauf und insofern hätte sie noch nichts Vernünftiges erfahren. Anscheinend ist Fiete viel doller in diese Linea verknallt, als wir gedacht haben, und da Linea ihn ständig abblitzen lässt, macht Sophie sich allmählich richtige Sorgen um ihn. Was allerdings auch nichts bringt, weil Fiete sich natürlich keinen Deut von ihr trösten lässt. Ist ja klar. Jungs lassen sich nie von ihren jüngeren Schwestern trösten, das kenn ich schon von Scharina und ihrem Bruder Kevin.

Sophie hat nur herausbekommen, dass Lineas Vater der Band sein Wochenendhaus in Langenleesten zur Verfügung gestellt hat und Ben, Fiete, der bekloppte Marc, Steffen, der Keyboarder und Linea sich da einquartiert haben, um über Ostern zu proben. Habe Sophie gefragt, ob die Band da auch übernachtet, aber das wusste sie nicht so genau. Mist! Wenn ich mir vorstelle, dass Ben und Linea ... Oh Shit! Papa ruft. Irgendwas von wegen, wir müssten los, weil der Wind sonst noch dreht. Wenn der Wind wüsste, wie egal er mir ist!!!!!!!!!!!!!!!!

21.25 Uhr. Sonderborg in Dänemark, Jachthafen.

Liege mit meiner Taschenlampe in der Hand unter der Persenning. (Das ist das Tuch, das man über dem Baum festmacht, damit sich oben drauf so eine Art Zelt bildet.) Papa schnarcht direkt neben mir und draußen hört man das Plätschern der Wellen und das leise Klappern der Fallen im Wind.[31] Ob du's glaubst oder nicht – bisher ist es gar nicht so schlimm. Ich mag es gar nicht schreiben, aber ... eigentlich ist es sogar ziemlich schön. Vielleicht hat Papa doch recht und man muss den Dingen manchmal eine Chance geben. Zwanzig Minuten nachdem wir in Maasholm losgesegelt sind, hat es aufgehört zu regnen und die Sonne ist herausgekommen. Eine

---

[31] *Fallen sind so eine Art Stahlbänder zum Segelhochziehen.*

Möwe hat uns ein ganzes Stück begleitet, wir hatten genau richtigen Wind und mir ist fast gar nicht schlecht geworden (ein bisschen, aber Schari hat heute früh selbst gemachte Ingwer-Muffins vorbeigebracht, weil sie gelesen hat, dass Ingwer gegen Seekrankheit hilft, und als ich zwei davon gegessen hatte, ging's mir wirklich besser. Schari ist echt die beste Beste Freundin der Welt!!).

Am Abend haben Papa und ich uns Nudeln mit Tomatensoße auf einem kleinen Campingkocher gemacht und dazu Jan Delay auf CD gehört. »Oh, Johnny ...« Papa gibt sich tierisch viel Mühe und das ist irgendwie nett. Erst hat er mir ein paar Witze erzählt, die wirklich grottenhaft schlecht waren (aber das kenne ich schon von ihm, Witze erzählen ist einfach nicht seine Stärke), und dann habe ich ihn gefragt, wie er eigentlich so mit dreizehn war, und da hat er voll losgelegt. Wenn man Papa glaubt, war er ein richtiger Draufgänger. Mit vierzehn hat er sogar mal ein Mofa geklaut und musste dafür drei Wochenenden im Altersheim Laub harken. Wer hätte das gedacht?! Anscheinend waren Jugendliche früher viel stärker als heute in irgendwelche Gruppen aufgeteilt und es war unheimlich wichtig, in welcher Gruppe man war. Papa war früher Popper[32], das heißt, er hat auf dem einen Auge kaum was gesehen, weil man als Popper einen überlangen Pony mit Seitenscheitel tragen musste, der einem ständig in den Augen hing. Wenn man besonders hip sein wollte, hat man den Kopf alle paar Minuten

---

[32] *Papa meinte, das Wort käme definitiv nicht von »poppen«, was mich doch erleichtert hat.*

ruckartig zur Seite gedreht, sodass der Pony nach hinten geflogen ist, und das hat dann immer so ausgesehen, als hätte man nervöse Zuckungen. Papa hat erzählt, die meisten Mädchen hätten das früher cool gefunden, nur Mama nicht, die war nämlich eine Öko-Else, und das war früher in den 80er-Jahren das Allerletzte. Zumindest in den Augen der Popper. Für die Ökos hingegen waren die Popper das Allerletzte, weil die alle ständig nur über Geld und coole Klamotten geredet haben. Papa meinte, Markenklamotten zu haben, wäre früher für ihn ganz wichtig gewesen, und er fände es gut, dass das heute bei uns nicht mehr so sei, aber da konnte ich natürlich nur müde lächeln. Wie gesagt, manchmal kriegt er einfach nichts mit.

Als Mama und Papa sich damals ineinander verliebt haben, muss das laut Papas Erzählung so ähnlich gewesen sein wie bei Romeo und Julia. Ein Popper und eine Öko-Else, das ging gar nicht. Papas Freunde konnten überhaupt nicht verstehen, wie er sich in ein Mädchen verlieben konnte, das lila Atomkraftwerke auf alte Babywindeln batikte und sich diese dann auch noch um den Hals wickelte, aber Papa meinte, die Liebe oder die Hormone oder Mamas Apfelshampoo oder alles zusammen seien einfach stärker gewesen und so hätte er seine Popper-Freunde im Blankeneser Segelclub stehen gelassen und sei mit Mama auf eine politische Demo gegangen, von der er heute nicht mehr genau weiß, ob sie für Nicaragua oder El Salvador war, sondern nur noch, dass er Mama da das erste Mal geküsst hat.

Ist das nicht romantisch?? Papa meinte, die Polizei hätte sogar Wasserwerfer eingesetzt und alle hätten die Nummer von irgendeinem Anwalt auf dem Arm stehen gehabt für den Fall, dass sie verhaftet werden, und gerade als die ersten Steine geflogen seien, wäre Mama gestolpert und er hätte sie aufgefangen und dann hätten sie sich ganz lange in die Augen geguckt und – Bingo! Alles andere ist Geschichte. Nicht schlecht, oder? Wünschte, Mama wäre eben dabei gewesen und hätte gehört, wie Papa von ihr geschwärmt hat, und das, obwohl sie früher Windeln und lila Latzhosen getragen hat, die unten am Bein mit Gummibändern zu Pumphosen zusammengebunden waren. Wenn du mich fragst, muss das echte Liebe gewesen sein, schließlich kann ich mir nicht vorstellen, dass Ben sich auch in mich verliebt hätte, wenn ich eine von Ottis Pampers um den Hals getragen hätte. Oder vielleicht doch. Immerhin hat Ben mich letztes Jahr auch geküsst, nachdem ich Scharinas halben Keller vollgespuckt hatte, also wer weiß.

Weil es eben mit Papa so schön war, habe ich kurzzeitig überlegt, ob ich ihm von Bens Schlussmachen erzählen soll, habe es dann aber doch lieber gelassen. Papa bekommt manchmal ganz unerwartete Anfälle von Beschützerinstinkt und ich will nicht, dass er sich Ben zu Hause vorknöpft und eine Riesenszene veranstaltet. Ich mein, wie peinlich wäre das denn!

Danach könnte ich Ben erst recht nie mehr unter die Augen treten. Nee, da komme ich lieber alleine mit dem Ganzen klar.

Nach der ganzen Klönerei haben Papa und ich die Persenning fertig gebaut und dabei habe ich mir einen Ruck gegeben und Papa gefragt, über was er mit mir eigentlich auf der Reise reden wollte. Ich war tierisch angespannt, weil ich befürchtet hab, dass das mit Mama und ihm und der Demo nur so eine Art sentimentaler Auftakt für was ganz anderes war. (Franzi meinte, ihr Vater hätte sogar geheult, als er ihr erzählt hat, dass ihre Mutter und er sich trennen wollen.) Aber statt »Wir wussten nicht, wie wir es dir beibringen sollten, Julie, aber ich habe mich in meine Sekretärin verliebt ...« hat Papa gesagt, er würde unser Gespräch lieber auf morgen vertagen, weil es schon so spät geworden sei.

Aaaaaaaaaaaaaahhh!

Ich hasse so was! Jetzt mache ich mir garantiert wieder die halbe Nacht Sorgen, ob Papa und Mama sich nicht doch scheiden lassen wollen. Habe Papa gesagt, dass ich das Ganze lieber gleich erfahren würde, aber er hat nur den Kopf geschüttelt und irgendetwas von wegen »Wir müssen noch Zähne putzen ...« gemurmelt. Typisch Erwachsene! Erst machen sie tagelang mysteriöse Andeutungen und im entscheidenden Moment kneifen sie. Na ja, jetzt weiß ich wenigstens, von wem ich das feige Schisser-Dasein geerbt habe!

Samstag, der 3. April, Sonderborg, Dänemark

☺ Höhepunkte

1) Habe eben den besten Hotdog meines Lebens gegessen! Vielleicht ist Dänemark doch nicht so schlimm, wie ich gedacht habe. Die meisten Leute hier in Sonderborg sehen echt cool aus (die Mode ist definitiv hipper als bei uns), an jeder Ecke verkaufen sie Lakritz-Zitronen-Eis und ganz in der Nähe gibt es sogar ein Schloss, in dem nachts Geisterführungen veranstaltet werden. Fast wie bei Harry Potter.

2) Habe, als wir beim Ringreiten [33] zugeguckt haben, vierzehneinhalb Minuten nicht an Ben gedacht. Denke, ich mache Fortschritte.

☹ Tiefpunkte

1) Papa hat mich vorhin beim Eisessen gefragt, ob ich mir vorstellen könnte, in einer kleineren Wohnung zu leben. Habe ihn etwas geschockt angeguckt und dann direkt gefragt, ob er ausziehen will (dieselbe Frage hat Franzis Mutter nämlich Franzi auch gestellt, bevor sie sich von ihrem Vater getrennt hat), aber Papa hat geantwortet, nein, natürlich nicht, und dann gemeint, das wäre nur eine rein hypothetische, also quasi nicht ernst gemeinte Frage gewesen. Werde im Gegensatz zu Papas Frage langsam ernsthaft sauer. Warum sagt er mir nicht endlich, was los ist?

---

[33] *Beim Ringreiten versuchen einige Reiter in historischen Kostümen, mit einer Lanze einen Ring aufzuspießen.*

14.36 Uhr.

Papa bezahlt gerade das Hafengeld beim Hafenmeister und ich habe Zeit zum Schreiben. Ist auch dringend notwendig. Denke nämlich seit dem Eisessen ständig über Papas merkwürdige Frage nach. Will er uns verlassen und in eine kleinere Wohnung ziehen? Oder sollen Mama, Otti und ich ausziehen? Oder hat er das wirklich nur so dahingefragt? Und warum haben seine Augen dabei so nervös gezuckt??

Oh Gott, ich will nicht, dass meine Eltern sich trennen! *Nein!* BITTE NICHT!! Habe neulich erst gelesen, dass vierzig Prozent aller Scheidungskinder später psychische Probleme haben. (Überlege gerade: Vielleicht sollte ich den Artikel kopieren und Papa heimlich in die Tasche schmuggeln, wenn er Dienstag in die Agentur geht? Hmm. Mal sehen.)

Okay, muss zugeben, Franzi ist trotz der Scheidung ihrer Eltern mopsfidel. Und Schari ist ohne ihren Vater wahrscheinlich zehnmal besser dran. Vielleicht ist die Statistik also auch Schrott. Aber trotzdem will ich nicht, dass sich Mama und Papa trennen und Papa in eine kleinere Wohnung zieht, wo wir ihn nur jedes zweite Wochenende besuchen dürfen!!

Ob ich Papa gleich, wenn er wieder da ist, die Pistole auf die Brust setze, damit er endlich mit der Wahrheit rausrückt? Oder soll ich lieber noch abwarten? Vielleicht ist ja auch gar nichts passiert und Papa will mich letztlich nur fragen, was ich mir dieses Jahr zu Weihnachten wünsche. Na gut, wir haben erst April, da wäre die Frage etwas verfrüht, aber trotzdem.

Schari meint immer, dass sie niemanden kenne, der sich ständig so viele Katastrophen ausmalen würde wie ich, und vielleicht male ich die Welt ja wirklich mal wieder viel schwärzer, als sie ist.

Okay, am besten warte ich ab. Außerdem herrscht hier wahrscheinlich eh gleich Hektik, weil Papa unbedingt heute noch zu den Ochseninseln segeln will,[34] und die sind ein ganzes Stück weit weg. Das Wetter ist nicht so toll wie gestern und wir haben ziemlich viel Wind, aber Papa meint, wir reffen einfach die Segel, dann klappt das schon. Und ein bisschen Ablenkung tut jetzt bestimmt auch gut.

Vorhin in Sonderborg ist nämlich etwas echt Blödes passiert. Für ein paar Minuten habe ich komplett vergessen, dass Ben mit mir Schluss gemacht hat. Einer der Läden in der Fußgängerzone hatte getöpferte Namensbecher zum Verkauf draußen stehen und auf einem der Becher stand *Bem* . Ich hatte den Becher schon in der Hand und wollte gerade mein Portemonnaie zücken, da ist mir erst eingefallen, dass wir ja gar nicht mehr zusammen sind. Das war so schrecklich!!!

Weißt du, was das Schlimmste an der ganzen Sache ist? Nicht, dass ich jetzt wieder solo bin oder dass Ben sich demnächst vielleicht in Linea verliebt. Oder dass sich die fiese Hanna wahrscheinlich wie ein Ütz über mein Elend freut. Das Schlimmste ist, dass ich mit Ben auch meinen besten Freund verloren habe, den einzigen, mit dem ich über wirklich alles reden konnte. Über meine Angst vor Spinnen und engen

---

[34] *Die heißen wirklich so!*

Räumen und davor, dass Mama und Papa sich wirklich eines Tages scheiden lassen könnten, und über meine Wut auf Herrn Kleinhardt, weil er Schari so schlecht behandelt, und einfach über alles.

Ich hab tausend Mal darüber nachgedacht, was zu Bens Schlussmachen geführt hat, und inzwischen glaube ich, dass er wahrscheinlich sogar für den ganzen Mist mit meinem Lampenfieber und meiner Italien-Enttäuschung Verständnis gehabt hätte, wenn ich mich nur getraut hätte, ihm die Wahrheit zu sagen. Aber dafür ist es jetzt zu spät. Das Einzige, was ich zurzeit noch tun kann, ist zu hoffen, dass sich diese blöde Leberfleckgeschichte eines Tages von selbst aufklärt und dass Ben dann vielleicht erkennt, dass ich ihn nicht aus Bösartigkeit angelogen habe. Sondern nur, weil ich mich einfach nicht getraut habe zu sagen, was ich fühle.

19.34 Uhr. Lille Okseo = Kleine Ochseninsel, Dänemark.

Bin gefangen in einem Albtraum, der schlimmer nicht sein könnte. Stelle dir bitte folgende Situation vor:

Du befindest dich auf der kleinsten, einsamsten, verlassensten Insel der Welt. Hier gibt's gar nichts, noch nicht mal Handyempfang. (Hab vorhin versucht, Schari zu erreichen – keine Chance.) Dazu regnet es in Strömen und dir ist kotzübel von den Wellen, die das Segelboot, auf dem du dich befindest, ständig hin und her schaukeln.

Und das – genau das – ist der Moment, in dem du deine Tage bekommst. Zum allerersten Mal in deinem Leben. Am Samstagabend, auf einer so gut wie unbewohnten dänischen Insel, zig Kilometer vom Festland entfernt.

(Gut, du bist ein Tagebuch und kannst dir das nicht vorstellen, aber du weißt schon, was ich meine, oder? Oh, Gott, jetzt rede ich schon mit dir, als wärst du ein Mensch. Aber egal. Sophie meinte, sie spricht manchmal mit ihrem Pferd, und Mumis Freundinnen aus dem Yoga-Kurs sprechen manchmal mit Engeln. Da ist das hier wahrscheinlich noch das Normalste. Ich mein, außer dir ist hier nur Papa und mit dem kann man über so was einfach nicht sprechen und mit irgendjemand muss ich ja reden!)

Okay, wie auch immer. Gerade eben ist Papa im strömenden Regen zu Fuß losgelaufen, um irgendwo Binden aufzutreiben, aber er wirkte nicht sonderlich zuversichtlich. **VERDAMMT!!** Das Klopapier, das wir mitgenommen haben, ist fast alle und das kleine Klohäuschen hier ist abgeschlossen, einen Hafenmeister scheint es nicht zu geben und ... Oh Mist, wahrscheinlich klingt das Ganze hier völlig wirr. Also fang ich besser erst mal von vorne an ...

Während des Segelns hat Papa die ganze Zeit davon geschwärmt, wie absolut einsam und ursprünglich die Ochseninseln sind, und insofern war ich nicht sonderlich überrascht, als wir hier angelegt haben und um uns herum nur ein verlassener Bauernhof und Hunderte von Schafskötel zu sehen waren.

Weil mein Bauch schon seit heute Morgen so wehgetan hat, hat Papa mir eine Tasse Tee gemacht und beim Teetrinken hat er dann endlich angefangen, Tacheles zu reden. Zumindest dachte ich, dass er das vorhätte. Aber dann hat er doch nur von seinem Job erzählt und dass er ja nur noch freier Mitarbeiter und nicht mehr fest angestellt sei, weil er damals nach Mamas Wochenbettdepression in Teilzeit gegangen wäre und sein Chef das sonst nie mitgemacht hätte – also all das, was ich schon x-mal gehört habe. Mittendrin hat er sich auf einmal erkundigt, ob ich mich noch an den Glatzkopf mit dem Britney-Spears-Tattoo erinnern würde, aber da war ich schon ziemlich abgelenkt, weil ich plötzlich gemerkt habe, dass sich meine Jeans ganz klebrig angefühlt hat. Und als ich unauffällig aufgestanden bin, um zu gucken, was los ist, hab ich es dann gemerkt, das mit meiner Regel. Das war voll der Schock!

Ein paar Sekunden lang habe ich ernsthaft überlegt, ob ich mich einfach woandershin setze und so tue, als ob nichts gewesen sei, aber dann ist mir klar geworden, dass ich nicht drum herumkomme, Papa was davon zu sagen. Mann, ich will echt nicht wissen, wie mein Kopf ausgesehen hat, als ich es Papa gesteckt habe. Bestimmt wie eine Tomate im Backofen, kurz vorm Zerplatzen.

Zum Glück hat Papa sich relativ gut geschlagen. Am Anfang ist er sogar so cool geblieben, dass man hätte denken können, er wäre voll der weibliche Hygiene-Profi, aber als ich ihm dann das Problem mit den fehlenden Tampons erklärt habe, habe ich in seinem Blick doch einen Hauch von Panik aufflackern sehen. Kurzzeitig hab ich befürchtet, dass er mir gleich vor-schlägt, ein paar Blätter von den Bäumen zweckzuentfremden (Papa bringt so was), aber dann hat er mir Gott sei Dank nur durchs Haar gewuschelt und ist mit einem seufzenden »Na, dann werde ich mich mal auf die Suche machen ...« aufgestan-den. Nun ist er seit zwanzig Minuten weg und langsam mach ich mir doch Sor-

Oh, ich glaub, dahinten kommt er. In Begleitung von noch irgendjemand. Sieht aus wie ... Oh, nee, ich glaub, mir wird schlecht!

21.56 Uhr.

Die gute Nachricht vorweg: Ich bin seit einer halben Stunde stolze Besitzerin einer überdimensionalen Packung dänischer Damenbinden, die aus dem Jahr 1992 stammt. Das ist aber auch das einzig Positive. Dachte, nach der Aktion mit dem Kino könnte mir nichts Peinlicheres mehr passieren, aber da habe ich mich wohl getäuscht. Anscheinend gibt es auf der nach oben offenen Peinlichkeitsskala keinerlei Begrenzung. Ich sag nur:

Lille Ohren
never again!

Um das Ganze zu erklären, sollte ich viel-leicht erst mal aufschreiben, was passiert ist, aber vorher muss ich noch mal überprüfen, ob das Schloss von meinem Tagebuch wirklich funktioniert ...

Gott sei Dank, es funktioniert. Habe den Tagebuchschlüssel auf die Silberkette aufgefädelt, die ich immer um den Hals trage, seit Mumi sie mir geschenkt hat, und denke, so kann nichts passieren. Ich darf nur nicht vergessen abzuschließen. Okay, jetzt noch mal zurück auf Anfang. Vorher aber noch eine kleine Warnung. Was jetzt kommt, ist wirklich mega-, mega-, mega-peinlich!!!

Papa ist eben nicht allein zurückgekommen, sondern in Begleitung eines uralten dänischen Bauern, der nur ein klitzekleines bisschen Deutsch und gar kein Englisch verstanden hat. Dafür hat er aber ständig wilde Handbewegungen in Richtung Bauernhof gemacht und beim Lächeln hat man gesehen, dass er kaum noch Zähne im Mund hatte. Das hat ihn allerdings nicht daran gehindert, irgendetwas, das wie »Komm nu rölle flölle knülle knack!« klang, auszustoßen, und Papa meinte, das würde wahrscheinlich bedeuten, dass wir ihn zum Bauernhof begleiten sollten. Habe Papa fassungslos gefragt, ob er ernsthaft glaubt, dass ein zahnloser hundertjähriger Däne sich mit Damenbinden auskennt, aber Papa hat gemeint, in der Not äße der Teufel Fliegen, und da es auf der Insel keinerlei Läden gäbe, sei das hier unsere einzige Chance.

Als wir beim Bauernhof ankamen, waren meine Haare[35] und

---

[35] Ich hab die Kapuze von meiner Segeljacke zu Hause gelassen, weil ich fand, dass ich damit echt panne aussah, na ja, jeder macht mal einen Fehler.

meine Füße [36] klitschnass und außerdem war mir irre kalt. Der alte Mann hat die Haustür aufgemacht und dann irgendetwas nach oben gerufen, das wie »Röm tön dön knön« klang, und eine Sekunde später ist Edward, der schönste Vampir der Welt, die Treppe heruntergekommen. (Okay, es war natürlich nicht wirklich Edward, aber er sah ihm verdammt ähnlich. Glaub mir, ich weiß, wovon ich rede, schließlich habe ich die Twilight-Verfilmungen fünfmal gesehen.)

Der dänische Edward hat den alten Mann freundlich begrüßt und sich dann mit einem überirdischen Lächeln zu Papa und mir umgedreht. Für einen Moment hat man eine kleine Zahnlücke zwischen seinen Vorderzähnen gesehen, die echt niedlich ausgesehen hat, und anschließend hat er mir direkt in die Augen geblickt und sich mit einem total süßen dänischen Akzent für die Unordnung im Flur entschuldigt.

»Tut mir leid, wenn es hier so slimm aussieht, aber meine Mudder besucht gerade ihre Swester auf die Festland und ich hab sturmfreie Bude. Aber vielleicht sollte ich mich erst mal vorstellen. Hi, ich bin Jesper ...«

Jesper-Edward hat mir die Hand hingehalten, aber leider war ich von seinem Anblick so paralysiert, dass ich ihm statt der Rechten die Linke entgegengestreckt habe. Total dämlich! Zum Glück hat er sich aber nichts anmerken lassen und mir einfach auch die linke Hand hingehalten. Echt nett. Danach hat er sich dann mit einem »Hjertelig velkommen!« zu Papa umgedreht.

---

[36] *Ich hab meine Gummistiefel zu Hause gelassen, weil ich fand, dass ich damit echt ... na, du weißt schon.*

Dooferweise hat Papa das allerdings gleich als Aufforderung verstanden, wie ein Wilder draufloszuquatschen.

»Hallo, ich bin Reiner Ahlberg aus Hamburg. Toll, dass Sie so gut Deutsch sprechen. Mein Dänisch ist nämlich leider etwas eingerostet, aber was die Unordnung anbelangt, da können wir mithalten. Wenn ich da an dein Zimmer denke, sind wir noch was ganz anderes gewohnt, was, Julie?«

»Gnumpf.«

Papa hat mich irritiert angesehen, aber ich war so überfordert von der Vorstellung, mich mit einem Edward-Klon über die Unordnung in meinem Zimmer unterhalten zu müssen, dass mein Sprachzentrum komplett auf Sendepause geschaltet hat. Ganz im Gegensatz zu dem unseres dänischen Gastgebers, der sich jetzt mit einem unglaublichen Lächeln zu mir umgedreht hat.

»Julie, was für eine söne Name. Meine Großvader sagt, ihr braucht Hilfe?«

»Hä? Ach so, ja äh, das heißt nein, äh ...«

Kurz bevor ich mich endgültig als Volltrottel geoutet habe, ist mir wieder eingefallen, warum wir eigentlich hier sind, und da – ich schwör's dir – ist die Decke ein ganzes Stück auf mich heruntergesaust. **Rummmmmms.** Bruchteile von Sekunden später bin ich zu Papa herumgefahren, aber da war es schon zu spät.

»Tja, also Jesper, es ist mir etwas unangenehm, aber meine Tochter hat dieses Wochenende zum ersten Mal ihre Ta...«

In meinem Kopf haben sich die Gedanken überschlagen und

dann habe ich Papa auf den Fuß getreten, so fest ich konnte. »Au!« Papa hat mich ungläubig angeguckt, aber ich habe ihn einfach ignoriert und mich stattdessen mit dem Mut der Verzweiflung zu Jesper-Edward umgedreht.

»Was mein Vater sagen wollte, ist, dass ich zum ersten Mal meine Tageshausaufgaben vergessen habe. Tja, man könnte natürlich auch Hausaufgaben sagen, aber bei uns in Deutschland nennen wir sie gerne Tageshausaufgaben im Gegensatz zu den Wochenhausaufgaben und natürlich zu den Monatshausaufgaben und den ... Ja, wie auch immer, ich habe also zum allerersten Mal meine Tageshausaufgaben vergessen, aber eigentlich ist das gar nicht so schlimm, weil ich ja noch bis übermorgen Zeit habe, sie zu machen. Allerdings sollten wir deshalb jetzt wirklich gehen. Damit ich ganz in Ruhe meine Tageshausaufgaben machen kann. Tageshausaufgaben sind schließlich sehr wichtig, nicht, Papa?«

Bei dem »Nicht, Papa?« bin ich Papa noch einmal auf den Fuß getreten und er hat wieder »Au!« gesagt, aber diesmal leiser. Gleichzeitig habe ich ihn am Arm gepackt und zielsicher in Richtung Haustür geschoben. Blöderweise ist die Tür aber nicht nach innen aufgegangen, sondern nach außen und das hat mich um Lichtjahre zurückgeworfen. Nach dreimaligem Rütteln habe ich meinen Irrtum endlich bemerkt, aber da haben mich alle drei Männer schon ziemlich perplex gemustert. Habe kurz überlegt, ob ich das mit der unterschiedlichen Schlagrichtung der Türen in Deutschland und Dänemark erklären soll, habe mich dann aber dagegen entschieden.

Manchmal ist Reden Silber und Schweigen Gold.

»Tja, also dann sollten wir mal wieder. Die Pflicht ruft. Nett, dich kennengelernt zu haben, Ed... äh ... Jesper. Kommst du, Papa?«

Zwei, drei Sekunden habe ich gedacht, ich schaffe es, heil aus der ganzen Sache herauszukommen, aber dann hat Jespers Opa irgendetwas von wegen »opslegt dopslegt völl knüll« von sich gegeben und einen Augenblick später hat Jesper-Edward uns mit einem »Entsuldigung« zurückgerufen.

»Meine Großvader sagt gerade, dass deine Dochter ein paar Windeln braucht, ich glaube, wir haben oben noch eine Packung von meine Mudder. Warte, ich bin gleich wieder da ...«

Jesper-Edward ist nach oben gelaufen, Papa hat mich entschuldigend angesehen, und während Jespers Großvater mich mit seinem zahnlosen Mund wohlwollend angelächelt hat, habe ich mit knallrotem Kopf auf den Fußboden gestarrt und dabei gebetet, dass er mich verschlingen möge, gleich, hier, jetzt,

SOFORT!

Ich war gerade dabei, dem lieben Gott unglaubliche Zugeständnisse in Bezug auf die Gottesdienstbesuche im nächsten Monat zu machen und mir gleichzeitig auszumalen, wie Tommy Lee Jones und Will Smith Jesper und seinen Opa mit diesem Erinnerungslöschgerät, das sie in »Men in Black« hatten, blitzdingsen, da ist Jesper die Treppe wieder heruntergekommen und hat Papa eine riesige Packung Damenbinden in die Hand gedrückt.

»Hier. Die lagen noch ganz hinten in die Srank.«

Jesper hat Papa angelächelt, als hätten wir uns gerade über dänische Lakritze unterhalten, und dabei ist wieder diese bildhübsche kleine Zahnlücke zum Vorschein gekommen, Papa hat »Danke, das ist wirklich sehr nett!« gesagt und ich bin wie ein angeschossenes Reh nach hinten getaumelt, woraufhin mich Papa sanft untergefasst und in Richtung Tür manövriert hat. Tja, und das war's dann. Slut, wie der Däne sagt.

Das Ganze ist jetzt anderthalb Stunden her und seitdem versuche ich krampfhaft, die gesamte Aktion aus meinem Gehirn zu löschen. Leider völlig erfolglos. Papa hat mich vorhin beim Schlafsäckeausrollen mit einem »He, Mäuschen, so schlimm war's doch nicht ...« an sich gedrückt, aber das hat auch nicht geholfen. Kenne niemanden, der eine höhere Fettnapftrefferquote hat als ich. Allein bei dem Gedanken, dass ich diesem Jesper je wieder begegnen könnte, rollen sich mir schon die Fußnägel auf. Papa meinte, in ein paar Jahren könnte ich bestimmt über die Sache lachen, aber zurzeit denke ich eher über einen langen Aufenthalt in Neuseeland, eine sofortige Schließung der dänischen Grenze oder eine umfangreiche Gesichts-OP nach, und zwar in genau dieser Reihenfolge.

Ostersonntag, der 4. April 😊

☺ Höhepunkte

1) Papa und ich haben heute früh an Bord Ostereier gesucht. Die Suche war leider nicht sonderlich spannend (das Schiff ist zu klein), aber dafür hat Mama die teuren Hachez-Eier gekauft, die ich so gerne mag, und als Überraschung noch ein Buch übers Manga-Zeichnen.

2) Jesper, der Edward-Klon von gestern, hat Papa und mir heute früh zwei Schoko-Osterhasen vorbeigebracht, und zwar genau in dem Moment, als ich auf der anderen Seite der Insel Muscheln gesammelt habe. Ich habe ihn um zwei Minuten verpasst! Manchmal scheint das Schicksal es doch gut mit einem zu meinen! (Papa sagte, Jesper hätte in seinen Augen etwas enttäuscht gewirkt, dass ich nicht da gewesen bin, aber ich wette, er lügt. Anschließend hat er noch erzählt, dass Jesper demnächst ein Praktikum in Norddeutschland macht, aber da hab ich schon nicht mehr zugehört. Schließlich ist es in meinen Augen einfach unangebracht, dass Papa sich mit jemandem, den ich nie wiedersehen will, so lange unterhält, aber das Argument hat er irgendwie nicht verstanden.)

3) Mama hat uns gerade vom Jachthafen in Kollund abgeholt und jetzt sitzen wir im Auto und sind auf dem Weg nach Hause. Nie wieder Lille Okseo again – **yeah!**

(n) Tiefpunkte

1) Mama hat Papa vorhin, als sie dachte, ich schliefe, leise gefragt, ob er schon mit mir geredet hätte. Papa hat den Kopf geschüttelt, Mama hat ein genervtes »Na toll!« ausgestoßen und danach haben beide geschwiegen. Wenn du mich fragst, klingt das nicht so, als ob ich das, was sie mir sagen wollen, wirklich wissen will.

15.35 Uhr.

In einer Dreiviertelstunde sind wir zu Hause und ich überlege die ganze Zeit, was ich tun soll, wenn meine Eltern mir gleich erzählen, dass sie sich scheiden lassen wollen. Dass irgendetwas im Busch ist, sieht schließlich ein Blinder mit 'nem Krückstock. Dabei habe ich nach dem Riesenkrach mit der Telefonsex-Hotline letztes Jahr echt gedacht, jetzt bleiben sie für immer zusammen.

Oh, Shit. Am liebsten würde ich das Ganze einfach wegignorieren, aber das geht natürlich nicht. Immerhin bin ich kein kleines Kind mehr, sondern dreizehneinviertel und seit gestern quasi eine Frau. Gott, wie das klingt ...

Früher hat Mama immer zu mir gesagt, wenn du deine Tage hast, dann feiern wir das, und ich hab mich richtig darauf gefreut, aber im Moment ist mir alles andere als nach Feiern zumute. Die Rücktour mit dem Schiff war die absolute Hölle, es hat die ganze Zeit geregnet, ich hatte tierische Bauchkrämpfe und zum Schluss bin ich wieder seekrank geworden. Echt ätzend. Na ja, wenigstens ist es hier im Auto schön warm. Otti sitzt in ihrem Kindersitz und macht blubbernde Spucke-Blasen, Papa hat eine CD von den Wise Guys eingelegt, bei der Mama mitsummt, und von außen wirken wir bestimmt wie eine vollkommen glückliche Familie. Aber eben nur von außen. Okay, je länger ich darüber nachgrüble, umso mehr denke ich, dass mit dieser Geheimniskrämerei endlich Schluss sein muss. Sobald wir zu Hause sind, frage ich sie, was los ist. Was auch immer dabei rauskommt, ich verkrafte das schon. Irgendwie.

17.12 Uhr.

Du glaubst nicht, was passiert ist! Wir sind vor einer Dreiviertelstunde zu Hause angekommen. Mama war mit Otti schon im Haus, weil die eine neue Windel brauchte, und Papa und ich waren noch dabei, unsere Sachen aus dem Auto auszuladen, da hat jemand Papa von hinten auf die Schulter getippt. Gleichzeitig hat eine Stimme »Herr Ahlberg?« gefragt, und als ich hochgeguckt habe, standen da zwei Polizisten in Uniform auf unserem Grundstück, ein Mann und eine Frau. Papa hat genauso erschrocken ausgesehen wie ich, aber dann hat sich der Ausdruck in seinen Augen verändert, fast so, als ob er schon gewusst hätte, was jetzt kommt. Die Polizistin hat sich geräuspert und anschließend gesagt, dass sich aufgrund der Anzeige wegen schwerer Körperverletzung noch einige Fragen an ihn als Beschuldigten ergeben hätten. Ob Papa noch einmal mit aufs Revier mitkommen könnte.

NOCH EINMAL?? Mir ist die Kinnlade heruntergefallen, aber Papa hat nur genickt und mit belegter Stimme etwas in Richtung Tür gerufen.

»Geli, kommst du mal bitte? Ich müsste noch mal kurz weg …«

Zwei Sekunden später ist Mama mit Otti auf dem Arm im Türrahmen erschienen. Beim Anblick der beiden Polizisten hat sie kurz gestockt, aber dann hat sie ziemlich gefasst »Ja, natürlich« gesagt. So als wüsste sie, worum es geht. »Wann, meinst du, bist du wieder da?«

Papa hat den Polizisten zu seiner Linken fragend angeguckt, aber der hat nur die Schultern gezuckt. Für einen kurzen Moment hat niemand was gesagt und mir ist die ganze Szenerie so unwirklich vorgekommen, als säße ich gerade vor dem Fernseher und würde einen Krimi gucken, aber kurz darauf hat die blonde Polizistin erwidert, zum Abendbrot sei Papa bestimmt wieder zu Haus, und das hat den Bann irgendwie gebrochen.

Während ihr Kollege sich zum Abschied an die Mütze getippt hat, ist die blonde Polizistin mit Papa zum Streifenwagen vorgegangen und Mama und ich haben den dreien nur noch schluckend hinterhergesehen. Oh Mann, ich sag dir, ich hab gedacht, ich spinne!

Mamas Mund wirkte ganz verkrampft, so als würde sie die ganze Zeit die Zähne zusammenbeißen. Und dann hat sie mich mit einem »Ich glaub, wir müssen mal miteinander reden!« in den Flur hineingezogen und ich hab geantwortet: »Das glaube ich auch.«

In der Küche hat Mama Otti in ihren Hochstuhl gesetzt und eine ganze Packung Babykekse vor sie hingelegt, obwohl sie sonst immer sagt, die hätten viel zu viel Zucker. Ich habe uns Teewasser aufgesetzt und Mama hat mir mit einem »Das ist lieb, Julie, du bist wirklich meine Große« über den Rücken gestreichelt. Und danach haben wir uns beide an unseren alten Holztisch mit den Schnörkelbeinen gesetzt und Mama hat mir endlich erzählt, was los ist.

»Du hast bestimmt schon gemerkt, dass Papa und ich in den letzten Tagen ein bisschen angespannt waren, oder?«, hat Mama angefangen.

Mir lag ein »Das ist ja wohl die Untertreibung des Jahrhunderts« auf der Zunge, aber ich hab es heruntergeschluckt und nur genickt, während Mama mir seufzend über die Hand gestreichelt hat.

»Tja, das hat leider auch einen Grund. Ein Mann namens André Hausner hat Papa nämlich angezeigt, weil er ihn vor fast zwei Wochen krankenhausreif geschlagen haben soll.«

»Was??«

Ich hab Mama angeglotzt wie ein Eichhörnchen mit Schwimmflügeln und sie hat meinen Blick schluckend erwidert.

»Ja, ich weiß. Das klingt total absurd. Aber das ist leider noch nicht alles. Das mit der Anzeige ist so unglücklich gelaufen, dass Papa deswegen jetzt auch noch seinen Job verloren hat, und das ist natürlich weniger witzig.«

»Papa hat seinen Job verloren??«

Ich hab überhaupt nichts mehr begriffen.

Mama hat auf die Tischplatte gestarrt und mir dann meinen Teebecher rübergeschoben.

»Hier, trink erst mal einen Schluck.«

»Aber ... Heißt das, Papa ist jetzt arbeitslos?«

Mama hat stumm genickt.

»Wir hätten es dir gleich sagen sollen, aber irgendwie mussten wir das Ganze erst mal selbst auf die Reihe kriegen. Wir haben natürlich gewusst, dass Papas Chef, Dr. Teubner, nur auf den richtigen Moment gewartet hat, um Papa loszuwerden, aber damit, dass es so Knall auf Fall gehen würde, haben wir dann doch nicht gerechnet.«

»Aber wie, ich mein, warum ...?«

Mama hat sich noch einen Löffel Zucker in ihren Tee geschüttet und mir danach gedankenverloren eine Haarsträhne aus dem Gesicht gestrichen.

»Papa hatte letzte Woche ein Meeting mit diesem Herrn Pohlmann von der Sanitätshauskette. Und mitten in der Besprechung sind auf einmal zwei Polizisten aufgetaucht, die Papa vor den Augen von Dr. Teubner und seinem wichtigsten Auftraggeber erzählt haben, dass gegen ihn eine Anzeige wegen schwerer Körperverletzung vorläge. Na ja, und was danach los war, kannst du dir ja vorstellen.«

Ich hab mir unglücklich auf die Lippe gebissen. »Teubner ist garantiert ausgerastet, oder?«

Mama hat so heftig in ihrem Tee herumgerührt, dass die Tasse fast umgefallen ist, und dann hat sie gesagt, das träfe es ziemlich gut.

»Vor diesem Pohlmann hat er sich noch zusammengerissen, aber beim Rausgehen hat er deinem Vater zugezischt, das würde ein Nachspiel haben, und zwar ein gewaltiges!«

»Oh, Shit. Und Papas Auftraggeber? Wie hat der reagiert?« Ich hab mir einen von Ottis Babykeksen geschnappt und ihn nervös in der Hand zerkrümelt.

Mama hat derweil seufzend mit dem Umrühren aufgehört.

»Der war wohl zuerst noch recht entspannt. Zumindest hat er zu Papa gesagt, Fehleinschätzungen gäbe es überall und er sei auch schon mal irrtümlich wegen Fahrerflucht festgenommen worden. Nichtsdestotrotz mussten sie die Besprechung natürlich abbrechen und Teubner hat deinen Vater dann am nächsten Tag zu sich bestellt und ihm gesagt, dass er unter diesen Umständen für die Agentur untragbar sei.«

»Dieser Mistkerl!«

Während Mama noch mal aufgeseufzt hat, habe ich vor lauter Empörung die Fäuste geballt und dabei ist mir noch etwas anderes eingefallen. »Wer ist dieser komische Hausner überhaupt? Und wieso behauptet er, dass Papa ihn krankenhausreif geschlagen hat? So etwas würde Papa doch nie tun!!!!«

Mama hat genickt. »Tja, das habe ich auch gedacht, aber dein Vater hat inzwischen zugegeben, dass es da tatsächlich einen Vorfall gegeben hat. Allerdings hat Papa aus Notwehr gehandelt. Anscheinend hat ihn dieser Hausner in irgendeinem Kino ohne Grund angegriffen und ...«

»In einem Kino?!«

Eine Sekunde später ist mir Papas gestrige Frage nach dem Mann mit dem Britney-Spears-Tattoo wieder eingefallen und plötzlich war mir alles klar. André Hausner – das musste der Name von diesem Glatzkopf sein, der Papa damals im »Herrn der Liebe« eine verpasst hatte.

»OH, SHIT!!«

Ich habe entsetzt aufgestöhnt und Mama hat mich irritiert angesehen, aber in dem Moment hat Otti versucht, sich aus ihrem Kinderstuhl herauszuwinden, und das hat mir Gott sei Dank Zeit verschafft, meine Gesichtszüge wieder unter Kontrolle zu bringen. Während Mama Otti davon abgehalten hat, sich kamikazemäßig auf den Fußboden zu stürzen, haben sich die Gedanken in meinem Kopf nur noch überschlagen. Wenn es sich bei diesem Hausner wirklich um den Widerling aus dem Kino handelt – müsste ich Mama dann nicht sagen, dass ich bei dem Ganzen dabei gewesen bin? Aber was wäre dann mit meinem Versprechen an Papa, ihr nichts davon zu erzählen??

Zwei Sekunden später hat Mama die brüllende Otti resignierend aus dem Kinderstuhl herausgehoben und mir ist Papas Frage nach der kleineren Wohnung wieder eingefallen. Und auf einmal hat mein Herz ganz laut zu pochen angefangen.

»Wenn Papa jetzt arbeitslos ist, haben wir dann eigentlich noch genügend Geld für alles? Für unser Haus und das Auto und so?«

Mama hat mir über die Wange gestreichelt und an ihrem Blick hab ich gemerkt, dass der eigentliche Knaller noch kommt.

Und da wäre ich am liebsten aufgesprungen und weggelaufen. Ganz schnell. Egal wohin.

Mama hat Otti den zehnten Babykeks in die Hand gedrückt und sich danach wieder zu mir umgedreht und ich hab innerlich gehofft, dass es doch nicht so schlimm kommt, wie ich befürchte, aber das hat nichts geholfen.

»Tja, da hast du leider den Nagel auf den Kopf getroffen«, hat Mama gesagt und ihr Lächeln ist dabei mehr als schief geraten.

»Um das volle Arbeitslosengeld zu bekommen, hätte Papa in den letzten zwei Jahren wenigstens zwölf Monate fest angestellt sein müssen. Aber als freier Mitarbeiter hat man einen anderen Status und deshalb ist es leider wirklich so, dass wir uns nach einer neuen Woh...«

»Warte!«

In mir hat es gebrodelt wie in einem Dampfkochtopf, und das Einzige, was ich noch denken konnte, war, dass ich Mama unbedingt daran hindern musste, ihren Satz zu beenden. Weil ich das, was sie sagen würde, einfach nicht aushalten könnte. Also bin ich ihr einfach ins Wort gefallen.

»Du verdienst doch auch Geld! Und ich hab was gespart und ...«

Mama hat resignierend den Kopf geschüttelt und gemeint, das würde leider nicht genügen, um unseren Lebensstandard zu halten.

»Weißt du, Julie, ich habe es in den letzten Tagen x-mal durchgerechnet. Selbst wenn wir Papas Auto verkaufen und mein Fitnessstudio kündigen – es reicht einfach nicht. Und leider erkennt Papa überhaupt nicht den Ernst der Lage. Kauft ein

Schiff, nur weil er früher so gern gesegelt ist, und glaubt, jetzt wieder Zeit dafür zu haben!! Was für ein Blödsinn!«

Mamas Stimme hat richtig sauer geklungen und ich hab mich irgendwie verpflichtet gefühlt, Papa zu verteidigen, aber ehe ich noch ansetzen konnte, hat sie schon weitergeredet.

»Ich weiß, Julie, das mit dem Schiff hat er auch für dich getan und das war ja auch lieb gemeint, aber trotzdem. Papa denkt noch immer, die Jobs liegen auf der Straße, dabei ist er fast fünfundvierzig! Da liegt überhaupt nichts auf der Straße. Außer Hundehaufen.«

Mama hat bitter geseufzt. »Das, was Papa an Arbeitslosengeld bekommt, ist einfach nicht genug. Und in meinem Job sieht's auch nicht gerade rosig aus. In der Buchhandlung haben sie mir zwar angeboten, einen halben Tag in der Woche mehr zu arbeiten, aber das ist nur ein Tropfen auf dem heißen Stein. Und das, was wir zurückgelegt haben, reicht ab Sommer noch nicht mal mehr für die Zinsen des Hauses, von der Tilgung mal ganz zu schweigen, und insofern haben Papa und ich uns gedacht, wo das Haus doch so teuer ist und es im Umland wirklich schöne Wohnungen gibt ...«

Mama hat angefangen, an der Kerze vor ihr herumzunesteln, und ich hab auf einmal genau gewusst, was jetzt kommt.

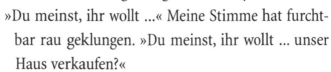

»Du meinst, ihr wollt ...« Meine Stimme hat furchtbar rau geklungen. »Du meinst, ihr wollt ... unser Haus verkaufen?«

Mama hat die Wachskugel, die sie gerade gedreht hatte, in den Kerzenständer zurückfallen lassen.

»Es tut mir so leid, Wurzelgemüse. Ich weiß, wie sehr du an dem Haus hier hängst, und wir ja auch, aber ... In Holm haben wir eine ganz tolle Wohnung entdeckt. Richtig schick, mit einem schönen Blick über die Felder und einem fast genauso großen Zimmer, wie du jetzt auch hast, und für Otti gäbe es da einen sehr netten Kindergarten, alles ist viel grüner als hier und ...«

Ich hab Mama ungläubig angestarrt. Und dann hat es irgendwo in mir klick gemacht und die Wörter sind geradezu aus mir herausgesprudelt, wie Lava aus einem Feuer speienden Vulkan.

»Du willst, dass wir nach Holm ziehen?? Nach **Holm??** Weißt du überhaupt, wo das ist?????? Das ist überhaupt nicht mehr **Hamburg!** Das ist schon **Schleswig-Holstein!!**«

Bei dem Wort »Schleswig-Holstein« hab ich beinahe einen Überkreisch gekriegt und Mamas linker Mundwinkel hat nervös zu zucken angefangen.

»Julie, jetzt beruhige dich doch erst mal und ...«

»Aber ich will mich nicht beruhigen!! Und wie stellst du dir das mit der Schule vor? Soll ich da jeden Tag zwei Stunden auf der Bahn sitzen??«

Mamas linker Mundwinkel hat noch doller gezuckt, aber dann hat sie sich wieder unter Kontrolle gekriegt und meinen Blick kopfschüttelnd erwidert.

»Nein, natürlich nicht. In der Nähe von Holm gibt es ein ganz tolles Gymnasium, die bieten nachmittags sogar Manga-Kurse an, ich hab mich da schon erkundigt.«

»Du hast dich was??«

Ich hab Mama angestarrt, als wäre sie ein Monster und dabei hab ich gemerkt, dass ich so wütend war wie noch nie in meinem Leben. Zuerst hat meine Stimme für die Größe meiner Wut noch erstaunlich ruhig geklungen, aber dann ist sie ohne mein Zutun immer lauter geworden und irgendwann habe ich nur noch gebrüllt. Und zwar ganz laut!

»Ihr wollt, dass ich die **SCHULE WECHSLE???** Weg von meinen Freunden?? Weg von Schari und Sophie und Jette und Franzi und ... Weg von **BEN????** Seid ihr jetzt völlig bekloppt geworden??«

Bei dem »bekloppt« hat sich Mamas Gesichtsausdruck verändert und ich hab gemerkt, dass sie auch gleich wütend wird, aber das war mir scheißegal. Ich hab einfach weitergebrüllt.

»Ist mir kackegal, was für Schrott-Manga-Kurse sie da anbieten!! Meinetwegen können sie sich damit gehackt legen! Das mache ich nie! Nie im Leben!! **NIEMALS!!!**« Und damit bin ich aufgesprungen und rausgelaufen.

Mama hat mir noch etwas hinterhergerufen, das wie »Jetzt guck es dir doch erst mal an!« klang, aber ich war schon auf der Treppe. Oben hab ich die Tür zu meinem Zimmer zugeknallt, so laut, dass die Wände gewackelt haben, aber das hat noch immer nicht gereicht. Also hab ich mir ganz laut Peter Fox angemacht, dieses Lied, in dem er alles um sich herum in Schutt und Asche legt. **JA!!!!!!!**

Genau das würde ich jetzt am liebsten tun. Eine riesige Abrissbirne nehmen und die Papas Chef und den beiden Polizisten und vor allem diesem widerlichen Tattoo-Glatzkopf um die Ohren schlagen! Damit ganz klar ist, dass ich niemals hier wegziehe, egal, was passiert. Verdammt, das ist mein Leben! Und ich werde mir das nicht von irgendwelchen Erwachsenen kaputt machen lassen!! Da könnt ihr Gift drauf nehmen!!!

17.43 Uhr.

Bin noch immer wütend, aber allmählich macht sich auch so etwas wie Verzweiflung in mir breit. Ob meine Eltern das wirklich tun können? Mich einfach auf einer anderen Schule anmelden? Gegen meinen Willen? Befürchte beinahe ja. Schließlich bin ich erst dreizehn, da habe ich rechtlich gesehen wahrscheinlich null Chance. (Muss Jette unbedingt fragen, wie das gesetzestechnisch aussieht. Wenn sie später Kommissarin werden will, kennt sie sich vielleicht mit so was aus.)
Verflixt, ich kann's noch immer nicht fassen. Wie können sie mir das nur antun? Und alles hinter meinem Rücken! Da besichtigen die seit Tagen irgendwelche Wohnungen, während ich Depp mir Sorgen um ihre bescheuerte Ehe mache. Das ist so unfair!!!!
Papa ist noch immer nicht vom Revier zurück und Mama ist nach wie vor sauer wegen des »bekloppt« und des »kackegal«, aber was soll's. Gehe ich eben ohne Abendbrot ins Bett. Davon wird man wenigstens schlank.

19.01 Uhr.

Habe vor einer Viertelstunde mit meinem Handy bei Schari angerufen, aber ihre Mutter meinte, der Zeitpunkt sei etwas ungünstig, weil Jannick gerade bei ihr im Zimmer sei und die beiden sich gewaltig streiten würden, zumindest höre es sich durch die Tür so an. So ein Müll! Wette, Jannick hat Schari soeben eröffnet, dass er sich doch nicht getraut hat, seinem Vater mit seiner Mutter zu drohen, und dass das Hausverbot für Schari deswegen noch immer gilt. Wobei – hoffentlich ist es nur das! Nicht dass Jannick jetzt doch noch Schiss vor seinem Vater bekommen und deshalb mit Schari Schluss gemacht hat. Mist! Je länger ich darüber nachdenke, umso mehr befürchte ich, dass genau das passiert ist! Schließlich ist Jannick manchmal echt ein Weichei. Glaube ehrlich gesagt, dass er sich deswegen auch in Schari verknallt hat. Weil Schari immer so rotzig-cool rüberkommt, als sei es ihr total egal, was die Leute von ihr denken. Dabei ist es das gar nicht. Aber das versteht Jannick mit seinem dunklen Wuschelhaarschopf und den großen Kulleraugen hinter der Nickelbrille natürlich nicht. Verflixt! Hoffentlich verhält er sich ihr gegenüber jetzt nicht wie ~~ein Schwein~~ sein Vater. Das könnte ich ihm echt nicht verzeihen.
Vielleicht hat Mumi doch recht. Jungs und Mädchen sind, was Verantwortungsbewusstsein und seelische Reife anbelangt, einfach nicht auf demselben Niveau. Da muss man sich nur mal an einem ganz normalen Tag die Jungs in unserer Klasse anschauen, dann kann man das sofort unterschreiben. Cem

 zählt seine Brusthaare, Jannick übt auf einem imaginären Akkordeon (Schari meint, er spielt inzwischen richtig toll, aber wie heißt es doch so schön: Liebe macht blind), Hubertus starrt mich an, als wären meine Brüste Atombomben, die jederzeit explodieren könnten, und Oliver grölt irgendwelche Sprüche über die Mütter seiner Mitschüler in die Klasse, bevorzugt: »Deine Muttä ist ja so fett! Und deine Muttä ist noch fetter! Und deine Muttä hat so einen Riesenar…« Absolut unterirdisch!

Habe Scharinas Mutter gesagt, dass Schari sich jederzeit bei mir melden kann, wenn sie jemanden zum Reden braucht, egal wann, auch nachts um drei, und sie meinte, sie würde es ihr ausrichten.

Nach dem Telefonat mit Scharis Mutter habe ich dann Sophie angerufen, um mit ihr über Mamas Umzugspläne zu reden, aber ehe ich ihr die Geschichte erzählen konnte, ist Sophie mir schon aufgeregt ins Wort gefallen. Sie wollte mich nämlich auch gerade anrufen, weil ihr Bruder Fiete vor einer halben Stunde mit verheulten Augen und einer Stinklaune nach Hause gekommen ist, und Sophie glaubt, dass sein Zustand etwas mit Ben und Linea zu tun hat. Habe Sophie gefragt, wie sie darauf kommt, und sie meinte, dass sie ein Telefonat mit angehört hätte, in dem Fiete Ben wegen irgendetwas tierisch beschimpft hat. Ich habe erwidert, dass so ein Streit tausend Gründe haben kann, aber Sophie behauptete, aus dem Telefonat sei ziemlich eindeutig hervorgegangen, dass Fiete gesehen hat, wie Linea und Ben sich nach den Proben im Keller von Lineas Vater geküsst haben!!!

WUMMS! Was sagt man dazu? War für einen Moment sprachlos und habe das Gespräch anschließend schnell beendet. Auch wenn Sophie sich nie an meinem Unglück weiden würde – nach der Nachricht musste ich erst mal alleine sein.

Oh Mann! Es ist also passiert. Linea und Ben haben sich geküsst. Das heißt, vielleicht haben sie sich geküsst. Eventuell hat Fiete das ja auch alles falsch verstanden. Oder Sophie. So etwas versteht man doch schnell mal falsch. Vor allem, wenn man selbst nicht am Telefon ist. ODER??? Oh Gott, habe gerade das Gefühl, als ob mein ganzes Leben den Bach runtergeht und ich alles verliere: Ben, mein Zuhause und – wenn wir wirklich in die Pampa ziehen – vielleicht auch noch meine Freundinnen. Glaube, ich habe mich noch nie so einsam und verloren gefühlt wie heute.

Ostermontag, der 5. April (Nacht)

☺ Höhepunkte

1) Keine. (Allerdings ist es 1.32 Uhr in der Nacht, insofern hatte der Tag auch noch nicht sonderlich viel Zeit für Höhepunkte.)

Tiefpunkte

☹ Die Vergangenheit.
☹ Die Gegenwart.
☹ Die Zukunft.

Bin vor anderthalb Stunden aufgewacht und kann seitdem nicht mehr einschlafen. War eben leise im Schlafzimmer meiner Eltern und habe geguckt, ob Papa inzwischen von der Polizei zurück ist. Ist er, zumindest, wenn man annimmt, dass der schnarchende Deckenhaufen neben Mama nicht der Bofrost-Mann, sondern Papa ist. Auf jeden Fall schlafen die beiden, Mama und der Bofrost-Mann (sprich Papa), tief und fest. Ganz im Gegensatz zu mir, die ich seit gefühlten zwanzig Stunden über die Sache mit dem Umzug nachdenke und dabei immer verzweifelter werde.

Was soll ich nur tun? Vielleicht Mumi um Geld anhauen? Aber die hat ja selber nicht viel. Und Papas Eltern haben ihr gesamtes Erspartes vor sechs Jahren in ihr selbst gebautes Segelboot gesteckt. Die fallen also auch flach. Am besten wäre, wenn ich Papa schleunigst wieder einen neuen Job besorge. Aber wie? Mama meint, Papas Chef stellt meinen Vater garantiert nicht wieder ein, auch nicht, wenn er den Prozess gewinnt und das Gericht ihn freispricht. Die Idee, Dr. Teubner auf Knien anzuflehen, Papa seinen Job zurückzugeben, kann ich mir also schenken. Hmm ... Bei den anderen Werbeagenturen scheint es zurzeit auch nicht gerade rosig auszusehen. Zumindest hat Mama das gestern Abend gesagt, als sie noch mal in mein Zimmer gekommen ist, um sich zu entschuldigen. Papa hat sich schon ein paar Mal anderswo beworben, aber geklappt hat es bisher nie.

Oh Mist! Gerade ist mir bewusst geworden, was die Anzeige von diesem Hausner noch bedeutet. Wahrscheinlich steht vor Gericht Aussage gegen Aussage, und das wiederum bedeutet, es gibt eine real existierende Möglichkeit, dass Papa tatsächlich INS GEFÄNGNIS WANDERT!!!

Oh – mein – Gott! Merke förmlich, wie sich die alte Platzangstgeschichte wieder bemerkbar macht. Die Decke hat sich eben eindeutig ein Stück auf mich runterbewegt! Shit!! Ob ich mich für ein paar Minuten draußen auf die Liege lege? Mumi meint doch immer, der gesündeste Schlaf sei der an der frischen Luft, und sonderlich kalt ist es im April auch nicht mehr. Okay, alles besser, als weiter über den ganzen Schrott nachzudenken und dabei endgültig panisch zu werden. Ich ziehe mir jetzt Bens altes Ärzte-T-Shirt über und wandere mit meiner Bettdecke auf die Terrasse.

***1.51 Uhr nachts.** Zwischen abgedeckten Gartenmöbeln draußen auf der Terrasse.*

Boah, ist das kalt hier! Und außerdem ziemlich unheimlich. Hätte gerade schwören können, dass der merkwürdige Fleck hinter unserem Apfelbaum einer der Volturi, dieser fiesen Vampire aus Bis(s), ist, aber bei genauerem Hinsehen war es nur der Komposthaufen. Gott sei Dank!

***3.17 Uhr.** Noch immer nachts auf der Terrasse.*

Bin eben davon aufgewacht, dass ich Musik gehört habe. Glaube, sie kam aus Bens Zimmer. Zumindest stand sein Fenster offen und hinter der Gardine sah man einen klitzekleinen Lichtschein. Habe leise »Ben!« gerufen und dann noch einmal lauter »Ben!«, aber im selben Moment ist das Licht ausgegangen und von der Musik war auch nichts mehr zu hören. Verflixt! Eine Sekunde später musste ich wieder an Papa und die Gerichtsverhandlung denken und da war's dann endgültig um meine Fassung geschehen.

Habe inzwischen drei Packungen Taschentücher durchgeheult, die alle um mich herum verstreut liegen und ziemlich eklig aussehen, aber das kriegt ja zum Glück niemand mit.

Muss morgen unbedingt mit Jette reden. Vielleicht weiß sie nach zweihundertdreißig Folgen Richterin Barbara Salesch, ob man bei schwerer Körperverletzung noch Bewährung bekommt oder nicht. Eine Bewährungsstrafe wäre natürlich gut, dann müsste Papa nur ins Gefängnis, wenn er noch mal jemanden k. o. schlägt (was relativ unwahrscheinlich ist), aber vorbestraft ist man mit einer Bewährungsstrafe leider auch, darüber hat Jette neulich erst eine halbe Stunde beim Konfer doziert. Und welche Firma sucht schon einen vorbestraften Werbetexter, dessen letzte Hundefutter-Kampagne bereits nach zwei Monaten wieder eingestellt worden ist, weil niemand den Slogan »Doggy-dogs ist froggy-gut« verstanden hat? [37] Wahrscheinlich keine einzige!

Oh, Shit! Sehe die Zukunft auf einmal glasklar vor mir: Mama, Otti und ich landen in einer dunklen, kargen Wohnung in Holm, Papa sitzt als verurteilter Schläger in Santa Fu [38] und Ben ... *AHHH!!!*

55 Minuten später.

Nach einem Beinahe-Kuss und einer nachfolgenden Hunde-attacke wieder in meinem Bett.

Etwas Unglaubliches ist passiert! Ich wollte den Eintrag vorhin gar nicht so abrupt abbrechen, aber plötzlich hat sich jemand hinter mir geräuspert und da ist mir vor Schreck der Stift abgerutscht.

Ich mein – wer steht schon mitten in der Nacht hinter einem und räuspert sich!!! In tiefster Dunkelheit!!!!! Draußen im Garten!!!!

---

[37] *Papa hat Mama und mir erklärt, »froggy« sei eine Anspielung auf den Inhaber der Hundefutterfirma, der mit Nachnamen »Frosch« (= engl. frog) heißt, aber den Bezug kapiert natürlich kein Schwein.*

[38] *»Santa Fu« = das Gefängnis hier in Hamburg-Fuhlsbüttel*

Natürlich bin ich zu Tode erschrocken herumgefahren, weil ich sofort gedacht habe, das ist jetzt endgültig ein Volturi, der mein Blut trinken will, aber stattdessen stand auf einmal Ben vor mir. Habe erst gedacht, ich träume, aber er war es wirklich! Barfuß in einer Pyjamahose, mit zerzausten Haaren und dunkel geränderten Augen, die so aussahen, als hätte er in den letzten Nächten nicht gerade gut geschlafen.

»Ben?? Was machst du denn hier??«

Ben hat mich im Licht seiner Taschenlampe schlaftrunken gemustert und dann gesagt, ich solle mir bloß keine Schwachheiten einbilden. Er sei nur davon aufgewacht, dass jemand erst seinen Namen gerufen und dann laut geschluchzt hätte, und da hätte er doch lieber nachgucken wollen, was los ist.

»Alles okay bei dir?« Ben hat mich fragend angesehen und ich hab so unauffällig wie möglich die vom Heulen durchweichten Tempos unter meine Decke gezogen und dabei ziemlich cool erwidert, dass natürlich alles okay wäre, logisch, warum sollte es das auch nicht sein?!

»Also, ich hab nichts gehört. Und ich bin schon die ganze Zeit hier draußen.«

»Echt? Du bist die ganze Nacht hier draußen? Ist das nicht viel zu kalt?«

Ben hat mich irritiert gemustert und ich habe mir tapfer auf die Zähne gebissen, um das Zittern abzustellen, und dabei entschieden den Kopf geschüttelt.

»Überhaupt nicht. Eigentlich ist mir sogar eher heiß. Das ist auch der Grund, warum ich heute draußen schlafen wollte. Weil mir so warm war. In meinem Zimmer ist es zurzeit nämlich ziemlich stickig, wahrscheinlich wegen der neuen Fugen an den Fenstern und ... Tja, diese Fugen sind wirklich ...«

Leider ist mir partout nicht eingefallen, wie die Fugen wirklich sind, und während Ben mich noch so skeptisch betrachtet hat wie Mumi die Plakate der CDU kurz vor der Wahl, bin ich plötzlich richtig wütend geworden. Schließlich ist es ja wohl meine Sache, wo ich schlafe und wo nicht, und rechtfertigen muss ich mich dafür noch lange nicht. Also habe ich meinen Satz abgebrochen und Bens Blick kühl erwidert. »Ich wollte heute Nacht eben einfach mal draußen schlafen. Ist schließlich mein gutes Recht. Oder hast du damit irgendwelche Probleme?«

Ich hab Ben finster gemustert, und das muss ihn ziemlich aus dem Konzept gebracht haben – zumindest hat seine Stimme auf einmal viel zögerlicher geklungen als vorher.

»Nein. Natürlich nicht. Ich versteh nur nicht, warum du nichts gehört hast. Gerade wenn du schon die ganze Zeit hier draußen bist ...«

Ben hat verwirrt den Kopf geschüttelt, und weil ich befürchtet habe, dass er auf dem Thema wahrscheinlich noch länger herumreiten wird, habe ich kurz entschlossen die Taktik gewechselt.

»Dabei fällt mir gerade ein, vielleicht hab ich doch was gehört. Ich glaub, der Fernseher von euern Nachbarn war eine Zeit lang an. Der war sogar ziemlich laut. Jetzt haben sie ihn wohl ausgemacht, aber vorher, da ...«

Ich habe mich seelisch darauf eingestellt, noch ein paar Minuten über Fernsehlautstärken zu dozieren, aber bei einem Blick in Bens Gesicht habe ich gemerkt, dass er kurz davor ist, die Geschichte zu schlucken. Eine Sekunde später hat er sich nämlich verlegen durch seine Locken gewuschelt und dabei gemeint, dass Peters – das sind die Nachbarn seiner Eltern – den Fernseher in der Tat manchmal ganz schön laut stellen würden.

»Der alte Peters ist inzwischen ziemlich schwerhörig. Neulich hat meine Mutter ihn um ein Stück Butter gebeten und da ... Na, ist ja auch egal. Tut mir leid, wenn ich dich gestört hab. Okay, dann werd ich mal wieder rübergeh…«

Im selben Moment sind Bens Augen an meinem Oberteil hängen geblieben und auf einmal hat er ganz verwirrt ausgesehen. »He, das ist ja mein altes Ärzte-T-Shirt. Ich wusste gar nicht, dass du das noch hast.«

Ben hat auf mein T-Shirt gestarrt und ich hab innerlich einen Fluch unterdrückt. Da will man einmal cool sein und dann das! Ben hat ausgesehen, als ob es in seinem Kopf gerade gewaltig rattert, und ich habe schnell den Mund aufgemacht, um ihn gar nicht erst auf dumme Gedanken kommen zu lassen.

»Ich hab's nur genommen, weil mir gerade kalt war. Also vorher, ehe mir heiß war, meine ich. Hier! Du kannst es gern wiederhaben ...«

Ich hab Anstalten gemacht, mir das T-Shirt über den Kopf zu ziehen, aber zeitgleich ist Ben mir schon in den Arm gefallen. »Blödsinn. Behalt es.«

»Wirklich?«

Ich hab Ben noch unsicher angeguckt, da hat er schon genickt.

»Wirklich. Dabei fällt mir ein ...«

»Ja?«

Ich habe mich aufgerichtet und dabei sind die durchgeheulten Tempos, die ich mir unter die Bettdecke gestopft hatte, zu Boden gefallen.

»Oh Mist!«

Ich hab mich mit hochrotem Kopf hingehockt, um die feuchten Taschentücher schnell wieder einzusammeln. Ben hat kurz gezögert und sich dann ebenfalls hinuntergebeugt, um mir zu helfen, und dabei sind unsere Köpfe sich ziemlich nah gekommen. Und plötzlich hat die Luft um uns herum ganz merkwürdig zu flimmern begonnen.

»Julie?«

Aus unerfindlichen Gründen ist aus meiner Kehle nur ein Krächzen gekommen. »Ja?«

»Ich ...«

Bens Stimme hat auf einmal genauso belegt geklungen wie meine, und obwohl ich mich nicht getraut habe, seinen Blick zu erwidern, hab ich doch gemerkt, dass er mich noch immer ziemlich verwirrt angeguckt hat.

»Ich versteh das alles nicht. Das mit uns, mein ich. Ich hab gedacht, du wärst in diesen dunkelhaarigen Typen aus deiner Klasse verknallt, aber ...«

»In Jannick?«

Ich hab Ben angestarrt, als hätte er nicht mehr alle Tassen im Schrank, und Ben hat schnell den Kopf geschüttelt.

»Nicht in Jannick. In diesen anderen, der immer mit diesem Oliver zusammenhängt.«

»In Cem?«

»Keine Ahnung, wie er heißt. Ist auch egal. Ich verstehe nur nicht, warum du dann mein T-Shirt anhast, und na ja ...«

Ben hat auf die durchnässten Taschentücher gestarrt, die noch immer auf dem Boden lagen, und ich habe kurzzeitig nicht gewusst, was ich sagen soll.

»Tja, ich hab zurzeit echt ziemlich doll Heuschnupfen und die Pollen hier draußen ...«

»Julie?«

»Ja?«

Ben hat mich mit seinen sanften meerblauen Augen angesehen und in meinem Bauch haben hundert Schmetterlinge zu flattern angefangen.

»Ich glaub dir kein Wort.«

»Oh.«

Ich hab gestockt, weil ich plötzlich gemerkt habe, dass ich gleich losheule. Meine Kehle war ganz zugeschnürt und Ben hat mich noch immer angeguckt und da hab ich all meine Ängste und Zweifel über Bord geschmissen und mich einfach an seine Brust geworfen. Kurzzeitig hab ich befürchtet, er lässt mich an sich abprallen wie an einer Betonwand, aber im selben Augenblick hat er schon leise »Ach, Julie!« gemurmelt und mich dann ganz fest umarmt. Und einen Moment lang war alles gut.

Ich hab mich in Bens Arme gekuschelt und er hat mir übers Haar gestrichen, genau wie früher, und dabei hab ich ihm alles erzählt. Dass wir vielleicht wegziehen müssen, weil der Typ aus dem Kino Papa angezeigt hat und Papa deswegen seinen Job verloren hat, und meine Eltern sich schon eine Wohnung in Holm angeguckt haben und dass ich das alles scheiße finde und grässlich und dass ich am liebsten nicht mehr leben will, weil im Moment alles nur schiefläuft. Beim Erzählen habe ich wie ein Schlosshund geweint, so doll, dass ich gar nicht mehr aufhören konnte, obwohl ich aus der BRAVO weiß, dass Jungs weinende Mädchen nicht ausstehen können und man dabei auch ziemlich doof aussieht, aber das war mir in dem Moment alles egal.

Ich habe immer weitergeschluchzt und irgendwann hab ich gedacht, jetzt ist eh schon alles wurscht, dann kann ich Ben gleich auch noch sagen, dass ich ihn noch immer lieb habe, auch wenn er inzwischen mit Linea knutscht, aber ehe ich dazu ansetzen konnte, hat Ben mich schon losgelassen und fassungslos gemeint, wie unglaublich es sei, dass er von alldem nichts gewusst hätte.

»Ich hätte der Polizei doch schon längst gesagt, dass es definitiv Notwehr war! Mit dir und mir hätte dein Vater dann immerhin zwei Zeugen und dieser Glatzkopf hätte keinen und …«

»Hat er doch! Den Kinokartenverkäufer.«

Ich habe unglücklich die Schultern gezuckt und Ben berichtet, was mir Mama erzählt hat. Dass der Kinokartenverkäufer gesehen hat, wie Papa mit der Bierflasche, also der Tatwaffe, in der

Hand hektisch aus dem Kino gelaufen ist, ohne sich um den Verletzten zu kümmern.

»Na, und anschließend hat er dann die Polizei gerufen, der Kinokartenverkäufer, und als die da war, hat er den Beamten erzählt, dass Papa unbedingt mit uns in diesen japanischen Erotikfilm wollte, obwohl er ihn extra noch darauf hingewiesen hat, dass der Film für uns alterstechnisch gar nicht geeignet ist.«

»Aber dein Vater hat doch gedacht, das sei eine preisgekrönte Jugendbuchverfilmung!«

»Erklär das mal der Polizei. Mama meint, die denken jetzt garantiert, dass Papa so ein komischer Typ ist, der es gut findet, mit Minderjährigen in solche Filme zu gehen, und das macht ihn nicht unbedingt glaubwürdiger.«

Ich hab frustriert aufgeseufzt und Ben hat so ausgesehen, als kapiere er zum ersten Mal, dass das Ganze ein echtes Problem und nicht nur ein skurriles Missverständnis ist.

»Verdammt!«

Ich hab mir auf die Lippen gebissen und im selben Moment hat Ben auf einmal den Kopf gehoben und mich nachdenklich angeschaut. »Weißt du, was mir gerade einfällt? Ich hab diesen Typen aus dem Kino neulich noch mal bei euch gesehen. Da hat er irgendwas in euern Briefkasten gesteckt.«

»Im Ernst?«

Ben hat genickt.

»Ich hab mich noch gewundert, was der hier macht. Aber dann hat mich diese andere Geschichte irgendwie abgelenkt.«

»Welche andere ...?«

Ich wollte gerade nachfragen, da ist mir wieder eingefallen, welche Geschichte er wahrscheinlich meint, und da hab ich lieber meine Klappe gehalten. Ben muss gemerkt haben, dass ich mich gerade auf gefährliches Terrain begeben habe, denn er hat meine Nachfrage einfach ignoriert.

»Weißt du, wer bei euch in den letzten Tagen den Briefkasten geleert hat?«

»Mein Vater. Wieso?«

»Keine Ahnung. Aber irgendwie habe ich bei diesem Hausner ein merkwürdiges Gefühl. In meinen Augen sah der nicht so aus, als ob er sich darum reißt, mit der Polizei zu tun zu haben. Wenn der also trotzdem so eine große Welle veranstaltet, dann steckt da bestimmt mehr dahinter. Das würde auch dazu passen, dass er nach der Anzeige noch mal Kontakt zu euch aufgenommen hat.«

»Du meinst …?«

Ich hab Ben mit großen Augen angeguckt und er hat langsam genickt. »Vielleicht wollte er von euch Geld erpressen. So nach dem Motto ›Wenn ihr mir was zahlt, ziehe ich meine Anzeige zurück‹. Frag deinen Vater doch morgen früh mal, ob er von diesem Typen Post bekommen hat.«

»Du meinst heute früh.«

Ben hat gegrinst, und als ich sein Lächeln erwidert habe, hat er mir einen Nasenstüber verpasst.

»Ja, klar, heute früh.«

»Hey!« Ich hab ihm den Nasenstüber zurückgegeben und eine Sekunde später hat Ben sich mit einem wölfischen Grinsen auf mich gestürzt.

»Na warte ...« Er hat meine Arme auf die Liege gedrückt, aber ich habe mich wie eine Löwin gewehrt und für ein paar Sekunden waren wir nur noch ein kichernder Haufen wild durcheinanderwirbelnder Beine und Arme.

»Hey, lass mich los!«

»Nur wenn du aufhörst!«

Ben hat mich mit seinen Beinen eingeklemmt und dabei von Kopf bis Fuß durchgekitzelt, aber irgendwann hat er mitten in der Bewegung innegehalten.

»Frieden?«

Wir haben beide nach Luft gerungen und ich hab seine blauen Augen im Halbdunkel der Straßenlaterne über mir funkeln sehen.

»Niemals!«

Ich hab versucht, mich aufzurichten, aber er hat mich plötzlich mit einem ganz sonderbaren Blick angesehen. In meinem Bauch haben die Schmetterlinge angefangen, Tango zu tanzen, und dann hat Ben sich langsam zu mir heruntergebeugt und mein Kinn mit seinem Zeigefinger ganz sanft zu sich hochgehoben. Meine Lippen haben sich wie von selbst geöffnet und eine Sekunde später ...

... ist die Gartenliege mit einem gewaltigen Krachen unter uns zusammengebrochen. Krrkkk!

»Ahhh!!!«

»Au!«

»Shit. Hast du dir wehgetan?«

Ben ist aufgesprungen und hat versucht, mir hochzuhelfen,

aber die Liege ist so blöd durchgebrochen, dass ich wie ein auf dem Rücken liegender Käfer mit den Beinen gestrampelt habe.

»Mist!«

»Warte, nimm meine Hand!«

»Ah ...«

Im selben Moment, wo ich mich endlich fluchend aufgerappelt hatte, ist über uns das Licht angegangen und ich habe Papas verschlafene Stimme von oben gehört.

»Hallo? Ist da jemand??«

Ben hat mich schreckensstarr angesehen und ich habe wilde Zeichen in Richtung Gartenpforte gemacht.

»Schnell! Hau ab!«

»Aber ...«

»Los!«

Ben hat mich noch einmal zögernd angesehen und ist dann mit ein paar Schritten in der Dunkelheit verschwunden.

»Da ist doch wer! Hallo??!«

»Papa? Ich bin's nur. Julie.«

»Julie??«

Für einen Moment herrschte Stille, dann war erneut Papas Stimme zu hören. »Herrgott, Julie, es ist mitten in der Nacht! Was machst du denn da draußen??«

Im Fensterrahmen ist hinter Papas Kopf auch noch der von Mama aufgetaucht. Gleichzeitig hat ein Hund wie wild zu bellen angefangen, und während das Licht im Nebenhaus angegangen ist, habe ich die zitternde Stimme des alten Herrn Peters von gegenüber gehört.

Grrr....

»Herr Ahlberg? Brauchen Sie Hilfe?«

Ich hab innerlich die Augen verdreht, aber im selben Moment ist Herr Peters mitsamt seinem Rottweiler Iwan dem Schrecklichen schon am Gartenzaun aufgetaucht.

»Ist etwas passiert? Soll ich Ihnen Iwan rüberschicken?«

»Nein!!«

Iwan hat ein furchterregendes Knurren von sich gegeben und ich habe wild mit den Armen gerudert (schließlich habe ich vor Iwan dem Schrecklichen schon Angst, seitdem ich denken kann), aber im selben Moment hat mein Vater zum Glück schon den Kopf geschüttelt.

»Ist gut, Herr Peters. Gehen Sie ruhig wieder rein! Das ist kein Einbrecher!«

»Wie bitte?? Ich kann Sie nicht verstehen!«

»Das – ist – kein – Einbrecher!«

Wollte gerade erleichtert aufatmen, da hab ich im Halbdunkel gesehen, wie Herr Peters sich zu seiner Frau umgedreht hat und eine Sekunde später ist mir das Blut in den Adern gefroren.

»Erna, hast du gehört? Da ist ein Einbrecher! Iwan, fass!«

»Nein!!!«

Mit dem aufgeregten Kläffen von Iwan dem Schrecklichen im Ohr habe ich mich panisch in Richtung Terrassentür umgedreht und bin dabei voll gegen die kaputte Gartenliege gelaufen, die noch immer mitten im Weg lag. *Wummmmmmmms!*

»Ah!!!«

Eine Sekunde später habe ich mich eine Etage tiefer auf den kalten Terrassenfliesen wiedergefunden, zwanzig Zentimeter von einem zähnefletschenden Rottweilergebiss entfernt.

»Wuff, wuff, wuff, wuff!«

»Geh weg! Nein! Papa!! Hilfe!!!«

»Iwan, aus! Aus!!«

Als ich meine Augen zwei Sekunden später wieder aufgemacht habe, war Papa schon über mir und hat Iwan von meinem Kopf weggezogen, aber ich war inzwischen so fertig mit den Nerven, dass ich am ganzen Körper wie Wackelpudding gezittert habe. Mama hat versucht, den alten Herrn Peters zu beruhigen, der andauernd »Das ist ja gar kein Einbrecher! Das ist ja Ihre Tochter!« gestammelt hat, Papa hat mich besorgt angesehen und ich habe bitter »Blitzmerker!« gemurmelt und bin dann mit einem vollkommen uncoolen Schluchzen an Mama vorbei ins Haus gestürmt.

Oh Mann! Was für eine Nacht! Erst erfahre ich, dass Papa wahrscheinlich von einem gewalttätigen Britney-Spears-Fan erpresst wird, dann knutsche ich fast mit Ben, obwohl wir eigentlich gar nicht mehr zusammen sind, und zum Schluss werde ich von Iwan dem Schrecklichen beinahe noch zu Fischfutter verarbeitet.

Denke inzwischen, dass der ganz normale, langweilige Alltag entschieden etwas für sich hat. Ein Leben ohne Umzüge, Trennungen, Arbeitslosigkeit und Geldsorgen – dafür aber mit ganz viel Liebe, Zeit für meine Freundinnen, kalorienfreier Vollmilchschokolade, Fernsehen, Vampirbüchern, Vier-Käse-Pizza und kleinen, netten (!) Hunden. Herrgott, das kann doch nicht so schwer sein!

Ostermontag, der 5. April (Tag) ☀

😃 Höhepunkte

1) War mir heute früh nicht sicher, ob die Sache mit Ben und Iwan dem Schrecklichen gestern Nacht wirklich passiert ist. Bin deshalb erst mal auf unsere Terrasse gelaufen, um nachzusehen, und was soll ich dir sagen? Die Gartenliege war tatsächlich kaputt! Das heißt, das Ganze war kein Traum: Ben und ich haben uns letzte Nacht (beinahe) geküsst. **JA!!!!!!!!!!!!!!!!!!**

2) Bin fest entschlossen, heute herauszufinden, wen Ben gestern gemeint hat, als er von meinem vermeintlichen neuen Freund geredet hat. Habe eben schon versucht, Jette, Sophie und Franzi anzurufen, aber alle drei sind aus unerfindlichen Gründen nicht zu Hause. (Bei Schari ist seit gestern niemand mehr ans Telefon gegangen, aber gerade ist mir eingefallen, dass sie Kevin ja heute in seiner Jugendwohngruppe besuchen wollte, also ist sie wahrscheinlich da.)

3) Habe vorhin am Frühstückstisch abgewartet, bis Mama abgelenkt war, und Papa dann schnell gefragt, ob er von diesem Hausner Post bekommen hätte, und er hat genickt!!!! War erst total euphorisch, weil ich gedacht habe, dass wir damit vielleicht vor Gericht beweisen könnten, dass der Glatzkopf ein Erpresser ist, aber dann hat Papa gesagt ...

 *Tiefpunkte*

1) ... dass er so angeekelt von den Briefen gewesen wäre, dass er beide gleich nach dem Öffnen weggeschmissen hätte. **Ahhhhhhhhhhhhhhhhhhh!!**

Kann noch immer nicht fassen, dass Papa die Erpresserschreiben einfach weggeworfen hat! Habe ihn gefragt, ob er nicht begreift, wie wichtig die sein könnten, aber er hat nur kopfschüttelnd erwidert, dass er nie im Leben geglaubt hätte, dass dieser Typ seine Drohung wahr machen würde. Verdammt! Habe die letzte halbe Stunde damit zugebracht, sämtliche Mülleimer unseres Hauses nach zusammengeknüllten Zetteln zu durchforsten, aber die Dinger sind wie vom Erdboden verschluckt. So eine Schei... Mist! [39]

Neben dem ganzen Ärger wegen der verschwundenen Erpresserbriefe mache ich mir noch immer Gedanken um Schari und ihren Krach mit Jannick. Habe ihr inzwischen drei SMS auf ihrem Handy hinterlassen, dass sie sich jederzeit bei mir melden kann für den Fall, dass Jannick wirklich mit ihr Schluss gemacht hat, aber bisher habe ich noch nichts gehört. Ob das ein gutes Zeichen ist? Keine Ahnung.

---

[39] *Versuche gerade verstärkt, mir das Sch...-Wort abzutrainieren, Mama hat die Strafgebühr für »Scheiße« heute früh nämlich um fünfzig Cent erhöht. Das bedeutet ein Euro für jedes Mal Scheißesagen! Finde, das ist absoluter Wucher! Habe Mama erzählt, dass ich das total ungerecht finde, wo Papa doch jetzt arbeitslos ist und sich das mit dem Scheißesagen nicht mehr leisten kann, wobei er es doch bestimmt gerade jetzt nötig hätte, ab und zu mal Scheiße zu sagen, und weißt du, was ihre Reaktion darauf war? Sie hat die Hand aufgehalten und zwei Euro von mir gefordert, weil verstecktes Scheißesagen genauso teuer wäre wie direktes! Ungeheuerlich, oder? Habe ihr einen Vogel gezeigt und geantwortet, sie hätte sie ja wohl nicht mehr alle, aber ich glaube nicht, dass das hilft. Befürchte, sie knöpft mir das Geld so oder so noch ab.*

War gerade am Überlegen, ob ich nachher, wenn Schari von ihrem Bruder zurück ist, noch mal bei ihr vorbeischauen soll, da hat Mumi angerufen und uns für übermorgen Abend zum Essen eingeladen. Habe mich erst gefreut, weil Mumi toll kochen kann und statt Brigitte-Diät meistens irgendeinen superleckeren Braten macht, aber diesmal gibt es unfassbarerweise etwas, das sich »Buntes Bohnengemüse an Morcheln« nennt. Finde, allein schon der Name klingt grauenvoll. Morcheln. Wie Meuchelmord. Und das auch noch mit Bohnen. **igitt**!!!!!!!!!!!!!!!!!

Habe Mumi gefragt, ob sie nicht lieber Roastbeef mit Bratkartoffeln machen will, aber sie meinte, das gäbe es nächstes Mal wieder, dieses Mal würde sie uns einen ganz besonderen Gast vorstellen wollen und der sei nun mal Vegetarier. Fast hätte ich erwidert: »Sag jetzt nicht, dieser Torwart kommt auch?«, aber das konnte ich mir im letzten Moment noch verkneifen. Nichtsdestotrotz hab ich natürlich ins Schwarze getroffen: Der tolle Thorwald soll uns morgen Abend hochnotoffiziell vorgestellt werden. Auweia!

Auch wenn es unfair ist, aber irgendwie nervt mich der Typ jetzt schon. Nicht, weil er Vegetarier ist, das finde ich total bewunderungswürdig, sondern mehr, weil Mumi sich, seitdem es ihn gibt, wie ein aufgeregter Teenie verhält. Und das ist einfach daneben. Schließlich hat sie mir jahrelang erzählt, wie wichtig es ist, sich als Frau nicht unterbuttern zu lassen, und nun kommt dieser Typ angedackelt und alles ist auf einmal ganz anders. Zumindest wenn man ihren Erzählungen glaubt.

Anscheinend ist der tolle Thorwald nicht nur ein fanatischer Gesundheitsapostel (Mumi hat uns gebeten, bloß nicht zu erwähnen, dass sie qualmt wie ein Schlot, das weiß er nämlich nicht), sondern neben seinem Job als Sozialpädagoge auch noch alleinerziehender Vater eines kleinen Jungen. Unglaublich, oder? Er hat einen kleinen Sohn! Ich mein, wie alt ist dieser Typ bitte schön? Vierzig? Fünfunddreißig? Oder **noch** jünger??

Habe mir am Telefon nichts anmerken lassen, weil ich Mumi nicht kränken wollte, bin jetzt aber doch etwas durch den Wind. Sage mir die ganze Zeit, dass es auch Männer gibt, die erst mit sechzig oder siebzig Vater werden, aber sind das solche, auf die meine Oma stehen würde? Eigentlich nicht. Außerdem arbeitet der tolle Thorwald noch, das heißt, er ist definitiv nicht im Rentenalter, was irgendwie auch nichts Gutes verheißt. Immerhin ist Mumi fast sechzig! Was also, wenn sich meine Oma Hals über Kopf in einen Heiratsschwindler verknallt hat, der eigentlich nur hinter ihrem Erbe her ist?????? (Okay, soweit ich weiß, besteht das Erbe nur aus einem 24-teiligen Silberbesteck und einem nach Rauch stinkenden Kleinwagen, aber trotzdem ...)

Habe Mama eben meine Bedenken bezüglich des tollen Thorwalds mitgeteilt, aber die meinte nur, manchmal sei ich wirklich päpstlicher als der Papst (was auch immer das heißen soll). Ach ja, und in ihren Augen soll ich Mumi einfach ihren Spaß gönnen. Spaß! Als ob man mit einem Mann, der »Buntes Bohnengemüse an Morcheln« liebt, überhaupt Spaß haben könnte! Aber was soll's. Im Grunde genommen ist Mumi natürlich alt genug und vielleicht sollte ich mich wirklich um meine eigenen Angelegenheiten kümmern.

Apropos eigene Angelegenheiten – habe eben noch einmal versucht, Schari zu erreichen. Diesmal war ihre Mutter dran und die hat gesagt, dass Schari tatsächlich bei Kevin ist – und ich überlege jetzt, ob das gut oder schlecht ist. Ich mein, Kevin ist zwar der eitelste Typ, den ich kenne, und wenn man das Wort »Aller« aus seinem Wortschatz streichen würde, würde man ihn gar nicht mehr verstehen (O-Ton Kevin: »Ey, Aller, das's echt geil, Aller, echt, Aller ...«), aber er hat immerhin tierisch viel Selbstvertrauen, und das kann Schari zurzeit echt gut gebrauchen.

Warum haben eigentlich die nettesten Leute immer am wenigsten Selbstvertrauen, hm? Kann mir das einer mal erklären??? Typen wie Kevin gehen immer davon aus, dass sie die Größten sind, aber die, die so richtig klug und nett und mitfühlend sind, die denken garantiert, dass alle anderen toller sind als sie. Das ist doch bescheuert!!! Schari ist dafür echt ein gutes Beispiel. Letzte Nacht hab ich nämlich noch ziemlich lange wach gelegen und da ist mir erst so richtig bewusst geworden, dass Schari in der Sache mit dem Flaschengeist und dem Nicht-Klartext-reden-Können genau richtig lag. Das Ganze zwischen Ben und mir ist schließlich nur so eskaliert[40], weil ich ihn ein paar Mal angelogen habe, und das werde ich nie wieder tun, das habe ich mir inzwischen geschworen.

---

[40] *Oder äskaliert? Ich lern das nie!*

Die ganzen Notlügen bringen mich wirklich ständig in die Bredouille. Aber damit ist jetzt Schluss! Nie wieder erfundene Wasserrohrbrüche und vorgeschobene Krankheiten!!! Mit dem Flaschengeist Julie, der es jedem immer nur recht machen will, ist es endgültig aus und vorbei!!!!!!! Von jetzt an sage ich die Wahrheit, und zwar immer!!!!!!!!!!!!!!!!!!!

Schließlich muss das ja nicht heißen, dass ich andere damit verletze. Das habe ich nämlich erst gedacht, aber inzwischen ist mir klar geworden, dass ja der Ton die Musik bestimmt. Wenn Papa mich also das nächste Mal fragt, ob ich Lust habe, mit ihm Segeln zu gehen, dann antworte ich ihm, dass ich dazu schon Lust habe, aber nur, wenn das Wetter schön ist und das Ganze nicht länger als ein paar Stunden dauert. Und das sage ich auch nur, wenn ich wirklich Lust dazu habe. Sonst nicht. Und wenn Jette mich fragt, ob sie in ihren neuen lila Leggins dick aussieht, dann antworte ich ihr, dass sie damit nicht dick aussieht, aber dass ihr die schwarze Röhrenjeans einfach besser steht. Und wenn Hubsi mich mit seinen nach hinten gegelten Haaren und dem potthässlichen Siegelring am Finger und dem Seidenschal um den Hals das nächste Mal fragt, ob ich Lust habe, zu seiner Party zu kommen, dann sage ich ... Dann sage ich ... Hmm. Kann man den Satz »Ich kann zu deiner Party leider nicht kommen, weil ich dich völlig daneben finde und mir allein schon bei der Vorstellung, mit dir tanzen zu müssen, schlecht wird« positiv verpacken? Wird wahrscheinlich schwierig. Aber ich arbeite dran.

Apropos Hubertus, dabei fällt mir ein, der könnte es natürlich auch sein. Der, von dem Ben glaubt, dass er mein neuer Freund ist, meine ich. Schließlich ist Hubertus auch dunkelhaarig und eher klein. Laurenz allerdings auch. Und Cem, unser Super-Macho, der sowieso immer denkt, dass alle in ihn verliebt sind, erst recht. Hmm. Cem. Das würde schon Sinn machen, vor allem, wenn man an neulich denkt, als er sich in der großen Pause dafür entschuldigt hat, dass er meine Gefühle für ihn leider nicht erwidern würde. Dieser Schwachkopf!! Als ob ich je für einen Dreizehnjährigen Gefühle entwickeln könnte, der jeden Morgen seine Brusthaare zählt und das Ergebnis anschließend lautstark in der Klasse verkündet. (Letzte Woche waren's, glaube ich, vierzehn.) Franzi hat ihm neulich gesteckt, dass Männer sich heutzutage ihre Brusthaare sogar abrasieren, weil Haare außerhalb des Kopfes mega-out sind, aber er hat natürlich gemeint, sie hätte keine Ahnung und was sie erzählen würde, wäre sowieso totaler Müll ...

>>>>> **MOMENT MAL!** <<<<<

Müll!

Ja! Das ist es!!!!!

Ich hab ja noch überhaupt nicht vorne am Rondell nach den Erpresserbriefen gesucht! In der Gemeinschaftsmüllbox, meine ich. Dabei hat Mama in den letzten Tagen bestimmt mal den Müll rausgebracht, das heißt, die könnten durchaus da drin sein!! Ich schreib nachher weiter, okay? Wünsch mir Glück!!!!

15.34 Uhr. Während einer Pause neben den Müllcontainern. (Mit einer Bananenschale im Haar.)

Herr im Himmel, ist das eine ~~Scheiß...~~ Mistarbeit. Aber manchmal muss man einfach Prioritäten[41] setzen. Immerhin liegt meine Zukunft (d. h. der Beweis für Papas Unschuld) vielleicht irgendwo hier draußen im Müll und gammelt vor sich hin! Wobei ... Das ist echt eklig! Nicht zu glauben, was die Leute alles wegschmeißen! Unmengen von Lebensmittelresten, dazu massenhaft Zigarettenkippen und irgendwelche zusammengeklebten Haushaltstücher, von denen ich lieber nicht wissen will, was da drin ist. Und das ist noch nicht alles! Schröders aus Nummer 46 haben die gesamte Bildermappe ihrer sechsjährigen Tochter weggeworfen, obwohl Lilly neulich erst tierisch geheult hat, weil sie ihr Lieblingsbild nicht mehr wiedergefunden hat, und ihre Mutter ihr in meinem Beisein geschworen hat, das wäre bestimmt bei der Oma. Ohne Worte!
Herr und Frau Peters haben sich von unzähligen Exemplaren einer Zeitschrift getrennt, die »Mein Rottweiler – von A(ufzucht) bis Z(ahnhygiene)« heißt, und irgendjemand hat eine ganze Wagenladung voller benutzter Windeln weggeworfen, die absolut bestialisch stinken. (Oh, sehe gerade an der Tüte aus Mamas Buchladen, das waren wir. Muss Mama unbedingt

---

[41] *Prioritäten setzen = den Stellenwert einer Rangfolge ermitteln, also quasi entscheiden, was das Wichtigste ist. Papa meint immer, meine Mutter könne keine Prioritäten setzen und deshalb sei sie auch immer so gestresst – was natürlich Quatsch ist. Mamas Prioritäten (z. B. ein Shopping-Bummel bis Ladenschluss) sind nur andere als Papas (z. B. ein leckeres Abendbrot, wenn er nach Hause kommt).*

sagen, dass wir in Anbetracht des Gestanklevels tütentechnisch lieber inkognito bleiben sollten.) Hm, denke, das Ganze hier dauert wahrscheinlich noch Stunden. Hinter den gelben Säcken liegen noch Unmengen durchsichtiger Tüten mit irgendwelchen Papierknäueln und ... Augenblick!

Eine Minute später.

ICH HABE SIE!! Die Briefe von diesem Kahlkopf! Yeah!!!!!

Ich halte gerade den Beweis dafür in den Händen, dass Papas Ankläger ein ganz mieser Erpresser ist! Wenn der Richter das hier liest, ist es mit der Glaubwürdigkeit dieses Hausners garantiert für immer vorbei. Das muss man sich nur mal reinziehen:

Hallo Sackgesicht!
Hier komt deine Chanse! Wenn du keine Anzeige wilst, leg am Freitag um 10.00 Uhr eine Tüte mit 5000,– Euro in deinen Brifkasten. Wenn nicht, viel Spaß im Kitchen!

Was für ein Ekelpaket! Leider war der Typ nicht ganz so blöd, den Brief auch noch zu unterzeichnen, aber wofür gibt es so etwas wie Fingerabdruckscanner und DNA-Analysen und diesen ganzen Kram? Hauptsache, dieser Hausner hat keine Handschuhe angehabt, als er den Brief aus dem Drucker genommen hat, aber selbst wenn ... Ich wette, die bei der Kripo haben so ihre Methoden, um herauszufinden, von wem das Schreiben stammt. Garantiert! Und dann geht es Mr Britney Spears an den Kragen! Aber gewaltig!

Hm. Sehe gerade etwas Komisches. Anscheinend sind Sophie, Jette und Franzi gerade bei Ben zu Besuch. Zumindest stehen ihre Fahrräder vor seinem Reihenhaus im Fahrradständer. Versteh ich nicht. Was wollen die bei Ben??? Wo doch sein Rad fehlt, was heißt, dass er gar nicht zu Hause ist! Das Auto seiner Eltern steht übrigens auch nicht im Carport. Hmm ... Muss mal kurz nachsehen, was da drüben los ist. Bin gleich wieder da!

19.31 Uhr.

Habe einige wichtige Fragen:

1. Warum bin ich nicht schon siebzehn oder achtzehn oder wenigstens so alt, dass ich es endlich schaffe, cool und abgeklärt und endlich erwachsen zu sein und mir nichts mehr daraus zu machen, wenn mir was Ätzendes passiert?
2. Wieso gibt es diesen ganzen Liebesschrott überhaupt? Ist der nicht total sinnlos?
3. Weshalb kann die Welt nicht einmal, einmal, einmal nett zu mir sein? Ich bin doch auch nett zu ihr, oder?

Okay. Von vorn. Nachdem ich die Fahrräder von Jette, Sophie und Franzi vor Bens Haustür bemerkt hatte, habe ich bei ihm geklingelt, aber es hat niemand aufgemacht. Also bin ich kurz zu uns rübergelaufen, um nachzugucken, ob Jette, Sophie und Franzi vielleicht da sind und ihre Räder nur aus unerklärlichen Gründen bei Ben geparkt haben – aber Fehlanzeige! Weil ich mich nach der Müll-Aktion echt eklig gefühlt habe, habe ich mir anschließend eine Badewanne einlaufen lassen, und dabei habe ich durch unser Badfenster so einen merkwürdigen Licht- reflex gesehen. Und was glaubst du, was ich entdeckt habe, nachdem ich mir unser Fernglas aus dem Arbeitszimmer geholt hatte? Jette, Franzi und Sophie, die drüben gerade Bens Zimmer durchwühlt haben! Ungelogen!!!

Für ein paar Sekunden war ich komplett baff, aber dann habe ich eins und eins zusammengezählt. Wenn Ben und seine Fa- milie nicht da sind und meine Freundinnen trotzdem gegen- über gerade lustig die Matratzen hochkant stellen, dann ist die einzig plausible Erklärung dafür, dass **SIE SOEBEN BEI BEN EINGEBROCHEN SIND.**

Brauchte eine Sekunde, um den Schock zu verdauen, und bin dann wie der Blitz runter zu unserer Haustür gelaufen. (Vorher habe ich mir natürlich wieder was angezogen und das Wasser ausgestellt, ganz so däm- lich bin ich ja auch nicht.) Unten bin ich in Haus- schuhen um Bens Haus herumgepest (Bens Eltern haben ein Endreihenhaus, genau wie wir) und was hing da draußen auf der Rückseite am Balkongitter? Ein

Seil! Genau neben Sophies Pferdeputzkasten und Franzis Schminktasche.

Ahh!!!!

Habe wutentbrannt »Sophie!« hochgerufen und bin dann, als keine Antwort kam, kurz entschlossen am Seil in den ersten Stock geklettert. Und oben im Flur habe ich sie dann entdeckt, die ganze Truppe: Sophie, Jette und Franzi – alle bis auf Scharina, die ihnen die ganze Aktion garantiert ausgeredet hätte, wenn sie nicht blöderweise bei Kevin gewesen wäre.

Weil alle mir den Rücken zugedreht haben, hab ich ganz laut »Buh!« gerufen, aber das hat sich leider als Schwachsinnsidee herausgestellt. Franzi hat nämlich vor lauter Schreck einen Satz nach vorn gemacht und ist dabei voll gegen die Bodenvase von Bens Mutter geknallt und eine Sekunde später hat sich das ganze Blumenwasser über die weiße Auslegeware von Bens Eltern ergossen und ich hab nur noch »Oh, nein, nicht das auch noch!« gedacht.

Anschließend ist dann das totale Chaos ausgebrochen. Sophie ist nach unten in die Küche gelaufen, um ein Tuch zu holen, und Jette hat mich entgeistert gefragt, was ich hier mache, woraufhin ich ihr finster geantwortet habe, das müsse ich ja wohl eher sie fragen, schließlich wäre Einbruch kein Kavaliersdelikt, was sie eigentlich wissen sollte, wenn sie später wirklich einmal Kommissarin werden will.

Darauf herrschte dann erst mal Schweigen und kurz danach ist Sophie mit Panik im Blick wieder die Treppe hochgekommen und Franzi hat sich ihr schmerzendes Knie gerieben und dabei gemeint, sie hätte ja gleich gesagt, dass das mit den Wanzen eine Schnapsidee sei, und in dem Moment habe ich erst begriffen, was die drei eigentlich bei Ben wollten. Sie wollten in seinem Zimmer Wanzen verstecken!!!

»Habt ihr sie noch alle? Habe ich euch nicht gesagt, dass das überhaupt nicht infrage kommt??«

Habe Jette fassungslos von oben bis unten gemustert, aber im selben Augenblick hat Sophie sich schon vor Jette gestellt und mit zitternder Stimme gemeint, das Ganze wäre eigentlich ihre Idee gewesen und Jette könne gar nichts dafür.

»Ich versteh ja, dass du sauer bist, aber wir haben das hier im Grunde genommen gar nicht deinetwegen gemacht. Zumindest nicht in erster Linie.«

»Und weswegen habt ihr es dann gemacht?«

Ich habe Sophie verwirrt angesehen, aber die hat nur unglücklich auf den ruinierten Teppichboden gestarrt und deshalb ist Franzi für sie in die Bresche gesprungen.

»Na ja, eigentlich wegen Fiete. Sophie hat gestern nämlich ein Telefonat belauscht, in dem Fiete Marc erzählt hat, dass sein Leben keinen Sinn mehr hätte, wenn Linea und Ben ein Paar werden, und seitdem hat sie Schiss, dass er sich was antut. Na ja, und weil sie weiß, dass Ben und Linea sich später hier treffen wollen, haben wir halt gedacht, wenn wir wüssten, was los ist, dann ...«

»Psst! Seid mal still!«

Alle haben sich irritiert zu Franzi umgedreht, die mit dem Zeigefinger auf den Lippen in Richtung Treppe gelauscht hat, und auf einmal haben wir es auch gehört. Das Geräusch eines sich im Schloss drehenden Schlüssels. Verflixt!

Jettes Augen haben sich ungläubig geweitet, mir ist schlagartig schlecht geworden, und während Sophie, die immer noch den Wischlappen aus der Küche in der Hand gehalten hat, einen fassungslosen Blick auf ihre Uhr geworfen hat, war aus Richtung Haustür ganz deutlich Lineas Stimme zu hören.

»... und darum willst du den Song nicht mehr singen? Das ist doch nicht dein Ernst!«

Mein Magen hat zu einer spontanen Achterbahnfahrt angesetzt und Sophie hat ausgesehen, als ob sie gleich in Ohnmacht fällt, aber ehe wir noch reagieren konnten, war von unten schon Bens Stimme zu hören und dann – wieder klarer – die von Linea.

»Ja, geschenkt. Aber der Song ist echt gut, also warum machst du's nicht, wie Steffen gesagt hat, und tauschst einfach nur den Namen aus? Statt Julie nimmst du einfach Baby oder ...«

Der Rest des Satzes ist im Blubbern der Kaffeemaschine untergegangen, die Ben unten in der Küche wohl gerade angestellt haben muss. Eine Sekunde später habe ich mich erschrocken zu den anderen umgedreht und dabei festgestellt, dass die gar nicht mehr neben mir standen. Shit!

»He, wartet auf mich!«

In Bens Zimmer war Jette schon draußen auf dem Balkon, während Sophie und Franzi drinnen noch versucht haben, Bens Ikea-Stehlampe wieder in ihre Ausgangsposition zu bringen.

»Braucht ihr Hilfe?«

»Nee, geht schon! Schwing dich lieber aufs Seil!«

Franzi hat die Stehlampe losgelassen und ist hinter Sophie zum Balkon gestürzt und ich wollte den beiden gerade folgen, da ist mein Blick auf einen zusammengefalteten Zettel gefallen, der bei der Wanzenaktion unter den Tisch gefallen sein muss. Auf dem Zettel stand ganz groß Julie drauf, in Bens Handschrift, und da hab ich mich noch rasch gebückt, um unter den Schreibtisch zu krabbeln.

Während Sophie mit einem »Ich warte unten!« über die Balkonbrüstung geklettert ist, hat Franzi entnervt aufgestöhnt. »Jetzt komm schon! Beeil dich!«

»Gleich!«

Franzi hat sich aufs Seil geschwungen und ich wollte gerade nach dem Zettel greifen, da hat sich Bens Türklinke plötzlich bewegt und ich bin vor lauter Schreck mit dem Kopf nach oben geschnellt und dabei voll gegen die Tischplatte geknallt. Wumms! Das tat vielleicht weh!

Im selben Augenblick, in dem ich mir stöhnend den Kopf gehalten habe, waren vor der Tür auf einmal die Stimmen von Ben und Linea zu hören, die sich über den nassen Fleck im Flur gewundert haben, und eine Sekunde später hat sich Bens Zimmertür geöffnet und Linea und Ben sind mit ihren Kaffeebechern in der Hand hereinspaziert. Oh Mann! Du glaubst gar nicht, wie mein Herz geklopft hat. Ich hab echt geglaubt, die beiden könnten es hören!

Ich habe in Windeseile nach dem Zettel gegriffen, ihn in meine Hosentasche geschoben und mich dann in meinem Versteck unter dem Schreibtisch wie ein aus dem Nest gefallener Vogel ganz nach hinten an die Heizung gedrückt, aber zum Glück haben die beiden nicht in meine Richtung geguckt. Ben hat sich rittlings auf seinen Schreibtischstuhl gesetzt, sodass ich von ihm nur die Rückseite seiner Beine sehen konnte, und Linea hat sich ihm gegenüber seufzend auf das Bett gefläzt und ihn gefragt, worüber er jetzt so unbedingt mit ihr sprechen wollte.

»Ich nehme mal an, es geht nicht um dieses Julie-Lied, obwohl mir da gerade was einfällt ... Was hältst du  von ›Linnie, my love for you is bigger than a house, bigger than a street, bigger than a town, Linnie ...‹«

Während Linea angefangen hat zu singen, haben sich meine Augen unter dem Schreibtisch schlagartig mit Tränen gefüllt. Schließlich hat Ben dieses Lied letztes Jahr für mich geschrieben, aber zum Glück hat Linea im selben Moment aufgehört und seufzend die Schultern gezuckt.

»Hey, jetzt guck nicht so! War doch nur Spaß. Okay – wahrscheinlich geht's wieder um Fiete, was?« Linea hat Ben entnervt angeguckt, aber Ben hat ihr Stöhnen einfach ignoriert.

»Natürlich geht's um Fiete, was denkst du denn? Fiete ist mein bester Freund und du behandelst ihn wie den letzten Fußabtreter!«

»Tu ich nicht!«

»Tust du doch! Wie war das denn gerade erst vorhin in der Aula, hm? Erst sagst du, dir ist kalt, und nachdem Fiete dann extra zu dir nach Hause gepest ist, um deine Jacke zu holen, erzählst du ihm, das sei die falsche und er müsse noch mal los.«

»Aber es *war* die falsche! Ich hab ganz deutlich gesagt, er soll die blaue Jacke mit dem silbernen Reißverschluss holen, aber er hat die grüne von Esprit geholt, also ...«

»Das war doch reine Schikane!«

»War's nicht. Ich wollte eben nur die blaue und nicht die grüne, ganz einfach. Mädchen sind so, das verstehst du nur nicht.«

»Nee, zum Glück nicht.«

Während Ben aufgestöhnt hat, hat Linea auf dem Bett trotzig den Kopf geschüttelt.

»Ich hab wirklich nichts gegen Fiete. Eigentlich mag ich ihn sogar ganz gern.«

»Ach ja?«

»Ja. Sogar sehr. Eifersüchtig?«

Linea hat Ben mit einem aufreizenden Lächeln gemustert und ich hab meine Fäuste unter dem Tisch so sehr geballt, dass es wehgetan hat. Diese doofe Nuss! Zum Glück muss Ben den Kopf geschüttelt haben, denn Linea hat sich kurz darauf mit einem enttäuschten Seufzer nach hinten fallen lassen.

»Schade. Wie ist das jetzt eigentlich zwischen Julie und dir? Ist da noch was?«

Von meinem Lauschposten unter dem Schreibtisch hab ich gesehen, wie Ben sein Gewicht von einem Bein auf das andere

verlagert hat, und dann hat er gemeint, das wisse er selber nicht
so genau. Ich hab vor lauter Aufregung den Atem angehalten,
aber da ist Linea schon zu ihm rübergekommen und hat sich
mit einer lässigen Bewegung auf seinen Schoß gesetzt.

»Und das heißt?«

»Lass das, okay?«

Ben hat Linea sanft von sich geschoben und ich habe langsam
wieder ausgeatmet, aber Bens nächster Satz hat mich gleich
wieder in Alarmbereitschaft versetzt.

»Ehrlich gesagt kommt mir diese ganze Geschichte mit dem
Foto immer komischer vor. Allein schon, dass es ausgerechnet
diese Zimtzicke Hanna war, die Fiete die Sache mit dem Typen
aus Julies Klasse gesteckt hat. Das ist schon ein bisschen merkwürdig ...«

HANNA?? Wäre vor lauter Verblüffung fast umgefallen,
aber zum Glück war unter dem Schreibtisch dafür zu wenig
Platz. Was zum Donnerwetter hat Hanna mit der ganzen Sache
zu tun? Und was für ein Foto??

»Aber du hast dieses Leberfleck-Foto doch selbst gesehen! Von
wem sollte dieser Typ es denn sonst haben, wenn nicht von
Julie selbst? Oder meinst du, der ist so krank, dass er extra ein
Loch in die Duschwand bohrt, damit er an so was rankommt?«
Das war natürlich wieder Linea. Habe ihre Rockstar-Schlangen-
lederstiefel zehn Zentimeter vor mir gesehen und für eine
Sekunde ernsthaft überlegt, ob es sehr schlimm wäre, wenn ich
ihr einmal kräftig in die Waden beiße, aber dann hat Bens
Antwort mich doch davon abgehalten.

»Nein, außerdem war das auf dem Foto keine Duschkabine. Im Hintergrund war irgendein dunkler Vorhang, aber ... Ach, keine Ahnung.«

Ben ist kopfschüttelnd von seinem Stuhl aufgestanden und ich bin in meinem Versteck einen halben Meter unter ihm fast kollabiert. Ein Typ aus meiner Klasse hat ein Foto, auf dem mein Leberfleck zu sehen ist?? Das heißt, irgendeiner meiner Mitschüler hat ein Foto von meiner linken Brust! Vor einem Vorhang! **Oh – mein – Gott!!!** Habe wie eine Wahnsinnige überlegt, bei welcher Gelegenheit irgendjemand die Chance gehabt haben könnte, mich oben ohne zu fotografieren, aber mir ist nicht das Geringste eingefallen. Schließlich haben wir seit der Fünften keinen Schwimmunterricht mehr und sonst gibt es einfach nichts, wo man sich so komplett aus- **MOMENT!** Irgendetwas in meinen Gehirnwindungen hat sich geregt und ich hab ein paar Sekunden gebraucht, um zu begreifen, was es war, aber dann ist es mir wieder eingefallen.

Der BH-Kauf mit Mama! Wie war das noch, als wir Hanna und ihre Mutter getroffen haben? Habe ich da nicht so ein merkwürdiges Klicken gehört, als Hanna neben mir ihren Badeanzug anprobiert hat?? Und hat sie nicht gerade erst nach den Weihnachtsferien auf dem Schulhof mit ihrem neuen Fotohandy angegeben, das angeblich so tolle Schnappschüsse macht? Oh, mein Gott! Diese fiese Ziege! Diese fiese, miese, hinterlistige, dämliche, ekelhafte ... Im selben Moment habe ich gemerkt, dass Linea Ben etwas gefragt haben muss, was ich nicht mitbekommen habe, denn auf einmal ist er gereizt aufgesprungen.

»Nein, ich rede mir nichts ein, weil ich noch immer in sie verknallt bin! Wenn Julie vorher nicht diese ganzen Lügen vom Stapel gelassen hätte, dann hätte ich diesem Ruprecht oder Hubert oder wie der Typ heißt diesen ganzen Foto-Quatsch sowieso nicht abgenommen, aber ...«

Hubert?? Hubert wie Hubertus??? Also doch! Dieser fiese, miese, hinterlistige, dämliche, ekelhafte ... War kurz davor, einen speziell auf Hanna und Hubertus gemünzten Amoklauf in Erwägung zu ziehen, doch im selben Augenblick hat Linea Ben schon beruhigend durchs Haar gewuschelt und da hat sich meine ganze Wut wieder auf sie konzentriert.

»Hey, Ben, nicht aufregen!«

Linea hat Ben an der Hand genommen und aus meinem Blickfeld gezogen und plötzlich haben in mir alle Alarmglocken zu läuten begonnen. Irgendwo im Raum hat Ben leise »Lass!« gemurmelt und einen Augenblick später hat Linea zärtlich »Na, geht doch ...« geflüstert und im selben Moment ist eine unheimliche Metamorphose[42] mit mir passiert. Eben noch war ich ein kleiner Schisshase, der sich nichts zutraut und immer nur von allen gemocht werden will, und kurz darauf habe ich mich in Julie, die düstere Verfechterin der Wahrheit und Rächerin der unglücklich Liebenden, verwandelt. In meinem Kopf hat es angefangen zu rumoren wie kurz vor einer Explosion und dann hat irgendjemand plötzlich mit gruseliger

---

[42] *Metamorphose = Verwandlung; Franzi und Jette meinten neulich, meine Faszination für Vampire gekoppelt mit meinem Fremdwörterfetischismus würde langsam etwas ausufern, aber ich finde, da müssen sie durch.*

Stimme »*LASS IHN LOS!*« gesagt, ganz laut, und erst als Linea und Ben sich erschrocken umgedreht haben, habe ich gemerkt, dass das wohl ich gewesen sein muss. SHIT!

»Hast du das auch gehört?«

Linea hat sich erschrocken umgesehen, und während Ben sich den schweren Locher als eine Art Waffe geschnappt hat und damit vor dem Schreibtisch in die Knie gegangen ist, habe ich mich stumm wie ein Plattfisch an die Heizungsrohre in meinem Rücken gedrückt und mit geschlossenen Augen zu beten angefangen. »Bitte, lieber Gott, lass Ben mich nicht entdecken. Lass Ben mich bitte, bitte nicht ...« Eine Sekunde später war direkt vor mir Bens Stimme zu hören.

»Das glaub ich jetzt nicht!«

Linea hat von hinten »Hast du ihn?« gerufen und Ben hat grimmig geantwortet.

»Und ob ich ihn habe. Oder besser gesagt, sie ...«

»Sie??«

Mist! Ich hab die Augen noch immer ganz fest zugekniffen, weil ich gehofft habe, dass Gott vielleicht einfach noch einen Moment braucht, bis er mich in Luft aufgelöst hat, aber anscheinend hatte Gott ausgerechnet heute einen schlechten Tag. Kopfweh vermutlich, Burn-out oder was auch immer. Auf jeden Fall war Bens Gesicht, als ich meine Augen geöffnet habe, noch immer direkt vor mir und es sah nicht im Mindesten verständnisvoll aus. Eher im Gegenteil.

»Ben? Alles in Ordnung da unten?«

Eine Sekunde später ist Linea neben Ben ebenfalls auf die Knie gegangen, und als ich ihre weit aufgerissenen Augen vor mir gesehen habe, bin ich dann doch lieber aus meinem Versteck herausgekrabbelt.

»Hi, äh ... Tja, also, es ist nicht so, wie es scheint, es ist eigentlich ...«

Hätte beinahe gesagt »... noch schlimmer!«, habe den Satz dann aber doch lieber unvollendet im Raum stehen lassen.

Ben hat mich gemustert wie ein sprechendes UFO, und während ich noch immer fieberhaft nach einer halbwegs einleuchtenden Erklärung für meine Anwesenheit gesucht habe, ist Linea auf einmal in hysterisches Gelächter ausgebrochen.

»Haha ... Oh, nee, huhu ... Oh, mein Gott! Ben, du hast eine Stalkerin[43]! Uhuhu, wer hätte das gedacht ...«

Ben und ich haben sie entgeistert angesehen, aber sie hat gar nicht mehr aufgehört zu lachen, und wer weiß, wie das Ganze noch geendet hätte, wenn Ben nicht im selben Moment losgebrüllt hätte, dass sie gefälligst damit aufhören soll. Linea hat verdattert innegehalten und Ben hat den Augenblick der Ruhe dafür genutzt, um sich mit eisiger Miene zu mir umzudrehen.

»Okay, Julie, ehe das Ganze jetzt noch peinlicher wird, als es ohnehin schon ist: Was um Himmels willen tust du hier?«

Die Ader an Bens Schläfe hat wie wild gepocht und ich musste auf einmal wieder an meinen Schwur denken und daran, dass

---

[43] *Eine Stalkerin ist ein weiblicher Fan, der sein Idol krankhaft verfolgt. Habe ich inzwischen im Wörterbuch nachgesehen, weil ich das Wort nicht kannte. Finde Linea, seitdem ich weiß, was das heißt, noch unsympathischer als vorher.*

ich Ben nie wieder anlügen wollte. Und dann habe ich eine Entscheidung getroffen. Wennschon, dennschon. Ich würde Ben die Wahrheit sagen. Natürlich ohne Jette und die anderen reinzureißen, die würde ich eben einfach nicht erwähnen, aber beim Rest würde ich mich knallhart an die Fakten halten.

Während Linea mich neugierig gemustert hat, habe ich also berichtet, wie ich von unserem Badezimmerfenster aus etwas Merkwürdiges beobachtet hätte und deshalb rübergekommen wäre und die Eindringlinge dabei fast in flagranti erwischt hätte, aber eben nur fast.

»Die Eindringlinge? Du meinst, in unserem Haus waren Einbrecher?«

Ben hat mich verdattert angeguckt und ich hab verlegen die Schultern gezuckt.

»Na ja, ich glaub nicht, dass es richtige Einbrecher waren ...«

»Sondern?«

Linea hat mich misstrauisch gemustert und ich hab für einen Moment geschwiegen, weil mir nicht eingefallen ist, was ich ihr antworten könnte, ohne zu lügen, aber da hat Ben schon wieder zweifelnd den Kopf geschüttelt.

»Und warum versteckst du dich dann unter dem Tisch? Dass *wir* keine Einbrecher sind, müsstest du doch inzwischen mitbekommen haben.«

»Klar. Natürlich. Ich war nur so erschrocken und ...«

»Die lügt doch!«

Linea hat sich zu Ben umgedreht und ich hab gemerkt, wie eine Woge der Empörung in mir hochgekocht ist.

»Ich lüge nicht, verstanden?? Ich habe gestern erst beschlossen, von jetzt an **nur noch** die Wahrheit zu sagen, weil Lügen nämlich ätzend sind und man sich auch mal was trauen muss, egal, ob die anderen dann sauer auf einen sind oder nicht, und ...«

»Oh, mein Gott, was quatscht sie denn da? Ist die jetzt völlig durchgeknallt?«

Das war wieder Linea, aber ich habe sie ignoriert und kurzerhand weitergesprochen.

»Was das Lügen anbelangt, hattest du nämlich total recht, Ben! Ich hab dich angelogen, und das war vollkommen daneben. Das mit dem Wasserrohrbruch war einfach blöd, da war ich nur zu stolz, um zuzugeben, dass ich traurig über deine Italien-Absage war und enttäuscht, und bei der Dänemark-Sache hab ich mich nur nicht getraut, meinem Vater gleich zu erzählen, dass ich über Ostern schon was vorhab, weil er sich so über seine Segelüberraschung gefreut hat, aber krank war ich wirklich, da kannst du Dr. Brandt fragen, der kann dir so ein Dings, ein Attest, ausstellen, obwohl die Krankenkassen das sicher nicht mehr zahlen, und mit dieser Fotosache hab ich auch nichts zu tun, ganz im Gegenteil, Hubsi ist nämlich ein totaler Lackaffe und das Foto hat Hanna wahrscheinlich gemacht, als sie neben mir im Kaufhaus einen Badeanzug anprobiert hat, und wenn ich schon dabei bin, dann kann ich dir gleich auch noch sagen, dass ich dich noch immer ...«

Im selben Augenblick hat Bens Mutter die Tür aufgerissen und alle Köpfe sind ruckartig zu ihr herumgefahren.

»Ben, würdest du mir bitte sofort erklären, was mit meiner Vase ...? Oh, hallo Julie! Linea ...«

Bens Mutter hat Linea und mich verdattert angestarrt, aber ich hab gedacht, wenn ich es jetzt nicht sage, dann sage ich's nie. Also hab ich meinen Satz einfach zu Ende gebracht.

»... na ja, dass ich dich eben noch immer lieb habe. Und dass sich das in den nächsten hundert Jahren wohl auch nicht ändern wird. Das mit der Liebe, mein ich.«

Ich habe betreten zu Boden geblickt, weil ich von meinem eigenen Mumm ganz erschlagen war, aber dann habe ich doch ganz kurz hochgeguckt und da habe ich gemerkt, dass Ben mich inzwischen angesehen hat wie ein UFO, aus dessen Dach gerade gepunktete Teetassenhenkel wachsen, und das hat mich doch ein bisschen verunsichert.

Für einen Moment herrschte absolute Stille und dann hat Bens Mutter mit einem verlegenen »Na, das mit der Vase können wir ja später klären ...« die Tür hinter sich geschlossen.

Und Linea hat sich stöhnend zu mir umgedreht und gemeint, in ihren Augen sei die Sache klar.

»Du bist hier eingebrochen, um uns zu bespitzeln, und erzählst Ben jetzt irgendeine Story!«

»Nein! Ich hab doch gesagt, das war ich nicht!«

»Wer's glaubt, wird selig!«

»Könnt ihr mal aufhören, euch zu streiten?«

Ben hat Linea und mich entnervt angefunkelt und dann hat er gesagt, im Moment würde er überhaupt nicht mehr peilen, was hier eigentlich abginge, und insofern würde er jetzt gern einen Moment alleine sein.

»Heißt das, du willst, dass *ich* gehe, obwohl *sie* hier den Mist gebaut hat?«

Linea hat Ben perplex gemustert und der hat noch einen Augenblick gezögert und dann genickt.

»Ja, ich denke, genau das heißt es.«

»Na, wunderbar! Da hat sie ja ihr Ziel erreicht!«

Linea ist gereizt aufgestanden und hat sich mit einem gezischten »Kommst du oder willst du hier Wurzeln schlagen?« zu mir umgedreht und ich wollte ihr gerade folgen, da hat Ben mich am Handgelenk zurückgehalten.

»Julie, warte!«

»Ja?«

Ben hat mich angesehen und dabei geschluckt (das hat man richtig gesehen!) und im selben Moment hat Linea schon wütend aufgeschnaubt.

»Das glaube ich jetzt nicht!! Sie bleibt hier, oder was?«

Linea hat Ben einen tödlichen Blick zugeworfen, aber Ben hat, anstatt meine Hand loszulassen, nur langsam genickt.

»Ja.«

»Oh Mann! Wie konnte ich nur so blöde sein!« Eine Sekunde später hat Linea mit funkelnden Augen die Tür zugeknallt – Wumms!!! –, und ich hab mich zögernd zu Ben umgedreht, der mich noch immer festgehalten hat.

»Okay, also nur noch mal wegen eben ...«

Ben hat auf einmal etwas verunsichert ausgesehen, aber dann hat er mir direkt in die Augen geblickt.

»Hast du das wirklich ernst gemeint? Das mit dem Nicht-mehr-Lügen und dem ... na, du weißt schon?«

»Mit dem, dass ich dich noch immer ...?«

Ich habe verlegen abgebrochen und Ben hat sich nervös hinter dem Ohr gekratzt.

»Ja, genau, das meinte ich.«

»Ach, das. Also das ...«

Ich hab angeregt meine Fingernägel betrachtet und dabei geschluckt.

»Ich denk ... also ...«, hab ich gestammelt, aber dann hab ich mich zusammengerissen und seinen Blick erwidert.

»Ja. Hab ich.«

»Aha.«

Ben hat langsam genickt und seine Hände kurzzeitig genauso angeregt betrachtet wie ich meine.

»Okay ...«

Für eine Sekunde hatte ich das Gefühl, als hätte Ben erleichtert ausgeatmet, aber dann hat er sich wieder zu mir umgedreht und gemeint, dass er noch etwas Zeit bräuchte, um sich darüber klar zu werden, was er eigentlich will.

»Das war alles ein bisschen viel in den letzten Tagen, verstehst du? Ich möchte dir ja glauben, aber ... Vielleicht sollten wir erst mal so eine Art Pause machen. Um uns über alles klar zu werden. Oder was meinst du?«

»Kein Problem.« Ich habe schnell genickt, obwohl ich innerlich gedacht habe: »Herrgott, warum *das* denn?«, aber irgendwie war selbst mir klar, dass es im Moment nicht ratsam wäre, Bens Bitte abzulehnen. Also habe ich nur geantwortet, dass ich dafür natürlich Verständnis hätte.

»Dann geh ich mal wieder rüber, was?«

»Ja, ist vielleicht das Beste.«

»Okay.«

Ich habe noch einen Moment gezögert, aber dann hab ich leise die Tür hinter mir zugezogen und bin gegangen. Im Flur habe ich noch kurz gehofft, dass Ben gleich hinter mir hergelaufen kommt, um mir zu sagen, dass das mit der Pause Quatsch war und er mich natürlich noch immer liebt, auch wenn ich ein sprechendes UFO mit gepunkteten Kaffeetassenhenkeln bin, aber leider ist niemand hinter mir hergelaufen, absolut niemand.

Na, und das war's dann. Sitze seit einer halben Stunde wieder in meinem Zimmer und starre auf den zerknüllten Zettel, den ich in meiner Hosentasche gefunden habe – den Zettel, wegen dem ich überhaupt erst unter diesen verdammten Schreibtisch gekrochen bin.

Und da steht nicht etwa drauf »Julie, ich liebe dich, alles wird wieder gut«, sondern einfach nur mein Name und darum herum sind ganz viele Fragezeichen gezeichnet. Super, oder? Wie sagt Papa noch immer, wenn er etwas sieht, was er nicht versteht? Was will mir diese Werbesendung sagen???

Rede mir die ganze Zeit ein, dass es für eine angehende Schriftstellerin ganz toll ist, so etwas zu erleben, weil man damit reichlich Stoff für spätere literarische Meisterwerke hat. Funktioniert nur leider nicht sonderlich gut. In was für einem literarischen Meisterwerk kauert die Heldin schon unter dem Schreibtisch ihres Liebsten und erzählt ihm vor den Augen seiner Mutter, dass sie ihn liebt, woraufhin er ihr vorschlägt, erst mal eine Pause einzulegen? Garantiert in keinem, das ich später schreiben will!

Okay, ich denke, es hilft nichts. Ich muss den Tatsachen wohl oder übel ins Auge sehen! Ben möchte eine Pause, Papa hat keinen Job, Mama will nach Holm ziehen, Schari hat Liebeskummer und ich würde mich am liebsten von einer Brücke stürzen, was ich aber nicht tue, weil ich – zumindest theoretisch – entschieden gegen Selbstmord bin. Oh Mann! Zurzeit geht's mir so mies, dass ich noch nicht mal über mich selber lachen kann. Und das ist, befürchte ich, ein wirklich schlechtes Zeichen.

PS: Hab Schari noch immer nicht erreicht! Jetzt schon die siebte SMS geschrieben.

Dienstag, der 6. April

☺ Höhepunkte

1) Keine, das heißt eigentlich doch, wenigstens einer. Papa war heute früh bei der Polizei und hat die Erpresserbriefe als Beweismittel abgegeben. Hoffentlich hilft's.

☹ Tiefpunkte

1) Habe Ben heute Morgen in der Schule bei den Fahrradständern getroffen. Er hat »Hallo!« gesagt, ich habe auch »Hallo!« gesagt, und das war alles.

2) Habe in der Nacht kein Auge zugekriegt, weil ich immer wieder an gestern denken musste. Wie lange dauert so eine Beziehungspause eigentlich? Tage? Wochen? Monate? Oder Jahre? Und was kommt danach??

11.45 Uhr. Große Pause. Auf der Fensterbank in unserem Klassenzimmer.

Heute ist der erste Schultag nach den Osterfeiertagen. Hab vor Unterrichtsbeginn bei Scharina geklingelt, aber es hat niemand aufgemacht. Wusste nicht, was ich tun sollte. Bin dann erst mal in die Schule gefahren, aber da war sie auch nicht. Das gibt es doch gar nicht**!!!!** Verdammt**!!!** Langsam mache ich mir ernsthaft Sorgen**!!!!!!!** Was, zum Donnerwetter, hat Jannick mit ihr gemacht??

Wollte ihn gleich zur Rede stellen, aber er hat auch gefehlt, und Jette, Franzi und Sophie wussten sowieso von nichts.

Stattdessen haben sie mich gelöchert, was gestern Abend passiert ist, und ich hab mich für die Kurzform entschieden (die aber trotzdem noch lang genug war) und anschließend waren alle erst mal entsetzt. Natürlich vor allem über die Tatsache, dass ich erwischt worden bin, aber auch über die Info, dass Hanna hinter der gesamten Leberfleckgeschichte steckt. (Das mit Hubertus fanden sie auch eklig, aber das hat irgendwie niemanden erstaunt. Außerdem war Hubsi heute ohnehin wegen irgendeiner Familienangelegenheit in Lübeck.)

Was Hanna anbelangt, hat Franzi einige beeindruckende Schimpfwörter benutzt, die ich zum Teil noch gar nicht kannte,[44] und Jette war so wütend, dass wir sie festhalten mussten, um zu verhindern, dass sie stante pede[45] in die 7a läuft und Hanna mit einer Anzeige wegen Verunglimpfung und Rufmord droht.

Nachdem sich Jette wieder ein bisschen beruhigt hatte, haben wir darüber diskutiert, was ich am besten mit meinem Wissen anfangen soll, aber so richtig ist niemandem etwas eingefallen, außer Sophie, deren Augen bei dem Stichwort »Alsterhaus« plötzlich ganz merkwürdig geleuchtet haben.

---

[44] *Sie sagt, die Mädchen in diesem FBS-Schminkkurs kennen noch ganz andere. Denke, ich sollte da vielleicht auch mal hingehen...*

[45] *Stante pede ist lateinisch und heißt so viel wie stehenden Fußes. Sollen Mama und Papa noch einmal sagen, die Lateinklasse würde ich noch bereuen, weil sie mir nichts bringen würde!*

»Und du bist dir ganz sicher, dass Hanna dieses Foto am Siebenundzwanzigsten gegen fünfzehn Uhr im Alsterhaus gemacht hat?«

»Ja, wieso?«

Ich habe Sophie fragend angeguckt, aber die hat schnell den Kopf geschüttelt.

»Ach, nichts. Mir kommt da nur gerade so eine Idee.«

»Oh, bitte nicht schon wieder!«

»Nein, keine Angst. Die hat diesmal nichts mit Wanzen zu tun. Aber ich sag euch erst Bescheid, wenn's klappt. Sonst seid ihr nachher noch enttäuscht.«

Ich wollte noch einmal nachhaken, aber da hat Franzi mich schon gefragt, wie jetzt eigentlich der Stand zwischen Ben und Linea ist, und dabei ist mir erst bewusst geworden, dass die anderen ja noch gar nichts von dieser Pausensache wissen. Mist!!!

Also hab ich den Rest auch noch erzählt, die ganze Geschichte von A bis Z, nicht mal die Sache mit der Liebeserklärung vor Linea und Bens Mutter hab ich ausgelassen, obwohl mir das inzwischen mindestens so peinlich wie Lille Okseo ist. Ich mein, rückblickend betrachtet ist das echt der Ober-GAU. Wie konnte ich nur??!!!

Franzi, Sophie und Jette haben einen Blick gewechselt, und während ich mich mit Hasstiraden auf mich selbst gegeißelt habe (darin bin ich echt gut), haben sie total süß reagiert.

Sophie hat gemeint, dass sie zwar niemand anderen kennen würde, der so etwas fertigbrächte, aber dass sie die Tatsache, dass ich sie nicht verraten hätte, viel wichtiger fände.

»Jeder andere hätte alles auf uns geschoben, aber du eben nicht«, hat sie gesagt und Franzi hat dazu genickt und ergänzt, dass sie mich genau wegen solcher Aktionen so gernhaben würden.

Ich hab die Überreste der Soko Leberfleck zweifelnd angeguckt und wollte ihnen gerade unterstellen, dass sie mich nur trösten wollen, da hat Jette schon entschieden den Kopf geschüttelt.

»Blödsinn. Du kannst es bloß nicht ab, wenn jemand dir mal was Nettes sagt. Dabei bist du, wenn's drauf ankommt, mutiger als wir alle zusammen. Und selbst wenn diese Idee mit der Liebeserklärung vor Bens Mutter vielleicht nicht unbedingt deine beste war ...«

»... wir finden dich trotzdem super!«

Franzi hat mich umarmt und Sophie und Jette haben genickt und für einen Moment war ich ganz gerührt, aber dann bin ich mir plötzlich so vorgekommen wie die grenzdebile Freundin, mit der man immer gern auf Partys geht, weil man daneben umso cooler rüberkommt. Aber da hat Sophie schon gesagt, so hätten sie das doch nicht gemeint; schließlich sei jedem von ihnen schon mal etwas abgründig Peinliches passiert.

»Ja, aber bestimmt nicht so oft wie mir.«

»Hast du eine Ahnung!«

Franzi hat ihre Stimme gesenkt und dabei gemurmelt, dass wir darüber schweigen müssten wie ein Grab, aber dass sie letzte Woche die Enthaarungscreme ihrer Mutter mit dem

Schaumfestiger verwechselt hätte und seitdem eine kahle Stelle auf dem Scheitel hätte, die sie jeden Morgen mit braunem Edding übermalen würde.

»Im Ernst? Zeig mal!!«

Franzi hat uns vor die Tür gezogen und tatsächlich – da war diese kahle Stelle, und anschließend hat Jette von dem Liebesbrief berichtet, den sie Sepp, ihrem Skilehrer-Schwarm, letzte Woche geschrieben hätte und auf den ihre Mutter aus Versehen eine Biene-Maja-Briefmarke geklebt hätte. Danach wollte Sophie gerade etwas vollkommen Absurdes über ein aufgeblasenes Kondom erzählen, das sie für einen Luftballon gehalten hat, aber im selben Augenblick ist unsere Physiklehrerin mit einem Berg Arbeitszetteln unter dem Arm an uns vorbeigerauscht und wir mussten zurück in die Klasse.

Als wir wieder im Unterricht saßen, hatte ich dann einen richtigen Liebesanfall, was meine Freundinnen anbelangt. Ich bin so froh, dass ich sie habe! Auch wenn Jettes Kommissar-Tick manchmal nervt und Sophie überall Pferdeköpfe hinmalt und Franzi ohne ihre Shopping-Orgien nicht leben kann – die drei sind einfach klasse! Vor allem in der geballten Ladung, so wie eben. Wobei Schari nach wie vor meine liebste ist. Keine Ahnung, warum, aber bei ihr habe ich irgendwie immer das Gefühl, dass das zwischen uns was ganz Besonderes ist. Neulich haben wir beide uns mal drüber unterhalten, wie wir leben wollen, wenn wir erwachsen sind, und da haben wir beschlossen, unsere Männer zu überzeugen, später ein Doppelhaus zu bauen, in dem wir alle zusammen wohnen können und ...

Oh, Shit. Mir kommt da gerade ein ganz schrecklicher Gedanke. Diese Art Gedanken, bei dem einem ganz kalt wird und man plötzlich keine Luft mehr bekommt. Scharina wird sich doch nichts angetan haben, oder? *O D E R ????* Oh Gott, daran hab ich **überhaupt** noch nicht gedacht! Ich Idiot!!! Da schreib ich hier irgendwelchen unwichtigen Schwachsinn und Schari steht vielleicht gerade jetzt mit Liebeskummer auf irgendeiner Brücke und überlegt herunterzuspringen. Und alles wegen Jannick und seinem bescheuerten Vater! Verdammt! Ich muss unbedingt zu ihr. **SOFORT!** Gleich haben wir Mathe, aber das hier ist eindeutig wichtiger!!!

17.43 Uhr. Nach dem Besuch bei Schari wieder zu Hause.

Oh Mann! Als ich vorhin bei Scharina geklingelt habe, hat ihre Mutter mir die Tür aufgemacht, und als sie gesagt hat, dass Schari nur deshalb nicht in der Schule war, weil sie erkältet ist, bin ich vor Erleichterung fast in Ohnmacht gefallen! Gott, war ich froh!!! Inzwischen hatte ich mich dermaßen in die Sache reingesteigert, dass ich sie schon irgendwo als Wasserleiche in der Elbe herumschwimmen gesehen hab. (Im Sich-in-etwas-Hineinsteigern bin ich schließlich fast noch besser als im Sich-selber-Geißeln.) Nachdem mir ihre Mutter das mit dem Kranksein erzählt hatte, bin ich gleich in Scharinas Zimmer gestürzt und hab sie wie eine Ertrinkende an mich gedrückt. Und dann hab ich sie wieder losgelassen und war erst mal geschockt. Ich sag dir, die sah vielleicht fertig aus!

Scharis schwarze lange Haare hingen wie dunkle Spaghetti an ihrem Kopf herunter und ihre Haut war so blass, dass sie in jeder Untoten-Saga hätte mitspielen können. Und noch etwas war seltsam an ihr, aber was das war, ist mir zu diesem Zeitpunkt noch gar nicht aufgefallen.

Ich hab erst mal gefragt, warum sie denn nicht an ihr Handy gegangen ist, und danach hab ich gemerkt, dass ihre Augen ganz rot verheult waren. Und da hab ich angefangen, mich tierisch über Jannick aufzuregen, der aus lauter Schiss vor seinem Vater einfach mit ihr Schluss gemacht hat. Dieser elende Warmduscher! Einen kurzen Moment hatte ich das Gefühl, ich würde mich schon genau wie Mumi anhören (ich glaub, das war an der Stelle, als ich vorgeschlagen habe, Jannick und seinen Vater an Armen und Beinen gefesselt in den Keller unserer Schule zu sperren), aber im selben Augenblick ist mir plötzlich bewusst geworden, dass Scharina mich die ganze Zeit gemustert hat, als würde ich chinesisch reden, und deshalb hab ich abrupt innegehalten.

»Äh, Schari, alles in Ordnung, oder ...?«

Schari hat mich angeguckt wie eine arme Irre und dann hat sie seufzend den Kopf geschüttelt und mich gefragt, wie ich in drei Teufels Namen auf die absolut meschuggene Idee käme, Jannick hätte mit ihr Schluss gemacht.

»Oh. Äh ... Hat er nicht?«

Ich hab Schari verdattert angestarrt. Und dann hab ich begonnen, mir ziemlich einen abzustottern. Von wegen, dass ihre Mutter doch neulich am Telefon erwähnt hätte, dass

Jannick und sie sich gestritten hätten, und dass ich da halt eins und eins zusammengezählt hätte, aber Schari hat nur seufzend den Kopf geschüttelt und gemeint, die Sache läge ganz anders.

»*Ich* hab Jannick gesagt, dass es vielleicht das Beste wäre, wenn wir Schluss machen, verstehst du? Weil ich nicht wollte, dass er sich meinetwegen noch mehr mit seinem Vater verkracht. Er hat doch sonst niemand, seit seine Mutter weg ist, und eigentlich ist der Bulle auch gar nicht so übel. Neulich hat er Jannick ein kleines Schwein für seinen Schreibtisch getöpfert und in seiner Freizeit, da kümmert er sich ganz viel um den Tierschutz und ...«

»Um den Tierschutz?? Äh, Moment mal, verteidigst du ihn etwa gerade??«

Habe Schari angesehen, als sei sie auf dem besten Wege, verrückt zu werden, aber sie hat nur genickt.

»Ja, vielleicht, aber so schlimm ist er wirklich nicht. Das Meiste, was er mir an den Kopf geschmissen hat, hat er bestimmt nur gesagt, weil er gedacht hat, dass ich Jannick zum Rauchen überrede. Wegen dieser blöden Kippe, die mir gar nicht gehört hat. Aber ich schwör dir, das hätte sich schon wieder eingerenkt, wenn ich nur gestern meine Klappe gehalten hätte. Aber nein, ich blöde Kuh, muss mich ja ausgerechnet bei Kevin ausheulen!«

Schari hat wieder zu schluchzen angefangen und ich habe ratlos den Kopf geschüttelt.

»Langsam verstehe ich gar nichts mehr. Was hat dein Bruder denn jetzt mit der ganzen Sache zu tun?«

Schari hat mit ihrer Faust so heftig gegen ihren Bettrahmen gehauen, dass das allein schon beim Zusehen wehgetan hat. Also habe ich mich kurz entschlossen neben sie gesetzt und ihre Hand festgehalten.

»Hey, Schari, jetzt sag schon! Du warst gestern bei Kevin und ...?«

Ich habe Scharina abwartend angesehen und sie hat unglücklich geseufzt.

»Na, Kevin hat mich halt gefragt, warum ich so spießige Klamotten anhab, und da ...«

»Warum du so spießige Klamotten anhast?«

Ich habe Schari verdattert angeguckt, weil ich ihre Ankündigung von letzter Woche, von wegen Outfit ändern und so, schon wieder ganz vergessen hatte. Und dann ist mir wie Schuppen von den Augen gefallen, was mich vorhin so irritiert hat!!!

In ihren Haaren war nichts Pinkes mehr zu sehen! Eine Sekunde später ist mein Blick auf einen dunkelblauen Faltenrock und eine langweilige weiße Bluse gefallen, die an ihrem Schrank hingen, und da habe ich dann endgültig geschnallt, wovon sie redet.

»Ach so, *die* Geschichte. Ist ja klar, dass Kevin sich gewundert hat. Wenn du das da anhattest ...«

Ich habe den dunkelblauen Faltenrock ungläubig gemustert, aber Schari hat im selben Moment schon geantwortet, die Sachen hätte Jette ihr geliehen und sie würde die nur tragen, weil man für die Liebe nun mal Opfer bringen müsse.

»Das hab ich Kevin auch gesagt, aber er hat gemeint, ich hätte ja wohl den Schuss nicht gehört. Und da ...«

»Und da?«

»Na ja und da ...«

Schari hat noch einmal die Nase hochgezogen und sich dann schniefend in meine Arme geworfen. »Ach, Julie, wie konnte ich nur so dämlich sein? Eigentlich weiß ich ja, dass man Kevin nichts erzählen darf, aber er war auf einmal so nett und hat mir richtig zugehört und da ... da hab ich ihm halt von Herrn Klein-hardt erzählt. Dass ich jetzt Hausverbot hab, weil man mir ja schon ansehen würde, aus welchem Stall ich komme und so, und Kevin hat die ganze Zeit nichts gesagt und ich hab echt gedacht, er versteht mich, aber dann ist er auf einmal aufge-sprungen und hat gebrüllt, dass niemand seine kleine Schwester wie eine Schlampe behandeln dürfte, niemand und erst recht kein Bulle, und da hab ich erst begriffen, was ich getan hab, vor allem, weil er mich anschließend noch gefragt hat, wo Jannicks Vater wohnt und ...«

»Oh, Shit! Das hast du ihm doch nicht gesagt, oder?«

Ich hab Schari entgeistert angesehen und sie hat schnell den Kopf geschüttelt.

»Nein, aber ... Dass ich ihm überhaupt was erzählt hab, das war so dämlich von mir! So scheiße dämlich!!!«

Schari hat wieder angefangen, ihre Faust gegen das Bettgestell zu schlagen, und ich hab versucht, sie zurückzuhalten.

»He, Schari, hör auf. Vielleicht kommt's ja doch nicht so schlimm. Vielleicht ...«

»Von wegen. Du kennst doch Kevin!«

Schari hat sich verzweifelt eine Träne aus dem Gesicht gewischt und dabei leise geschluchzt.

»Zuerst hab ich gedacht, ich krieg das wieder hingebogen, weil Kevin mir versprochen hat, dass er Herrn Kleinhardt in Ruhe lässt, wenn ich das unbedingt will, aber gestern Abend hat er noch mal bei Mama angerufen und sich erkundigt, ob Jannicks Vater auf unser Schulfest kommen würde, und Mama hat gesagt, sie würde das stark annehmen, weil er ja Elternvertreter ist und viel für die Schule macht, und Kevin hat gemeint, dann würde er wohl auch kommen und noch ein paar Freunde mitbringen.«

»Oh nein!«

»Verdammt, ja, ich weiß, dass das ätzend ist! Aber ich kann's doch jetzt nicht mehr ändern! Ich hab schon versucht, Jannick anzurufen, damit er seinen Vater warnt, aber da geht niemand ans Telefon. Das heißt, ich muss noch bis morgen warten, ehe ich ihm das erzählen kann, und ...«

»He, wenn du jetzt wieder zu heulen anfängst, stehe ich auf und geh, verstanden?«

»Tust du ja doch nicht.«

»Und ob ich das tu!«

Ich bin drohend aufgestanden, aber Schari hat so verloren ausgesehen, dass ich mich gleich wieder hingesetzt habe.

»Ach, komm her, du doofe Nuss!«

Ich habe Schari in den Arm genommen und an mich gedrückt und anschließend habe ich ganz schnell alles Mögliche vom Stapel gelassen. Dass die meisten Dinge nicht so heiß gegessen werden, wie sie gekocht werden, und dass mir bis übermorgen schon etwas einfallen wird, um zu verhindern, dass Kevin sich Herrn Kleinhardt auf dem Schulfest vorknöpft, und so weiter. Zum Schluss war ich fast selber überzeugt davon, aber jetzt, wo ich wieder zu Hause bin, schwindet meine Zuversicht leider wie Eis unter der Höhensonne. Schließlich ist mit Scharis achtzehnjährigem Bruder wirklich nicht zu spaßen, und das, was Schari über seine Freunde erzählt hat, klang auch nicht gerade ermutigend. Laut Schari bestehen Kevins Kumpels aus tausend Stunden Bräunungsbank garniert mit dem IQ einer Raufasertapete und der Muskelmasse eines Yetis und dummerweise fehlt mir zurzeit jede Idee, wie ich die gehirnamputierte Yeti-Masse auf dem Schulfest von Herrn Kleinhardt fernhalten soll. Am liebsten würde ich mit Ben darüber reden, aber das geht ja nicht wegen der bekloppten Pau- Mist, Mama ruft. Es gibt Abendessen. Schreibe später weiter.

19.15 Uhr.

Habe eben beim Abendbrot (es gab Sauerkrautsuppe und dazu einen Brotfruchtsaft, echt eklig) einen Entschluss gefasst und ihn auch gleich in die Tat umgesetzt. Kann immer noch nicht glauben, dass ich das getan habe, aber YES – I DID IT! Und es hat funktioniert.

Angefangen hat alles damit, dass Mama und Papa wieder ganz schrecklich rumgedruckst haben und dann meinten, sie müssten noch einmal mit mir über Papas Arbeitslosigkeit reden und dass sie ja verstehen würden, dass mir der Gedanke an einen Umzug schwerfallen würde, aber ich doch sonst auch immer so ein vernünftiges Mädchen gewesen sei, und da hatte ich plötzlich eine Erkenntnis. Und die lautete:

Ich will kein vernünftiges Mädchen mehr sein!

Schließlich bedeutet »vernünftig sein« für Mama und Papa im Grunde nur, dass man tut, was sie für richtig halten, und darauf hab ich einfach keine Lust mehr! Weil das nämlich nur eine Umschreibung für mein bisheriges Schisser-Dasein ist! Aber damit ist jetzt Schluss!

Und deshalb hab ich den Brotfruchtsaft in den Ausguss gekippt und meinen Eltern gesagt, dass mir die Sache mit Papas Job echt leidtut, aber dass ich nicht nach Holm ziehen werde, definitiv nicht, um keinen Preis der Welt. Weil ich nämlich nicht mehr der brave Flaschengeist bin, der immer macht, was die anderen wollen, sondern Julie Ahlberg, dreizehneinviertel, und damit fast schon erwachsen. Zumindest so erwachsen, dass ich inzwischen kapiert habe, dass es nur Bauchweh macht, wenn man sich andauernd für die Ehe der Eltern und die Harmonie in der Familie und den Weltfrieden verantwortlich fühlt und es jedem recht machen will und keinen enttäuschen möchte und dabei ganz vergisst, was man selber eigentlich will.

Boh, ich sag dir. Papa hat ziemlich verdattert geguckt und Mama hat sich gleich auf die Sache mit Holm gestürzt, von wegen, wo wir hinziehen, das bestimmen noch immer wir, deine Eltern, aber als ich gesagt habe, dass ich dann bei Mumi oder Schari einziehen werde und dass Scharis Mutter bestimmt nichts dagegen hätte, weil ich ihr ja in dem Fall regelmäßig bei ihren Putzjobs helfen könnte, waren sie doch etwas geschockt. Geschieht ihnen recht!

Papa hat gesagt:»Hey, hey, immer langsam mit den wilden Pferden«, und Mama hat gemeint, so weit seien sie ja auch noch gar nicht mit ihrer Planung, und da hab ich gewusst, dass ich eine Chance habe. **Yeah!**

Bin selber ganz erstaunt, aber anscheinend schlummert in mir durchaus so etwas wie eine Kämpfernatur. Vielleicht werde ich ja doch keine Schriftstellerin, Wirbeltierforscherin oder Diplomatin, sondern Revolutionsführerin in irgendeinem Land, in dem vorher die totale Diktatur geherrscht hat. Oder vielleicht kann man das Ganze kombinieren? Erst befreie ich alle unterdrückten Teenager dieser Welt von der Diktatur der Erwachsenen, dann sorge ich für Weltfrieden und anschließend schreibe ich einen Bestseller, in dem blendend aussehende weibliche Wirbeltier-Vampire alle fiesen Werbeagenturchefs zu Labskaus mit Spiegelei verarbeiten, und bekomme dafür den Jugendliteraturpreis. Ha! Wie lautet noch der Spruch, den Mumi auf einem ihrer Uralt-T-Shirts stehen hat:»Friede den Hütten und Krieg den Palästen!« In diesem Sinne – bis morgen!

Mittwoch, der 7. April

Höhepunkte

1) Habe eben, bevor ich meine Schulsachen gepackt habe, im Internet nach Wohnungen in der Nähe gesurft und dabei zwei ganz gute gefunden. (Nur für den Fall, dass Mama und Papa glauben, hier gäbe es nichts Passendes. Dann kann ich da gleich gegensteuern.) Die eine ist nur knapp fünf Minuten von hier entfernt und hat einen kleinen Garten und ein riesiges Zimmer nach hinten raus, in das ich vielleicht ein doppeltes Hochbett reinstellen könnte. Das wäre natürlich cool! Habe überlegt, den Makler der Holmer Wohnung heimlich anzurufen und ihm im Namen meiner Mutter abzusagen (dann wäre die Ähnlichkeit unserer Stimmen wenigstens mal zu was gut), bin mir aber noch nicht sicher, ob das Ganze nicht zu schnell auffliegt.

Tiefpunkte

1) Übermorgen ist das Schulfest mit dem großen Bandwettbewerb bei uns in der Aula. Überlege zurzeit, ob ich hingehen soll oder nicht, und habe deswegen eine Pro-und-Kontra-Liste erstellt. Unter Pro steht, dass ich mir, wenn ich nicht hingehe, den Anblick von Linea und Ben auf der Bühne erspare. Unter Kontra steht, dass ich den Abend, wenn ich nicht hingehe, wahrscheinlich mit einer schreienden Schwester, einem frustrierten Vater und einer kostenaufstellungsfixierten Mutter zu Hause verbringen muss. Auch nicht gerade verlockend.

2) In Sachen »Wie halte ich Scharis Bruder von Herrn Kleinhardt fern?« ist mir noch nichts eingefallen. Schari will Jannick heute in der Schule davon überzeugen, dass er seinen Vater daran hindert, übermorgen aufs Schulfest zu gehen. Wenn's klappt, hätten wir zumindest Zeit gewonnen.
3) Heute ist das Abendessen bei Mumi, bei dem uns der tolle Thorwald vorgestellt werden soll. Freue mich schon unbändig darauf. *Ha ha ha!*

Gleich geht's los zur Schule und erstaunlicherweise habe ich gar keine so schlechte Laune. Merkwürdig. Fühle mich sogar fast so etwas wie befreit. Als ob meine Ausbrüche bei Ben und meinen Eltern doch was Gutes gehabt hätten. Und vielleicht haben sie das ja auch. Immerhin hab ich die Sachen jetzt ein für alle Mal klargestellt und jeder weiß, woran er ist.

1) Ich ziehe nicht nach Holm.
2) Ich hab alle Notlügen aufgeklärt und ...
3) ... ich bin vielleicht wieder solo und Papa ist erst mal eine Zeit arbeitslos und hat diesen blöden Prozess an der Hacke und das mit dem Laptop zum Geburtstag kann ich mir auch abschminken, aber ich habe die besten vier Freundinnen der Welt und kann später alles, was ich erlebe, in meinen feministischen Horrorromanen verarbeiten und damit wahnsinnig viel Geld verdienen! Ha!!

Holm ~~durchgestrichen~~ *niemals! never!*

Es ist schon ein bisschen strange, aber irgendwie freue ich mich fast, Hubertus und Hanna wegen der Sache mit dem Busenfoto gleich in der Schule zur Rede zu stellen. Schließlich bin ich genau in der richtigen Stimmung, jemanden zu Hackfleisch zu verarbeiten, und da bieten sich die beiden ja geradezu an. Also auf ins Gefecht!

14.05 Uhr. Nach Schulschluss wieder zu Hause.

Bin noch immer absolut sprachlos! Da will ich mir in der großen Pause diesen Schleimer von Hubertus vorknöpfen und was passiert? Erst tut er wie Mr Supercool und will von nichts eine Ahnung haben und dann bricht er vor Jette, Franzi, Sophie, Schari und mir plötzlich in Tränen aus! Herrgott! Der Typ hatte solche Angst, das glaubt man nicht.
Dabei wirkt Sophie mit ihren Pippi-Langstrumpf-Zöpfen und dem rosa Hello-Kitty-T-Shirt ungefähr so Furcht einflößend wie ein Teletubbie in 3-D, aber was soll's. Anscheinend hat es gereicht. Nach einem Rede-oder-ich-kill-dich-Blick von Schari hat Hubsi ein lückenloses Geständnis abgelegt. Erst hat er erzählt, dass ihm die Sache mit dem Foto von mir und meinem Leberfleck furchtbar leidtun würde und dass er es nie behalten hätte, wenn er gewusst hätte, wie es entstanden ist (Ha, von wegen!), und dann hat er uns wimmernd angefleht, wir sollten ihn bloß nicht schlagen, weil fünf gegen einen unfair sei und er außerdem Kontaktlinsen tragen würde. Was sagt man dazu?
Ohne Worte!!!!!!!!!!!!!!!!!!

Nachdem Hubertus die ganze Schuld auf Hanna geschoben hatte, wollte ich eigentlich gleich weiter in unsere Parallelklasse, um endgültig Tabula rasa zu machen, aber im selben

Der Beweis!

Moment hat Sophie mich schon beiseitegezogen und mir berichtet, dass sie gegen Hanna etwas viel Besseres in der Hand hätte.

Konnte mir zuerst nicht vorstellen, was das sein könnte, aber dann hat sie grinsend eine DVD hinter ihrem Rücken hervorgezogen und gemeint, die stamme aus der Überwachungskamera des Alsterhauses, und da war ich erst mal platt. Franzi, Schari und Jette ging's genauso, das habe ich an ihren Blicken gemerkt. Sophie hat so selbstzufrieden gelächelt, als hätte sie gerade mit Robert Pattinson geknutscht, und dann hat sie uns erzählt, dass ihr Cousin im Alsterhaus in der Sicherheitsabteilung arbeiten würde und dass der bei ihr noch etwas guthätte, nachdem sie sich hatte breitschlagen lassen, auf dem siebzigsten Geburtstag ihrer gemeinsamen Oma das bekloppte Gedicht allein vorzutragen, das ihre beiden Mütter verfasst hatten.

»Na und da hat er mir diese Kopie besorgt, auf der Hanna voll in flagranti zu sehen ist. Das Ganze dauert zwar höchstens ein paar Sekunden, aber ich denke, es reicht, um ihr einen Heidenschreck einzujagen.«

»Wow!«

»Oh Mann, das ist echt der Hammer!«

Während die anderen die DVD so ehrfürchtig betrachtet haben, als handele es sich um den Heiligen Gral, habe ich Sophie zweifelnd gemustert.

»Also, ich will ja nicht rumunken, aber ... Glaubst du echt, das funktioniert? Ich mein, die Polizei tut so was doch garantiert unter der Rubrik Schülerscherz ab und ...«

»Wer spricht denn von Polizei?« Sophie hat gegrinst und plötzlich ist mir aufgefallen, dass die brave Sophie in letzter Zeit gar nicht mehr so brav wie früher ist.

»Wir können Hanna ja einfach androhen, die DVD morgen auf dem Schulfest zu zeigen. Damit alle sehen, was für eine intrigante Ziege sie ist. Wenn Hubertus danach ans Mikro geht und erzählt, was passiert ist, dann kriegt sie von unserem Direx garantiert tierischen Ärger. So wie der Mobbing hasst ...«

Bei dem Wort »Ärger« haben Franzis Augen aufgeleuchtet, aber ich hab mir auf einmal vorgestellt, wie ich mich fühlen würde, wenn die ganze Schule von der Sache erfährt, und da hat sich die Flurdecke schlagartig ein Stück auf mich runterbewegt.

»Sorry, aber ... Wenn ich daran denke, dass unsere gesamte Schule sieht, wie ich diese BHs ...«

Allein schon bei dem Gedanken ist mir ganz elend geworden, aber Sophie hat mich gar nicht aussprechen lassen. »Von dir sieht man überhaupt nichts auf der DVD. Echt nicht! Nur Hanna, wie sie mit ihrem Handy in der Hand auf diesen Stuhl in ihrer Kabine steigt und das Foto macht. Das ist alles!«

»Bist du dir sicher?«

Habe Sophie unsicher angeguckt, und während sie genickt hat, hat Schari mir beruhigend den Arm um die Schulter gelegt.

»Außerdem brauchst du keine Angst zu haben. Hanna riskiert das mit der öffentlichen Vorführung sowieso nicht. Schließlich kann sie sich ja ausrechnen, was passiert, wenn der Direx davon Wind kriegt. Das gibt mindestens einen Verweis, wenn nicht gleich zwei. Einen hat sie seit dieser Wattgeschichte letztes Jahr eh schon, das heißt, zusammen wären es zwei oder drei, und mit dreien fliegt sie. Das weiß sie ganz genau. Also, ich denke, die DVD hier ist eine Super-Chance, die Sache ein für alle Mal zu klären, oder?«

Schari hat einen Blick in die Runde geworfen und alle haben genickt, nach kurzem Zögern sogar ich.

»Okay, und was verlangen wir? Dass sie Schari und mich endgültig in Ruhe lässt?«

Ich hab die anderen angeguckt und Franzi, Sophie und Jette haben einen nachdenklichen Blick gewechselt.

»Mindestens. Und dass sie Ben erzählt, dass sie hinter der ganzen Fotogeschichte steckt.«

»Genau!«

»Und ich bin dabei, wenn sie das tut. Damit wir auch wissen, dass sie ihr Versprechen hält. Einverstanden?«

Schari hat mich fragend angesehen, und während der Gong zum Stundenbeginn geläutet hat, habe ich seufzend genickt.

»In Ordnung.«

Eine Sekunde später haben wir fünf uns abgeklatscht und dann habe ich mich noch mal zu Sophie umgedreht und sie umarmt.

»Ich hätte nie gedacht, dass ich mal so dankbar dafür sein würde, dass du beim Siebzigsten deiner Oma ein Gedicht vorgetragen hast.«

»Kein Problem.« Sophie hat mir zugezwinkert und anschließend sind wir zurück in die Klasse marschiert, allerdings nicht, ohne vorher noch einmal festgelegt zu haben, dass wir uns Hanna erst morgen vorknöpfen, weil ich heute nach der Schule noch auf Otti aufpassen muss, während Mama arbeitet.

»Oh, du Glückliche. Otti ist so süß!!«

Sophie hat schwärmerisch ins Weite geguckt und ich war kurz davor, ihr einen Vogel zu zeigen (ich mein, ein Trotzanfall von Otti und du kannst deine Körperteile einzeln aufsammeln), aber dann ist mir eingefallen, dass ich Schari ja noch gar nicht gefragt habe, wie weit sie in Sachen Jannick ist, und das habe ich dann schnell nachgeholt.

»Glaubst du, er schafft es, seinen Vater übermorgen vom Schulfest fernzuhalten?«

»Ich denk schon. Er hat's mir zumindest versprochen.«

»Gut!«

Ich habe Schari die Tür zu unserem Klassenzimmer aufgehalten und wollte gerade auf meinen Platz schlüpfen, da hat mich ein spitzes »Ach, Julie, auch schon da?« von Frau Trempe zurückgehalten. Na, und anschließend musste ich dann »esse« in Gegenwart und Vergangenheit an der Tafel durchkonjugieren, wobei ich natürlich schmählich versagt habe,[46] und das war's dann für heute.

---

[46] *Habe ich schon mal geschrieben, dass ich Latein hasse??*

17.57 Uhr.

Habe bis eben auf Otti aufgepasst, was – seitdem sie krabbeln kann – der totale Stressjob ist, weil sie andauernd alle Bücher aus den Regalen reißt und man immer höllisch aufpassen muss, dass man auch ja das Treppengitter hinter sich zumacht. Aber inzwischen müsste Mama gleich aus der Buchhandlung zurück sein und dann machen wir uns mit Otti auf den Weg zu Mumi, um Morcheln zu essen **(WÜRG!)** und den vermeintlichen Heiratsschwindler Thorwald kennenzulernen. (Papas Ausrede war wie immer ein »enorm wichtiger« Termin. Denke, in Anbetracht seiner Arbeitslosigkeit müsste er sich langsam mal etwas Neues einfallen lassen ...) Mann, hab ich vielleicht eine Lust! Wenn ich die Wahl hätte, Lateinvokabeln zu lernen oder gleich zu Mumi zu gehen, würde ich mich glatt für die Vokabeln entscheiden. Und das sagt in Anbetracht meiner letzten Vier minus in Latein doch wirklich alles.

PS: Wusstest du, dass die dritte Person Plural von »esse« »sunt« heißt und nicht »essent«? **Warum???** Verstehe diese Sprache, wer will, aber sie ist im Gegensatz zu dem, was alle Erwachsenen sagen, einfach unlogisch!

Donnerstag, du 8. April

☺ Höhepunkte

1) Unglaublich, aber wahr: Schari hat von Herrn Kleinhardt nichts mehr zu befürchten! (Dooferweise gilt dasselbe leider nicht für Herrn Kleinhardt und Scharis Bruder, aber das Problem kriege ich auch noch in den Griff.)

2) Mumis Lover, der tolle Thorwald, ist definitiv kein Heiratsschwindler, sondern ... (nachfolgend mehr!)

3) Hanna hat heute in der Schule versprochen, Schari und mich in Zukunft in Frieden zu lassen. Gelobt seien Sophie und der siebzigste Geburtstag ihrer Großmutter!!! ☺ ☺ ☺

☺ Tiefpunkte

1) Habe Ben heute in der Zehn-Minuten-Pause vor der Cafeteria getroffen und er hat »Hi!« gesagt. Gestern bestand unser einziger Dialog aus »Hey!« (= drei Buchstaben) und vorgestern aus »Hallo!« (= fünf Buchstaben). Was, wenn er mir morgen nur noch mit einem Hauchlaut zunickt?

2) Morgen Abend ist das Schulfest mit dem großen Bandwettbewerb. Habe beschlossen hinzugehen, obwohl ich tierische Angst davor habe, dass Ben das Lied, das er letztes Jahr für mich geschrieben hat, a) überhaupt nicht singt (was eventuell bedeuten könnte, dass es zwischen uns aus ist) oder b) mit »Linnie« statt »Julie« im Refrain singt (was definitiv bedeuten würde, dass es zwischen uns aus ist).

Heute haben Schari und ich Hanna in der großen Pause vor ihrer Klasse abgefangen und sie mit einem Trick in den Computerraum gelotst. Dort haben wir ihr dann auf den Kopf zugesagt, was sie getan hat, und sie hat geguckt wie ein Auto. Oh Mann! Allein das war es schon wert. Im Nachhinein verstehe ich überhaupt nicht mehr, warum ich kurz vorher noch Muffensausen bekommen habe, aber mein Schiss vor Auseinandersetzungen geht ja manchmal merkwürdige Wege. War wahrscheinlich ein Rückfall in alte Flaschengeist-Zeiten. Auf jeden Fall war's supergut, dass ich mich letztlich doch überwunden habe und mitgegangen bin. (Fand Schari übrigens auch!)

Zuerst hat Hanna natürlich alles abgestritten (bestimmt hat sie gedacht, wir bluffen), aber dann haben wir ihr die DVD gezeigt und da hättest du sie mal sehen müssen! Ihre Augen sind immer kleiner geworden und ihre Lippen immer verkniffener und ihre Wangen immer röter, und als der Film zu Ende war, hat sie ausgesehen wie ein Frosch, der zu lange die Luft angehalten hat.

Kurzzeitig habe ich gedacht, gleich platzt sie vor lauter Wut, aber dann hat sie komplett die Taktik gewechselt. Keine Ahnung, wie sie das so schnell hingekriegt hat, aber auf einmal wirkte sie so, als ob sie gleich in Tränen ausbrechen würde. Sogar ihre Stimme hat richtig gezittert.

»Oh Gott, es tut mir so leid. Julie, du Arme! Wie dieser Hubertus dich und mich für seine Zwecke benutzt hat, das ist wirklich abartig. Dieses, dieses ... Tier!«

Habe Hanna perplex angeguckt, weil ich nicht begriffen habe, warum Hanna und ich auf einmal beide Opfer von Hubertus sein sollten, aber da hat Schari schon nachgehakt und zehn Sekunden später haben wir dann die Geschichte erfahren, allerdings aus Hannas Sicht, die sich – wie man sich ja denken kann – deutlich von Hubertus' Sichtweise unterscheidet. Laut Hanna war nämlich Hubsi der große Böse, der sich das alles nur ausgedacht hat, um an ein Foto von mir heranzukommen, und Hanna das bemitleidenswerte Opfer, das von Hubertus quasi dazu genötigt worden ist, ihm dieses Foto zu beschaffen. Ich sag dir, wäre Hanna Pinocchio, hätte ihre Nase glatt die Hundert-Meter-Marke durchbrochen. Was für eine Story! War für eine Sekunde versucht, Hanna vor den Bug zu knallen, dass ich ihr kein Wort glaube und dass ich an ihrer Stelle wenigstens die Größe hätte, zu meiner eigenen Niedertracht zu stehen, aber gerade, als ich zum großen Tribunal ansetzen wollte, hat Schari mir zugeflüstert, dass es doch reichen würde, wenn wir wüssten, wer wen zu was angestiftet hat, und das hat mich dann komplett aus dem Konzept gebracht.

Da bin ich gerade so schön in Fahrt und dann kommt so was! Habe kurzerhand beschlossen, Scharis Einwurf zu ignorieren, und Hanna stattdessen aufgefordert, zehnmal laut und deutlich den Satz »Ich bin eine fiese, miese, hinterlistige, dämliche, ekelhafte Schlange!« zu sagen, aber aus unerfindlichen Gründen hat Schari plötzlich gemeint, nun sei es aber mal genug.

Ahhhhhhhhhhhhhhh!!!!!!!!!!!!!

Natürlich hat Hanna gleich aufgeamtet und erleichtert von sich gegeben, dass sie ganz Scharis Meinung sei und dass es ihr furchtbar leidtun würde, vor allem, wo sie jetzt sehen würde, was das Ganze aus mir gemacht hätte.

»Was das Ganze aus MIR gemacht hat?? Tickst du noch ganz richtig? Oder willst du wirklich wissen, was das Ganze aus mir gemacht hat? Hm? Willst du's wissen? Willst du's wirklich wissen?????«

Ich bin mit meinem Gesicht so nah an Hanna herangegangen, dass sie vor Schreck zurückgezuckt ist, aber kurz bevor sich unsere Nasenspitzen berührt haben, hat Schari mich verdattert am Ärmel zurückgehalten.

»He, Julie, was soll denn das?«

»Lass mich! Ich will sie bluten sehen!!!!«

»Sie will mich was?? Scheiße, knallt sie jetzt völlig durch?????«

Hanna hat Schari einen Hilfe suchenden Blick zugeworfen, aber ich war schon viel zu sehr in Wallung, um mich jetzt noch bremsen zu lassen.

»Wenn du Schari oder mich noch einmal anmachst, dann ...«

Ich habe Hanna mit einem irren Werwolf-Blick gemustert und sie hat mit vor Entsetzen weit aufgerissenen Augen genickt.

»Ist ja gut. He, ich hab gesagt, es ist gut!!«

»Grrrr!«

Mein Knurren muss ziemlich überzeugend gewesen sein, denn Hannas Augenlider haben nervös zu zucken begonnen und eine Sekunde später hat sie gemeint, dass Scharis Vorschlag mit der schriftlichen Beichte vielleicht doch für sie infrage käme.

»Also, ich unterschreib euch das jetzt und dann lassen wir die Sache auf sich beruhen, okay? Ich mein, wir sind quitt, ja? Ihr zeigt das niemand und ich ...«

»Grr!!«

Ich bin mit meinem Werwolf-Blick einen Schritt auf Hanna zugegangen, woraufhin sie instinktiv vor mir zurückgewichen ist.

»Gut, äh, dann sollte ich jetzt mal wieder in meine Klasse. Also, tut mir leid und ...«

Einen Wimpernschlag später ist Hanna mit hektischen Flecken im Gesicht und einem zittrigen »Tschüss!« abgedampft und ich hab mich so gut gefühlt wie schon lange nicht mehr! Tja, wer hätte das gedacht? Ich, Julie Ahlberg, dreizehneinviertel, kann richtig wütend werden! Um nicht zu sagen **ANGST EINJAGEND** wütend! Ich bin kein Flaschengeist, ich bin der Julienator! **YEAH!!**

Nachdem ich Schari dreimal gefragt habe, ob sie gesehen hätte, wie Hanna vor mir zurückgezuckt ist, und sie dreimal erwidert hat, dass ich stellenweise ausgesehen hätte wie dieser durchgeknallte Killer aus dem James-Bond-Film, den wir vor ein paar Wochen bei Franzi geguckt haben, haben Schari und ich unseren Sieg in der Cafeteria erst mal mit einem Schokokuss-Brötchen, einem Kopenhagener und zwei Berlinern gefeiert. Und dabei habe ich Schari die großen Neuigkeiten von Jannicks Vater erzählt. Ich bin nämlich nicht nur der Julienator, sondern seit gestern Abend auch noch die Rächerin meiner besten Freundin! Schari wollte es kaum glauben, aber ich hab wirklich dafür gesorgt, dass ihr Hausverbot bei Kleinhardts aufgehoben ist. Und nicht nur das! Herr Kleinhardt will sie nächste Woche sogar zum Essen einladen und sich offiziell bei ihr entschuldigen. Der Hammer, oder?

Schari war komplett sprachlos, aber ich musste mich leider, leider, leider in Schweigen hüllen, was den Grund für Herrn Kleinhardts plötzlichen Sinneswandel anbelangt, obwohl Schari vor Neugier beinahe geplatzt ist und ich es ihr auch soooo gerne erzählt hätte.

Blöderweise habe ich Jannicks Vater aber versprechen müssen, Schari kein Wort von unserem Deal zu verraten, und deshalb habe ich brav die Klappe gehalten. Obwohl das Ganze eigentlich viel zu skurril ist, um es für sich zu behalten. Du wirst es nicht glauben! Herr Kleinhardt ist nämlich ...

17.42 Uhr.

Tut mir leid, bin eben beim Schreiben von Mama gestört worden, die jemand gebraucht hat, der Papa beim Autowaschen hilft. Seit Papa nicht mehr in die Agentur geht, sondern hier zu Hause ist, macht er mit seiner Arbeitswut alle wahnsinnig. Mama kann in ihren Buchladen flüchten oder sich im Kinderzimmer mit Otti verschanzen, aber ich kriege es andauernd ab. Gestern wollte er unbedingt den Keller ausmisten, vorgestern hat er darauf bestanden, dass ihm jemand beim Carportstreichen hilft (du darfst dreimal raten, wer dieser Jemand war), und heute ist scheinbar das Auto dran. Mag gar nicht daran denken, was er macht, wenn alles bei uns im Haus komplett entmüllt, repariert und aufgeräumt ist. Fängt er dann bei den Nachbarn an? Wahrscheinlich. Sehe ihn förmlich schon vor Bens Tür den Rasen mähen oder bei Peters die Hundehütte von Iwan dem Schrecklichen sanieren. Papa sagt zwar, er macht das alles nur, um das Haus für die möglichen neuen Käufer in Schuss zu bringen, aber wenn du mich fragst, tut er es vor allem, um sich von seinem Kündigungsfrust abzulenken (Mama und er reden inzwischen ständig darüber, wenn sie denken, ich merke es nicht), aber allmählich nervt das Ganze doch. Na ja, egal. Wo war ich? Ach ja, bei Herrn Kleinhardt.

Also, halt dich fest, Jannicks Vater ist nämlich nicht nur ein paranoider töpfernder Sachbereichsleiter für Kriminalstatistik, sondern auch ...

– Da, da, da, dam! –

... Mumis neuer Lover! Da ist man sprachlos, was? Gestern Abend habe ich fast eine Herzattacke bekommen, als ich Mumis Wohnzimmer betreten habe und Jannicks Vaters dort in weißem Hemd und gebügelter (!) Jeans auf dem Sofa sitzen sah. Erst habe ich gedacht, er ist nur zufällig da, weil er gerade bei den Nachbarn für den Tierschutzverein oder die Polizeihundestaffel gesammelt hat, aber kurz darauf ist Mumi in einem indischen Walla-Walla-Kleid mit roten Wangen hereingesegelt und hat uns freudestrahlend vorgestellt.

»Also, das hier ist meine Tochter Geli und das sind meine Enkelkinder Julie und Evchen, die leider von Julie immer Otti genannt wird, obwohl Eva so ein schöner Name ist. Na, und das ist Thorwald, mein, mein ... Freund.«

Mumi hat sich verlegen eine graue Haarsträhne hinters Ohr geschoben (wahrscheinlich weil sie uns gegenüber bisher immer nur von Thorwald als einem Bekannten geredet hat) und ich hab ungefähr so intelligent geguckt wie ein Schaf, dem man gerade Kermit den Frosch vorgestellt hat. Ich mein, damit hatte ich nun wirklich nicht gerechnet! Jannicks Vater ist der tolle Torwart! Hatte ernsthafte Mühe, meine Gesichtszüge unter Kontrolle zu behalten, aber ehe sie mir vollends entgleist sind, ist Jannicks Vater schon aufgesprungen und hat mir, mindestens genauso verdattert, die Hand geschüttelt.

»So, du bist also Inges Julie. Das ist ja eine Überraschung. Frau Ahlberg ...«

»Kennt ihr euch??«

»Tja, das kann man wohl sagen.«

Jannicks Vater hat meine Mutter begrüßt und die beiden haben sich kurz über den letzten Elternabend unterhalten und Mumi hat irritiert von einem zum anderen geguckt, aber zum Glück hat Otti sich im selben Moment am Sessel zum Stehen hochgezogen und ist dabei prompt mit der Stirn gegen die Couchtischkante geknallt, sodass Mumi und Mama erst mal abgelenkt waren.

»Uäääähhh!!!«

»Oh, mein Gott, Evchen!!!«

»Ach, Mäuschen, was machst du denn?? Lass mal, Mama. Ich nehm sie schon. Hast du irgendwo ein Kühlkissen?«

Mama hat Otti seufzend auf den Arm genommen und ihr beruhigend über den Kopf gestrichen, Otti hat gebrüllt wie ein Stier, Mumi ist hektisch in die Küche gerast, um nach einem Kühlkissen zu gucken, und ich habe die Zeit genutzt, um Jannicks Vater in dem allgemeinen Chaos erst mal zur Rede zu stellen.

»Aber ich dachte, der tolle ... äh, ich dachte, Mumis Thorwald wäre Sozialarbeiter. Und sie sind doch bei der Poli...«

»Öhö, öhö ...«

Herr Kleinhardt hat hektisch gehustet und ich habe ihn irritiert angeguckt.

»Hmh?«

»Wir sprechen gleich darüber, okay?«

Im selben Moment, in dem Herr Kleinhardt sich nervös in Richtung Tür umgedreht hat, ist Mumi mit ein paar Eiswürfeln in der Hand wieder ins Zimmer zurückgekommen.

»Hier, Geli, was anderes habe ich leider nicht.«

Mumi hat Mama die Eiswürfel in die Hand gedrückt und Herr Kleinhardt hat ihr kurz zugewinkt. »Entschuldigst du uns einen Moment, Inge? Julie und ich sind mal kurz in der Küche!«

Mumi hat uns verdutzt hinterhergeguckt und einen Augenblick später habe ich mich mit Jannicks Vater allein in der Küche wiedergefunden, wo er hinter uns so konspirativ[47] die

---

[47] *Konspirativ = verschwörerisch. Das Wort hab ich von Jette, die es zurzeit in jedem zweiten Satz verwurstet, weil sie es so Kommissarinnen-like findet.*

Tür geschlossen hat, als wäre er M. und ich der Geheimagent ihrer Majestät 007.

»Julie, es tut mir leid, aber könntest du das mit meinem Beruf noch ein paar Tage für dich behalten? Wenigstens so lange, bis ich mit Inge darüber geredet habe?«

»Hä?«

Habe Herrn Kleinhardt verwirrt gemustert, aber der ist auf meine qualifizierte Zwischenbemerkung nicht weiter eingegangen, sondern hat einfach weitergeredet.

»Weißt du, ich hätte es Inge ja schon längst gesagt, aber dann hab ich mitgekriegt, dass sie nicht sonderlich viel von meinem Berufsstand zu halten scheint, und, na ja, so lange sind wir ja noch nicht zusammen und da habe ich halt gedacht ...«

»... dass Sie ihr stattdessen lieber erzählen, dass Sie Sozialarbeiter sind??«

Ich habe staunend den Kopf geschüttelt und Herr Kleinhardt hat sich geräuspert und dann verlegen gemeint, dass er das so genau eigentlich nie gesagt hätte.

»Auf die Idee ist sie sozusagen von allein gekommen. Wobei ich natürlich zugeben muss, dass ich das Missverständnis auch nicht gleich aufgeklärt habe. Also, ich wollte es eigentlich richtigstellen, aber ...«

»Aber?«

Ich habe den unglücklich an seinem Hemdkragen herumnestelnden Herrn Kleinhardt skeptisch gemustert und das muss seine Nervosität noch gesteigert haben, denn seine Hautfarbe, die eh schon ziemlich rot war, ist allmählich ins Lila-Bläuliche tendiert.

»Herrgott, ich weiß, was du jetzt denkst, aber ich bin kein Lügner. Wenigstens normalerweise nicht. Im Nachhinein hab ich keine Ahnung mehr, wie es dazu gekommen ist. Ich schätze deine Großmutter nämlich wirklich sehr. Du solltest sie mal beim Yoga sehen, unsere ganze Gruppe schwärmt von ihr und die paar Jahre Altersunterschied sind mir vollkommen egal, ihr übrigens auch, sind ja eh nur sieben und …«

»Julie, Thorwald, seid ihr hier?«

Just in diesem Moment hat Mumi ihren Kopf durch die Küchentür gesteckt und Herr Kleinhardt ist mitten im Satz erstarrt.

»Stör ich?«

Mumi hat uns irritiert angesehen und Jannicks Vater und ich haben gleichzeitig den Kopf geschüttelt.

»Nein, natürlich nicht. Wie könntest du je stören?«

Herr Kleinhardt hat Mumi den Arm um die Schulter gelegt und sie hat ihm lächelnd zugezwinkert und dabei wieder an ihren Haaren rumgezwirbelt.

»Na, dann bin ich ja froh. Also, wenn ihr wollt, könnt ihr mir gleich beim Tischdecken helfen. Teller und Besteck sind schon im Esszimmer. Die Gläser sind dahinten und die Servietten sind …«

»… gleich neben den Aschenbechern, ich weiß.«

Ich wollte gerade aus dem Einbauschrank neben Herrn Kleinhardts Kopf die Servietten holen, da hab ich an Mumis zu Tode erschrockener Miene gemerkt, dass ich irgendetwas

Falsches gesagt haben muss. Und eine Sekunde
später wusste ich auch, was es war.

»Den Aschenbechern? Aber du rauchst doch
gar nicht ...« Jannicks Vater hat sich verwirrt
zu Mumi umgedreht und ich habe vor lauter
schlechtem Gewissen das Nächstbeste gesagt,
was mir eingefallen ist.

»Sie raucht auch nicht. Sie ... Sie sammelt die nur.«

»Du sammelst Aschenbecher? Als Nichtraucherin??«

Mumi hat mir hinter Herrn Kleinhardts Rücken einen Vogel
gezeigt, aber Gott sei Dank hat Jannicks Vater nicht so schnell
geschaltet, und das hat Mumi Zeit gegeben, ihm hastig zu erzählen, dass ihre Sammelleidenschaft schon längst der Vergangenheit angehören würde.

»Im Grunde habe ich die nur noch für Gäste. Wobei selbst das
eigentlich überflüssig ist, nicht wahr? Wer raucht denn heute
schon noch? Doch höchstens ein paar unbelehrbare Alt-
Hippies, die den Zeitpunkt verpasst haben abzuspringen ...«

»Ach, wirklich?«

Habe Mumi einen spitzen Blick zugeworfen (Ich mein, wer
qualmt hier täglich zwanzig Zigaretten und verkauft das Ganze
auch noch als einen Akt freier Willensentscheidung?), aber im
selben Moment hat Jannicks Vater Mumi schon liebevoll an
sich gezogen.

»Weißt du, Julie, genau deswegen mag ich deine Großmutter
so. Weil sie immer ehrlich sagt, wie es ist, ohne langes Drumhe-
rumgerede. Schließlich sind wir uns in Sachen Tabak und Al-

koholkonsum absolut einig. Letztlich ist es einfach nur traurig, wenn man sieht, wie sich Menschen mit Alkohol und Zigaretten berauschen, um ihrer eigenen inneren Leere zu entfliehen. Nicht wahr, Inge?«

»Hm, hm.«

Mumi ist wie ein junges Mädchen errötet, Jannicks Vater hat sich seufzend zum Gehen umgedreht, und während Mumi im Hinausgehen noch schnell die leeren Piccolosektflaschen für den Altglascontainer mit einem Fußtritt unter den Schrank befördert hat, habe ich innerlich die Augen verdreht.

So viel also zum Thema »Lügen sind voll die Liebeskiller«. Von wegen! War eine Sekunde lang versucht, mein ganzes Nie-wie-der-lügen-Projekt in die Elbe zu schmeißen, aber dann habe ich mich wieder daran erinnert, wie erleichtert ich war, nachdem ich allen endlich die Wahrheit gesagt hatte, und habe fürs Erste doch beschlossen, bei meinem neuen Entschluss zu bleiben. Schließlich bin ich ich und Mumi ist Mumi. Und wenn Jannicks Vater und meine Oma das so durchziehen wollen, ist das ja ihre Sache und nicht meine. Gott sei Dank.

Okay, und das war's dann gestern Abend im Grunde auch schon. Bis auf den kleinen, aber wichtigen Umstand, dass ich mir Jannicks Vater im Anschluss an das Meuchelmord-Essen (was erstaunlicherweise besser geschmeckt hat als gedacht, aber wahrscheinlich hatte ich einfach nur Hunger) noch einmal alleine vorgeknöpft habe. Während Mumi und Mama Otti gemeinsam gewickelt haben,[48] habe ich ihm draußen auf dem Balkon ein für alle Mal klargemacht, dass Scharina Punkt a) nie geraucht hat, Punkt b) Jannicks Mathe-Nachhilfe-Lehrerin war und nicht umgekehrt und Punkt c) er sich Scharina gegenüber in meinen Augen hundsgemein verhalten hat.

Puh! Vermute, dass es einige Zeit her ist, seit ihn jemand so auf den Pott gesetzt hat, denn sein Gesicht ist während meiner Rede immer finsterer und finsterer geworden. Innerlich habe ich mich schon auf einen gewaltigen Wutausbruch gefasst gemacht, aber denkste. Anstatt darauf zu beharren, dass Scharina ein asoziales rauchendes Wesen ist, das es nur darauf abgesehen hat, seinen armen unschuldigen Sohn zu verführen, hat Jannicks Vater nämlich zugegeben, dass er in Sachen Scharina vielleicht überreagiert haben könnte. Ha! Unfassbar, oder? Für so einsichtig hätte ich ihn gar nicht gehalten. Aber anscheinend hatte Jannick an dieser Erkenntnis auch einen entscheidenden Anteil. Laut Herrn Kleinhardt hat sein Sohn ihm nach Scharis Rausschmiss nämlich vor den Latz geballert, dass er seit seiner Scheidung ein verknöcherter alter Spießer geworden sei, der von Liebe keine Ahnung hätte, und das hat ihm wohl doch zu denken gegeben. (Nicht Jannick, sondern seinem Vater.) Hm. Muss zugeben, das hätte ich dem Hobbit gar nicht zugetraut. Vielleicht ist er bei Licht betrachtet doch nicht so ein Weichei, wie ich immer gedacht habe.

---

[48] *Das mit dem gemeinsamen Wickeln machen sie fast immer, keine Ahnung, warum. Papa meint, das hängt wahrscheinlich mit dem Umstand zusammen, dass Mädchen und Frauen auch so oft zusammen aufs Klo gehen, aber ich glaube, das ist irgendetwas anderes.*

Wie auch immer, auf jeden Fall redet Jannick seit Scharis Rauswurf kein Wort mehr mit seinem Vater, und weil Herr Kleinhardt sich im Moment auch nicht traut, seinem Sohn seine neue Flamme (sprich Mumi) vorzustellen, ist das Verhältnis zwischen den beiden derzeit so desolat[49], dass ich mit meiner Verteidigungsrede auf Schari wohl genau den richtigen Zeitpunkt erwischt habe. Yeah! (Noch besser wäre es natürlich gewesen, ich hätte Mumi dazu gekriegt, ihrem neuen Lover zu gestehen, dass der Zigarettenstummel auf seinem Balkon von ihr stammt, aber als ich sie nach dem Essen, als wir allein in der Küche waren, darum gebeten habe, hat sie mich so entgeistert angeguckt, als hätte ich gerade von ihr verlangt, einen Frosch zu küssen. Da sieht man's mal wieder, Feigheit scheint bei uns in der Familie zu liegen!)

Nun gut, von Mumis Beichtverweigerung einmal abgesehen, finde ich, dass ich mich als Liebesengel Amor eigentlich ganz gut gemacht habe. Zumindest in Sachen Schari und Jannick. Wäre vielleicht noch eine fünfte Berufsidee für später, neben Schriftstellerin, Wirbeltierforscherin, Diplomatin und Revolutionsführerin. Heiratsvermittlerin. Oder Eheberaterin. Oder Paartherapeutin. (Falls das nicht eh alles dasselbe ist.) Allerdings sollte ich vorher vielleicht erst mal mein eigenes Liebesleben auf die Reihe kriegen. Oh Gott, ich darf gar nicht

---

[49] *Cooles Wort, oder? Muss ich demnächst unbedingt benutzen. Heißt so viel wie trostlos und passt damit zurzeit voll in mein Leben. Meine Lateinkenntnisse sind desolat, Papas Aufräumwut, unser Kontostand, laut Aussage meiner Eltern die Situation auf dem Arbeitsmarkt und last, not least mein Liebesleben. Das ist sozusagen die Spitze des Desolaten.*

daran denken! Ob Bens Band morgen bei dem Bandcontest wirklich meinen Song vorspielt? Den, den Ben letztes Jahr für mich geschrieben hat? »Julie, my love for you is bigger than a house, bigger than a street, bigger than a town ...«

Ich glaube, wenn er es mit Lineas Namen im Refrain singt, sterbe ich. Wie die kleine Schlüsselblume in diesem Gedicht, das wir neulich in Deutsch gelesen haben. Ich knick einfach um und bin tot.

Freitag, der 9. April!!

(☺) **Höhepunkte**

1) Papa ist gerade eben mit einer tollen Neuigkeit nach Hause gekommen. Sein Anwalt meint, das Verfahren gegen ihn wird vermutlich eingestellt! Ja!! Endlich mal eine gute Nachricht!

(☹) **Tiefpunkte**   **JA!** (☺)

1) Konnte letzte Nacht nicht schlafen, weil ich andauernd an Ben und den Bandwettbewerb heute Abend denken musste. Und an Mumi und ihren neuen Lover, Jannicks Vater. Irgendwann ist mir ein schrecklicher Gedanke gekommen. Was, wenn die beiden eines Tages heiraten? Wäre ich dann mit Jannick und seinem Vater verwandt?? Oh, mein Gott. Stelle mir gerade vor, wie Jannicks Vater mir vorschlägt, ihn »Opa« zu nennen. Nur über meine Leiche! Muss Mumi unbedingt daran erinnern, dass die Ehe nur eine Institution zur Ausbeutung der Frau ist. Nicht, dass sie das noch vergisst!

2) Wusste nicht, ob ich's unter Höhepunkte oder unter Tiefpunkte schreiben sollte, aber ich habe letzte Nacht endgültig beschlossen, die Sache mit Ben zu klären. Länger halte ich diese komische Pause nämlich nicht mehr aus. Seit Tagen liege ich nachts wach und grüble und grüble und am nächsten Morgen fühle ich mich wie ausgespuckt. Wenn Ben und ich uns in der Schule sehen, kriege ich jedes Mal einen hochroten Kopf und er sieht haarscharf an mir vorbei, und nur wenn es gar nicht anders geht, nickt er mir ganz knapp zu

und ich könnte jedes Mal heulen. So geht das einfach nicht weiter! Sobald Bens Band heute Abend gespielt hat, werde ich mit ihm reden. Auch wenn Jette und die anderen meinen, dass das eine Kamikaze-Aktion ist. Ich muss einfach wissen, woran ich bin.

16.19 Uhr.

Bin im Moment gefühlstechnisch völlig hin- und hergerissen. Einerseits habe ich tierischen Schiss vor heute Abend, andererseits freue ich mich total darüber, was Papas Anwalt gesagt hat. Anscheinend ist der Glatzkopf mit dem Britney-Spears-Tattoo schon zweifach wegen Körperverletzung vorbestraft, und das mit den Erpresserbriefen spricht wohl auch dermaßen gegen ihn, dass Papa vor Gericht nichts mehr von ihm zu befürchten hat. Was natürlich super ist. Kein vorbestrafter Vater bedeutet definitiv eine Sorge weniger.

Blöderweise bringt das Papa seinen Job allerdings auch nicht zurück. Und das heißt, dass wir wohl noch immer in eine günstigere Wohnung umziehen müssen. Und obwohl ich mir diese Wohnung aus dem Internet hier gleich um die Ecke (die mit dem großen Zimmer für das Hochbett) schon ziemlich schöngeredet habe, finde ich die Vorstellung, demnächst hier ausziehen zu müssen, immer noch furchtbar traurig. Irgendwie hänge ich an unserem Reihenhaus. Ist ja auch kein Wunder, schließlich habe ich hier die letzten zwölf Jahre meines Lebens verbracht. Unsere Küche unten mit der Riesentafel, wo jeder seine Termine eintragen kann, ist einfach irre gemütlich und mein Zimmer hat den schönsten Ausblick der Welt und vor der Müllbox vorne am Rondell hat Ben mir mit vier Jahren Fahrradfahren beigebracht und Papa mir mit sechs Rollschuhlaufen und die Nachbarn sind fast alle auch irre nett, vor allem die Paulicks und die Langes und die Gnassens und eigentlich sogar Herr und Frau Peters mit Iwan dem Schrecklichen. (Na ja, der ist wirklich eher schrecklich, aber trotzdem.) Ach, Mist! Irgendwie sehe ich noch immer nicht ein, warum wir das alles hier aufgeben sollen, nur weil dieser grenzdebile Glatzkopf aus dem Kino und Papas Chef solche Idioten sind!!!

Mama hat mich vorhin beim Mittagessen damit zu trösten versucht, dass die Dinge manchmal auch schieflaufen, ohne dass man etwas dafürkann, und dass diese Erkenntnis zum Erwachsenwerden dazugehört, aber das hat mich nur noch trauriger gemacht. Warum kann Papas Chef Papa nicht einfach wieder einstellen? Oder warum kann Papa nicht wenigstens gleich einen neuen Job finden? Möglichst einen, der ihm viel mehr Spaß bringt als der alte und auch noch besser bezahlt wird. Warum nicht??

Neulich haben wir in Geschichte darüber geredet, dass Heraklit, ein alter griechischer Philosoph, festgestellt hat, dass Leben immer Veränderung bedeutet und dass Abschiede deswegen unabdingbar zum Leben dazugehören. »Alles fließt!«, hat er gesagt und damit gemeint, dass alles auf dieser Welt ständig in Bewegung ist und nichts ewig hält, aber manchmal ist das schwer zu ertragen, finde ich. Manchmal möchte ich das, was schön ist, einfach festhalten und einfrieren, damit es immer so bleibt.

Okay, oft ist es natürlich auch gut, dass sich die Dinge verändern, dieser komische Schwebezustand zwischen Ben und mir ist zum Beispiel echt ätzend, aber wenn ich mir vorstelle, dass wir im Sommer vielleicht schon woanders wohnen und alles immer so weiter- und weitergeht und Mama und Papa eines Tages alt sind und sterben und ich das Haus hier vielleicht nie wiedersehen werde, zumindest nicht von innen, dann ...

Oh, Shit, ich hör besser auf, sonst fange ich gleich noch an zu weinen. Und das geht nicht, schließlich muss ich in fünf Minuten los zu Jette, und wenn ich da völlig verheult ankomme, ist Franzi bestimmt sauer, weil sie doch extra ihren Schminkkoffer mitgeschleppt hat, um uns heute Abend aufzustylen. Also sollte ich mich jetzt wirklich zusammenreißen. Okay, ich schaff das. Wäre doch gelacht. Ich wisch mir jetzt die bekloppten Tränen aus dem Gesicht und düs los.

PS: Habe zum ersten Mal mein neues eng anliegendes T-Shirt mit dem großen Ausschnitt an und meinen neuen Jeansrock und dazu die lange Glasperlenkette, die Mama mir neulich geschenkt hat. Meine Haare habe ich ein bisschen toupiert, sodass es aussieht, als hätte ich geradezu Unmengen davon, und Papa meinte vorhin, als er mich in der Küche gesehen hat, ich sähe »rattenscharf« aus. Leider fand Mama das Wort »rattenscharf« total daneben, woraufhin Papa zu ihr »Oh, entschuldige bitte, Inge!« gesagt hat, und anschließend haben sie sich erst mal eine Runde gestritten (Inge ist nämlich der Vorname meiner Oma und Mama hasst es, wenn Papa sie mit Mumi vergleicht). Denke, es ist doch gut, dass ich heute nicht zu Hause bleibe.

PPS: Habe mir überlegt, ich nehme dich, mein Tagebuch, heute ausnahmsweise auf die Party mit. Schließlich wird das vielleicht der glücklichste oder schrecklichste Abend meines Lebens (Lieber Gott, lass Ben bitte, bitte nicht »Linnie« singen!) und da brauche ich dich einfach bei mir. Irgendwie glaube ich nämlich nach wie vor, dass ich diese Geschichte letztes Jahr im Watt ohne dich nicht überlebt hätte, und da kann Jette zehnmal sagen, dass das kindischer Aberglauben ist und ein Tagebuch niemandem das Leben retten kann und dass kein Mensch außer mir überhaupt auf die bekloppte Idee kommt, Tagebuch zu schreiben, wenn man gerade am Ertrinken ist, aber das ist mir vollkommen egal!!!

18.42 Uhr. In Jettes Badezimmer.

Habe vorhin Jette, Schari und die anderen mit meinem neuen Outfit geschockt. Sophie hat mich kaum erkannt und Franzi meinte, sie hätte für eine Sekunde glatt geglaubt, Emma Watson stände vor der Tür, das war echt mega-süß von ihr. Ich habe zum ersten Mal in meinem Leben Stiefel mit einem acht Zentimeter hohen Absatz zum Rock an (Hat Mama mir geliehen!) und das hat auf die Beine wirklich einen ganz unglaublichen Effekt. (Komme mir ein bisschen vor wie eine Giraffe und habe keine Ahnung, wie ich auf den Dingern tanzen soll, aber das Problem löse ich später.) Äußerlich ist also alles paletti, aber innerlich bin ich so aufgeregt, dass ich andauernd nur wie ein Flummi hoch und runter hüpfen könnte. Jette hat mir zur Beruhigung ein paar homöopathische Baldrian-Kügelchen von ihrer Mutter gegeben (mal gucken, ob die helfen) und Franzi hat uns geschminkt. Allerdings hat sie es in meinen Augen mit dem blauen Glitzerlidschatten etwas zu gut gemeint, denn jetzt sehen wir alle ein bisschen aus wie Arielle, die Meerjungfrau (fehlt nur noch der Fischschwanz), aber irgendwie ist das auch egal.

Schari hat ihren Wonderbra an und Jette hat ein Extra-Paket Watte zum Auspolstern der BHs besorgt. Ich hab dankend abgelehnt und dafür von Franzi neidische Blicke geerntet. Absurd, oder? Schließlich würde ich jederzeit mit ihr tauschen wollen (allein schon wegen ihrer langen goldblonden Haare, die ihr fast bis zum Po gehen), aber was soll's. Sophie, die Einzige von uns, die noch immer in Größe 158 reinpasst, hat Jette einen Vogel gezeigt und gemeint, so weit käme es noch, dass sie sich irgendwelche Zellstoffe in den Ausschnitt stopft, aber dann hat sie doch zwei Wattebäusche genommen, was für ihre Verhältnisse echt enorm ist.

In fünf Minuten brechen wir auf und ich habe einen Riesenkloß im Hals. Schlecht ist mir auch. Aber das kenne ich ja langsam schon. Oh, Shit. Die anderen rufen. Ich soll rauskommen. Also, drück mir die Daumen. Jetzt geht's los.

20.26 Uhr. In der Schule. Im Waschraum.

Das Schulfest hat vor anderthalb Stunden begonnen und bisher schlage ich mich ziemlich wacker. Schari hat vorhin, als Ben und die anderen aus der Band an uns vorbeigekommen sind, sogar gemeint, dass ich nach außen hin total cool und relaxt gewirkt hätte. Ha! Diese Kügelchen von Jettes Mutter sind echt Gold wert! (Schari hat gesagt, dass Ben sich, nachdem wir aneinander vorbei waren, noch mal kurz nach mir umgedreht hätte, aber das hab ich leider nicht gesehen. Mist! Ob das ein gutes Zeichen ist???)

In Sachen Jannicks Vater und Scharis Bruder scheint auch alles glattzugehen. Jannick hat uns erzählt, dass er seinem Vater zu Hause die Nachricht hinterlassen hat, dass das Schulfest ausfällt und er nach Dienstschluss gleich bei Inge vorbeischauen soll, und ich habe Mumi eben angerufen und sie gebeten, sich nicht zu wundern, wenn Thorwald auf einmal vor ihrer Tür steht, sondern einfach mitzuspielen. Was sie auch tun wollte. Natürlich wollte sie anschließend noch unbedingt wissen, warum wir Thorwald zu ihr geschickt haben, aber da habe ich einfach so getan, als ob mein Akku leer wäre, und ich denke, das hat funktioniert. Auf jeden Fall dürften wir uns um Jannicks Vater heute Abend keine Sorgen mehr machen müssen, von Kevin und seinen Freunden ist bisher auch nichts in Sicht und Schari sieht endlich wieder glücklich aus. **JA!**

Was Bens Auftritt anbelangt, so haben die ersten fünf Bands schon gespielt und in zwanzig Minuten müssten die

Blacksheep als letzte dran sein. Alle anderen amüsieren sich ganz prächtig (obwohl die Sänger der übrigen Bands bisher echt nicht so berauschend waren, Ben singt zehnmal besser), aber dafür hatte ich eben eine Begegnung der dritten Art mit Siegelring-Hubsi. Ich stand gerade an dem mit Luftschlangen geschmückten Getränkestand der 10c, da ist Hubertus mit gesenktem Kopf auf mich zugekommen und hat mir einen Brief in die Hand gedrückt. Warte, hier kommt er:

Liebe Julie,

in den letzten Tagen ging es mir nicht sonderlich gut, weil ich mich ziemlich wegen dieser Fotosache geschämt habe, und deshalb wollte ich dich hiermit noch mal um Entschuldigung bitten. Das war echt daneben von mir. Hoffentlich kannst du mir das eines Tages verzeihen. Ich mag dich nämlich wirklich sehr, auch wenn ich natürlich weiß, dass du mit diesem Ben zusammen bist-. ~~Wenn du mal jemanden zum Reden brauchst, dann...~~

Alles Gute,
Dein Hubertus

Das »Wenn du mal jemanden zum Reden brauchst« war fünfmal durchgestrichen, aber wenn man auf den Kugelschreiberabdruck geachtet hat, konnte man es trotzdem ganz gut entziffern. Keine Ahnung, ob und wie ich jetzt auf den Brief reagieren soll, aber irgendwie finde ich es schon ein klitzekleines bisschen gut, dass er ihn geschrieben hat. Auch wenn ich überhaupt keine Lust habe, mich mit Hubertus darüber zu unterhalten. Am liebsten würde ich die ganze Sache ein für alle Mal vergessen und ...

Oh. Da ruft jemand vor der Tür meinen Namen. Klingt beinahe wie – Ben. Oh, Shit!

21.24 Uhr. Zehn Minuten später.

Mist! Bin ich gleich rausgestürzt, aber da war niemand. Was mache ich denn jetzt? Denke, ich suche noch mal systematisch alles ab. Irgendwo hier muss er ja sein.

23.04 Uhr. Wieder zu Hause.

Was für ein Sch...abend! Dafür hätte ich Mamas Stiefel auch im Schrank lassen können! ***Ahhhhhhhhhhhhhh!***

Nachdem ich Ben draußen vor den Waschräumen nicht gefunden habe, bin ich auf Schari zugestürmt, die mit Jannick am Rand der Tanzfläche stand, und habe sie gefragt, ob sie Ben irgendwo gesehen hat, aber sie hat nur den Kopf geschüttelt. Jette und Franzi wussten auch nicht, wo er ist, nur Sophie, die sich ganz hinten an der Tür mit Cem, unserem selbst ernannten Brusthaar-Spezi, unterhalten hat,[50] hat erzählt, dass Ben gerade eben auf der Suche nach mir an ihr vorbeigerauscht wäre.

---

[50] *Erinnere mich dran, dass ich Sophie unbedingt morgen frage, ob sie neuerdings auf Cem steht, das sah nämlich beinahe so aus!!*

»Hast du eine Idee, was er wollte?«

Ich habe Sophie fragend angeguckt und sie hat zögernd die Schultern gezuckt.

»Genau verstanden hab ich's nicht, aber scheinbar hat er irgendwo im Gewühl Scharis Bruder mit seinen Freunden entdeckt und sich deshalb Sorgen um dich gemacht, weil du doch letztes Jahr solchen Ärger mit Kevin hattest.«

»Danke!«

Ich hab mich ratlos in der proppevollen Aula umgesehen und war kurzzeitig versucht, mich darüber zu freuen, dass Ben sich so kurz vor seinem Auftritt noch Sorgen um mich macht, doch dann ist mir klar geworden, dass die Tatsache, dass Kevin in der Schule aufgetaucht ist, eine echte Horrornachricht ist. Schließlich ist Kevin mit Sicherheit hier, um sich Herrn Kleinhardt vorzunehmen, und wer weiß, was er anstellt, wenn er merkt, dass er umsonst gekommen ist. In Sachen Frustrationstoleranz ist Kevin schließlich nicht unbedingt ein Hot Shot!!!

Eigentlich wollte ich mich gleich auf die Suche nach Schari machen, doch im selben Moment hat der Ansager den Auftritt von Bens Band angekündigt und eine Sekunde später hat sich der Vorhang geöffnet und ich bin mit offenem Mund stehen geblieben und habe wie paralysiert auf die Bühne gestarrt.

Oh Mann, ich sag dir, Ben sah so hammermäßig aus! War kurzzeitig nicht sicher, ob Linea ihn nicht vielleicht geschminkt hat, weil seine blauen Augen noch blauer wirkten als sonst und seine Locken noch blonder und seine Arme noch muskulöser. (Oder muskelöser? Egal.) Auf jeden Fall sah er unglaublich gut aus, und als er angefangen hat zu singen, hatte ich das Gefühl, als würde er den Song einzig und allein für mich singen, für niemanden sonst auf der Welt, nur für mich.

»... I miss you. Yes, I miss you. And there's nothing in my head except I miss you. And my heart is bumping loud and says I miss you ...«

Ich hab wie hypnotisiert auf die Bühne gestarrt, wo Bens Augen noch immer suchend über die Massen gewandert sind, und dann hat Marc auf seiner E-Gitarre ein kurzes Solo angestimmt und eine Sekunde später war der Refrain zu hören und mein Herz hat geklopft wie ein Presslufthammer auf Asphalt.

»... And I say, Baby, my love for you is bigger than a house, bigger than a street, bigger than a town ...«

Baby??

Hat er wirklich »Baby« gesungen?

Nicht »Linnie« und nicht ... »Julie«?

Oh nein. Mein Magen ist schlagartig eine Etage tiefer gerutscht, wie ein Fahrstuhl kurz vorm Absturz, und im selben Augenblick, in dem Bens und meine Augen sich getroffen haben, habe ich ein paar Meter hinter mir eine vertraute Stimme gehört.

»He, loslassen hab ich gesagt! Das muss eine Verwechslung sein! Mein Freund Thorwald ist kein Bullenschwein, sondern Sozialarbeiter und ...!!«

Mein Kopf ist unwillkürlich in die Richtung herumgeschnellt, aus der die Stimme kam, und eine Sekunde später sind meine Augen fast aus den Höhlen getreten, denn wer da eingekesselt von drei kräftig aussehenden Typen kampfeslustig mit seinem Regenschirm herumgefuchtelt hat, war niemand anderes als – meine Oma.

»Oh Scheiße! Mumi??«

»He, was soll denn das?«

»Pass doch auf!«

Während Ben oben auf der Bühne noch immer gesungen hat und die tanzenden Leute neben mir sich entnervt über meine Rempelei beschwert haben, habe ich versucht, mich zu Mumi durchzudrängeln, aber null Chance. Die Zuschauer standen einfach zu dicht. Etwas weiter vorn hab ich Schari und Jannick entdeckt und ihnen wilde Zeichen gemacht, aber bekloppterweise hat keiner von beiden darauf reagiert, sodass ich mir fast die Kehle aus dem Leib brüllen musste.

»Verdammt! Schari, Jannick, hier! Jetzt lasst mich doch mal durch! Das ist ein Notfall!!«

Und dann hat Schari mich endlich bemerkt und Jannick auf mich aufmerksam gemacht, aber gerade als ich erleichtert aufatmen wollte, habe ich durch eine Lücke im Gewühl gesehen, wie Kevin ausgeholt hat, und kurz darauf ist die Menge vor mir wie ein erschrockener Schwarm Fische auseinandergestoben.

»Ey, da gibt's Ärger!! Scheiße!!!«

»Ist hier irgendwo ein Lehrer?«

»Bloß weg hier!«

Im selben Moment, als ich fassungslos stehen geblieben bin, war etwas zu hören, das genauso klang wie der Kampfschrei aus Mumis Selbstverteidigungskurs für Seniorinnen, und ich habe fast den Überkreisch gekriegt.

»MUMI??« Herr Kleinhardt?«

»He, da würde ich an deiner Stelle nicht hingehen, da gibt's gerade Zoff ...«

Irgendein Typ hat versucht, mich zurückzuhalten, und ich bin fast hingefallen, weil mir auf einmal alle möglichen Leute hektisch entgegengekommen sind, aber ich hab mich einfach weiter durchgedrängelt und noch weiter und auf einmal habe ich Kevin und seinen Schergen genau gegenübergestanden.

»Kevin, lass sofort meine Oma in Frieden!«

»Deine was??«

Scharis Bruder ist verdutzt herumgefahren und da erst habe ich Herrn Kleinhardt gesehen, der sich gerade mit einer blutenden Nase vom Boden aufgerappelt hat, dicht neben Mumi, die ihren aufgespannten Regenschirm als eine Art Schutzschild über ihn gehalten hat.

»Meine Om...«

»Scheiße! Was will *der* Typ denn hier?«

Ich wollte gerade antworten, da haben Kevins Augen genau zwanzig Zentimeter über meinem Kopf innegehalten, und als ich mich irritiert umgedreht habe, stand er auf einmal da – Ben, mein Ben, der eigentlich genau jetzt oben auf der Bühne sein sollte, um seinen blöden Bandwettbewerb zu gewinnen.

»Julie, alles in Ordnung mit dir?«

»Äh, ja, ich meine ...«

Ich habe Ben eine Sekunde lang völlig perplex gemustert, aber ehe ich noch antworten konnte, hat ein Schrei von Schari, die jetzt von hinten auf uns zugelaufen ist, mich schon unterbrochen.

»Kevin, du Idiot! Du lässt sofort Jannicks Vater in Ruhe, hast du gehört??!!«

Ehe Kevin noch reagieren konnte, hat sich Schari mit einem Wutschrei auf ihren Bruder gestürzt und dann ist alles ganz schnell gegangen. Kevin hat Schari abgeschüttelt, Ben hat versucht, die beiden zu trennen, Jannick ist ihm zu Hilfe geeilt, Jette, Sophie und Franzi sind mit zwei Lehrern im Schlepptau von der anderen Seite der Aula auf uns zugerannt und Mumi hat die allgemeine Aufregung dazu genutzt, um Kevin mit ihrer Handtasche eine Kopfnuss zu verpassen, die ihn zwei Sekunden später endgültig in die Waagerechte verfrachtet hat.

»Ahhh!«

»Oh Gott, Kevin! Hast du dir wehgetan??«

Schari hat sich besorgt zu ihrem Bruder umgedreht, Kevin hat Mumi vom Boden aus so perplex angestarrt, als wäre sie Cindy aus Marzahn, und Jannicks Vater hat meine Oma mit genau derselben Mischung aus Angst und Bewunderung angeguckt, die ich von Jannick und Scharina schon kenne.

»Inge? Was war das denn?«

»Na, ich würde sagen Geistesgegenwart. Und ein dickes Schlüsselbund.«

Mumi hat mit einem sichtlich zufriedenen Blick das Schlüsselbund in ihrer Handtasche betrachtet und im selben Moment waren von hinten schon die aufgeregten Stimmen von Herrn Clausen und Frau Trempe zu hören.

»Was ist denn hier los??«

»Mist! Die Lehrer!«

»Los! Abhauen!!!«

Kevins Kumpel haben sich fluchend zur Flucht umgedreht, aber da hat unsere Lateinlehrerin einen von ihnen schon am Ärmel gepackt.

»Hiergeblieben!«

Ben hat sich dem anderen in den Weg gestellt, aber anstatt stehen zu bleiben, hat der Typ sich nur umgedreht und Ben eine volle Breitseite verpasst.

»Ahhh!«

Ben ist mit einem Schrei zu Boden gegangen, aus einer kleinen Wunde an der Schläfe ist Blut getropft und kurz darauf hab ich mich selbst nicht mehr wiedererkannt. Eine Sekunde habe ich noch wie betäubt auf den am Boden liegenden Ben gestarrt und dann habe ich meinen Kopf gesenkt und bin wie ein wilder Stier auf Bens Angreifer losgestürmt.

»*JAAAAAAA!!!!!!!!!!!!!!!!!!!!!!*«

Kurzzeitig hab ich aus den Augenwinkeln noch die entgeisterten Blicke von Schari, Jannick und den anderen wahrgenommen, aber einen Augenblick später hat sich mein Kopf schon mit solcher Wucht in den Bauch von Bens Angreifer gerammt, dass der das Gleichgewicht verloren hat und wie ein Stein nach hinten gekippt ist. Wumms!!

»Julie, pass auf!«

Während Ben mir von hinten etwas Warnendes zugerufen hat, hat Kevins Kumpel sich fluchend aufgerappelt, aber im selben

Moment habe ich mich schon auf ihn geworfen und zwei Sekunden später ist er unter meinem Gewicht ächzend zusammengebrochen.

»Ah, Scheiße, bist du irre, oder was?«

Bens Angreifer hat sich ungläubig seinen schmerzenden Ellenbogen gerieben, aber ehe ich ihm noch mit flammender Miene erklären konnte, dass ich nicht irre, sondern der Julienator bin, hat mich Bens Stimme schon unterbrochen.

»Manchmal könnte man den Eindruck haben, aber die meiste Zeit ist sie eigentlich ziemlich cool!«

Ich hab hochgeblickt, mitten in Bens lächelnde Augen, und peinlicherweise ist mir erst da bewusst geworden, was ich hier gerade für eine Show abgezogen habe. Während die Umstehenden spontan geklatscht haben, ist mir das Blut in die Wangen geschossen, aber da hat Ben mich schon grinsend vom Aulafußboden hochgezogen.

»Nicht schlecht für eine Wrestling-Anfängerin. Als Nächstes würde ich mir vielleicht noch einen passenden Namen zulegen. Wild Turkey oder so ...«

Ben hat mir lächelnd den Schmutz von der Jeans geklopft, der Typ, den ich gerade umgerannt hatte, ist instinktiv vor mir zurückgewichen und ich habe mich mit verlegener Miene zu Jannicks Vater umgedreht, der gerade dabei war, Herrn Clausen zu beruhigen.

»Natürlich hat der junge Mann hier unangemessen auf die Sachlage reagiert, aber ich glaube nicht, dass wir deswegen gleich die Polizei rufen müssen. Immerhin trage ich an der Sache eine Art Mitschuld und ...«

Mitschuld?? Ich bin perplex stehen geblieben, weil ich mit allem gerechnet hätte, nur nicht damit, dass der Bulle Kevin plötzlich verteidigt, und Schari ging's anscheinend genauso. Zumindest hat sie Herrn Kleinhardt mit offenem Mund angestarrt und selbst Kevin und Herr Clausen wirkten ein bisschen verwirrt.

»Na ja, wenn Sie die Sache wirklich auf sich beruhen lassen wollen, ist das natürlich Ihre Entscheidung, aber um ein Hausverbot kommen die Jungs hier nicht drum herum«, hat Herr Clausen gesagt und Jannicks Vater hat ihm zugestimmt und sich dann zögernd zu Scharina umgedreht.

»Tja, also noch mal wegen unseres Versöhnungsessens. Was hältst du von übernächstem Dienstag bei Jannick und mir?«

»Das – äh, das klingt super. Und das eben mit Kevin, also, das tut mir wirklich schrecklich lei...«

»Schwamm drüber. Rückblickend hab ich mich ja auch nicht gerade vorbildlich verhalten. Ich mein, nicht, dass ich den Kinnhaken deines Bruders verdient hätte, aber ...«

Herr Kleinhardt hat abgebrochen und ich hätte ihm fast mit einem »Sie haben's erfasst!« zu dieser Erkenntnis gratuliert, da hat er schon den Kopf geschüttelt.

»Na ja, nichts für ungut. Jeder macht ja mal einen Fehler, nicht wahr?«

Schari hat verdattert genickt, Jannick hat seinen Vater prüfend gemustert, Herr Kleinhardt hat seinem Sohn ein zögerndes

Lächeln nach dem Motto »So richtig?« zugeworfen und ich hab für einen Augenblick das Gefühl gehabt, dass zumindest in Sachen Schari und Jannick doch noch alles gut werden könnte.

»Schön, dann sollte ich deiner Großmutter jetzt wohl mal die Geschichte mit dem Bullenschwein erklären, was?«

Herr Kleinhardt hat mir noch einen seufzenden Blick zugeworfen und ist dann in Richtung Mumi verschwunden, und während Frau Trempe und Herr Clausen Kevins pöbelnde Kumpel zum Ausgang geführt haben, hat Schari sich flüsternd zu mir gebeugt.

»Mann, das hätte ich ihm gar nicht zugetrau... Julie? Da steht Ben. Ich würd sagen, jetzt oder nie.«

Schari hat mir noch einmal auffordernd zugezwinkert und sich danach mit Jannick im Schlepptau auf die Suche nach Kevin gemacht und ich hab noch eine Sekunde gezögert und mich dann schluckend zu Ben umgedreht.

»Tut's sehr weh?«

»Geht schon.«

»Warte.«

Ich hab aus meiner Hosentasche einen von Jettes Wattebäuschen gefriemelt und damit vorsichtig das Blut neben seinem Auge abgetupft.

»Soll ich dir aus dem Sekretariat noch ein Pflaster holen?«

Ben hat abwehrend den Kopf geschüttelt.

»Lass mal, sieht wahrscheinlich schlimmer aus, als es ist.«

Für kurze Zeit hat keiner von uns etwas gesagt. Ich habe es einfach nur genossen, so nah bei ihm zu stehen, aber im selben

Augenblick hat er sich schon wieder seufzend in Richtung Bühne umgedreht.

»Dann mach ich mich mal auf die Suche nach den Jungs. Mal gucken, wie sauer die darüber sind, dass ich so plötzlich von der Bühne gesprungen bin.«

»Okay ...«

Ben hat sich zum Gehen umgedreht, aber kurz darauf ist er noch einmal stehen geblieben.

»Julie?«

»Ja?«

Ich hab Ben erwartungsvoll gemustert, aber er hat einfach nur dagestanden und so ausgesehen, als wisse er selber nicht so recht, was er sagen will.

»Noch mal wegen eben ... wegen des Refrains, du weißt schon, von dem Song. Tja, also, das war nur, weil ...«

Jetzt kommt's. Ich hab den Atem angehalten und meine Finger unwillkürlich zu Fäusten geballt, aber da hat Ben schon weitergeredet.

»Na ja, in letzter Zeit ist so viel passiert und da war ich mir halt unsicher, was jetzt ist, mit uns, mein ich, aber inzwischen hab ich drüber nachgedacht und ...«

Ben hat abgebrochen und sich zögernd mit der Hand durch seinen Lockenschopf gewuschelt und mein Herz hat vor lauter Nervosität zu einem Dreifach-Looping angesetzt.

»Na, ich hab gedacht, fürs Erste wäre es vielleicht das Beste, wenn wir uns nicht mehr ganz so oft ...«

Oh Gott. Im selben Moment, wo mein Herzschlag vor lauter

Panik fast ausgesetzt hat, ist Bens Stimme von einem Trommel-wirbel unterbrochen worden, und während ich Ben noch immer wie betäubt angesehen habe, hat der Moderator auf der Bühne freudestrahlend verkündet, dass das sehnsüchtig erwartete Ergebnis der Jury jetzt vorläge.

»Okay, Leute, die letzte Nummer war etwas kürzer, als wir geplant haben, aber dafür hat die Jury auch nicht viel Zeit gebraucht, um aus den vorgestellten sechs Bands ihren Favoriten zu wählen. Hier in diesem Umschlag habe ich sie, schwarz auf weiß, die Gewinner des heutigen Abends, die sich auf fünfhundert Euro Preisgeld und ein Treffen mit einem der erfolgreichsten Musikproduzenten Norddeutschlands freuen können. And the winner is ...«

Ben und ich haben uns angeguckt und auf einmal hatte ich das Gefühl, dass Heraklit vielleicht doch unrecht hat und sich nicht alles im Leben andauernd verändert, sondern dieser kurze Augenblick hier gerade etwas absolut Ewiges hat, aber da hat der Moderator das Ende seines Satzes schon ins Mikro gebrüllt.

»... **Sweety and the Monsterbabes!!!!!!!!!!!!!**«
»**JAAAAAAA!!!!!**«

Die Leute um uns herum haben geklatscht und mit den Füßen getrampelt und ich habe mich plötzlich furchtbar schuldig gefühlt, aber ehe ich noch irgendetwas sagen konnte, sind Fiete, Linea, Steffen und Marc schon auf Ben zugestürzt und haben ihn mit genervten Gesichtern in ihre Mitte genommen.

»Mann, Ben, hast du sie noch alle?? Springst einfach mitten im Song von der Bühne!«

»Scheiße, Alter! Das Ding hätten wir gewonnen! Garantiert!«

»He, jetzt lasst ihn doch mal. So kann er ja gar nicht erzählen, was los war!«

Linea hat Ben schützend weggezogen, die anderen sind ihnen gefolgt, Fiete hat mir im Weggehen noch kurz zugenickt und zwei Minuten später habe ich mich mutterseelenallein neben der Tanzfläche wiedergefunden, fünf Meter von Mumi und Jannicks Vater entfernt.

Anscheinend hat Mumi Jannicks Vater gerade wegen seiner Sozialarbeiter-Lüge in die Mangel genommen, zumindest hörte es sich aus der Entfernung so an, aber in dem Augenblick war mir schon alles so egal, dass ich einfach an den beiden vorbeigestürmt bin. Nicht mal zu Scharina hab ich mich noch umgesehen. Ich wollte einfach nur noch eins. Nach Hause!

Tja, und da bin ich jetzt. Zu Hause in meinem Zimmer.
Neben mir auf dem Bett liegt ein dicht beschriebener Zettel, auf dem ich alle möglichen Schluss-Varianten von Bens angefangenem Satz aufgeschrieben habe, aber letztlich laufen alle auf ein und dasselbe hinaus. Was kann nach so einem Satz auch groß kommen?

»Fürs Erste wäre es vielleicht das Beste, wenn wir uns nicht mehr ganz so oft *sehen*?«

Oder:

»Fürs Erste wäre es vielleicht das Beste, wenn wir uns nicht mehr ganz so oft *treffen*?« Klingt beides gleich schreckli-

Upps. Gerade hat es unten an der Tür geklingelt. Vielleicht Ben? Jetzt noch? Egal, wünsch mir Glück!

0.12 Uhr.

Das eben war nicht Ben, sondern – man glaubt es nicht – der Typ aus dem Kino mit dem Britney-Spears-Tattoo! Unfassbar! Habe im Flur das Licht angemacht und da stand er, mit einem Strauß Tulpen in der Hand, und hat mich angeglotzt wie ein Marsmännchen. Ahh! Ich bin vor Schreck fast in Ohnmacht gefallen! Nachdem ich halbwegs wieder klar denken konnte, habe ich mich hektisch in Richtung Treppe umgedreht, um Papa und Mama zu warnen, aber im selben Augenblick hat der Glatzkopf schon wilde Gesten gemacht und auf seine Blumen gezeigt und eine Sekunde später hat er einen Stift und ein Stück Papier aus seiner Jackentasche geholt und etwas darauf geschrieben:

»KEINE ANGST. WOLTE MICH NUR ENTSCHULDIGEN!«

Der Glatzkopf hat den Zettel gegen das Glas in der Haustür gedrückt, damit ich ihn lesen kann, und ich hab ihn angestarrt wie das achte Weltwunder, aber ehe ich noch darauf reagieren konnte, hat er noch etwas anderes dazugekritzelt.

»WEGEN DEN BRIFEN. SOLLTE EIGENDLICH NUR EIN SCHERZ SEIN.«

Habe den Glatzkopf noch immer ungläubig angestarrt (Ich mein, »nur ein Scherz...« – der spinnt doch!), aber zeitgleich hat er sich schon wieder über seinen Zettel gebeugt und fieberhaft weitergeschrieben.

»DEIN VATER HAT DESWEGEN GEGEN MICH ANZEIGE GESTELT UND MEIN ANWALT MEINTE, ES WÄRE GUT, WENN ICH MICH DAFÜR ENDSCHULDIGE, WEIL ICH NICHT NOCHMAL IN DEN KNAST WILL, VERSTEHST DU? ICH WAR NEMLICH BESOFFEN, ALS ICH DIE GESCHRIBEN HAB.«

Habe als Antwort ratlos die Schultern gezuckt – Was sagt man auch dazu? – und dann entgeistert auf die Uhr im Flur gezeigt, deren Zeiger inzwischen voll auf der Zwölf standen. Der Glatzkopf ist meinem Blick gefolgt und da endlich muss bei ihm der Groschen gefallen sein, denn auf einmal ist sein Kopf puterrot geworden und er hat richtig erschrocken ausgesehen. Seine Lippen haben ein »Schon so spät?« geformt, und während ich missbilligend genickt habe und mir dabei wie unsere Lateinlehrerin Frau Trempe vorgekommen bin, hat der Glatzkopf hektisch noch etwas auf seinem Zettel notiert.

»VERZEIUNG. MELDE MICH MORGEN WIDER. GUTE NACHT!«

Anschließend hat er die Tulpen auf unserer Fußmatte abgelegt und ist im stockdunklen Vorgarten verschwunden. Oh, Mann, was für eine Aktion!

Habe anschließend kurz überlegt, ob ich die Blumen reinholen soll, mich dann aber doch dagegen entschieden. Schließlich könnte das Ganze auch nur ein Trick gewesen sein, um ins Haus zu kommen, aber eigentlich glaube ich das nicht. Nicht, nachdem ich diesen Hausner eben bei Licht gesehen habe.

Im Kino war es damals so dunkel, dass er mir mit seiner Glatze und dem Tattoo im Nacken wie ein Oberbrutalo vorgekommen ist, aber eben im Schein der Eingangslampe sah er nur noch wie ein armes, kleines Würstchen aus, so arm, dass man fast Mitleid mit ihm haben könnte. Auf alle Fälle denke ich, dass es reicht, wenn ich Papa erst morgen früh berichte, was eben passiert ist. Merke nämlich gerade, wie ich hundemüde werde, und wenn ich ihn jetzt wecke, dann dauert das Ganze garantiert noch Stunden und darauf kann ich gut und gern verzichten. Also, schlaf schön, liebes Tagebuch, bis morgen!

Samstag, der 10. April

☺ Höhepunkte

1) Habe Papa soeben von meiner nächtlichen Begegnung mit Herrn Hausner berichtet und er war völlig baff. Mama hat die Tulpen in eine Vase gestellt und dabei grinsend gemeint, dass Papa seinen neuen Freund vielleicht öfter mal einladen sollte, schließlich käme sie so wenigstens ab und zu in den Genuss von Blumen, woraufhin Papa stante pede seine Vampirnummer abgezogen hat (das ist die, wo er so tut, als wolle er einem aus Rache in die Halsschlagader beißen) und Mama juchzend vor ihm weggelaufen ist. Manchmal benehmen sich meine Eltern echt, als wären sie acht.

2) Mama hat die Wohnung in Holm abgesagt, weil Papa inzwischen mit seinen Eltern telefoniert hat und wir jetzt vielleicht doch hier wohnen bleiben können. Zumindest eine Zeit lang. Opa hat nämlich gesagt, dass sie noch etwas Geld auf der hohen Kante haben, das sie uns leihen könnten, und Mama ist vor lauter Erleichterung in Tränen ausgebrochen. Ja!!! Ich liebe meine Großeltern! Auch wenn sie glauben, dass es für dreizehnjährige Mädchen nichts Tolleres gibt, als klitschnass auf einem schaukelnden Schiff zu sitzen und über die beste Taktik bei Dreiecksregatten zu fachsimpeln. Vielleicht sollte ich sie nächsten Sommer doch in Kanada besuchen.

ⓝ Tiefpunkte

1) Ben hat eben angerufen und gefragt, ob er kurz rüberkommen kann, um unser Gespräch von gestern fortzusetzen, und ich habe Ja gesagt, obwohl ich am liebsten schreiend weggelaufen wäre. Weil ich mir nämlich seit gestern ziemlich sicher bin, dass er Schluss machen will. Dieser Blick, den er mir zugeworfen hat, ehe der Moderator die Gewinnerband verkündet hat, war eindeutig ein Abschiedsblick, so was spürt man einfach, auch wenn man es nicht wahrhaben will und ... Oh, Shit, es klingelt. Das ist er vielleicht schon.

11.38 Uhr.

Was für ein Gespräch! Als ich Ben die Tür aufgemacht habe, ist mir gleich aufgefallen, dass er ziemlich mitgenommen ausgesehen hat, und für einen Moment hat er mir fast leidgetan. Schließlich ist Schlussmachen wahrscheinlich für keinen von beiden toll – weder für den, der Schluss macht, noch für den, mit dem Schluss gemacht wird. Aber etwas später hat meine Wut wieder die Oberhand gekriegt, denn immerhin hat ihn ja keiner dazu gezwungen, mit mir Schluss zu machen. Ist doch wahr!

Unten im Flur habe ich kurz überlegt, ob ich ihn mit hoch in mein Zimmer nehmen soll, aber dann habe ich ihn doch lieber in die Küche geführt, weil der Raum irgendwie neutraler ist, und zu trinken habe ich ihm auch nichts angeboten, damit er gleich, wenn er das Unweigerliche gesagt hat, wieder aufstehen und nach Hause gehen kann. (Unglaublich, was für Gedanken man sich manchmal macht, oder?)

Na ja, und dann habe ich ihn gefragt, was er mit mir besprechen will, und er hat angefangen zu reden.

Zuerst hat er erzählt, dass Hanna ihm ihre Beteiligung an dem Leberfleck-Foto-Drama inzwischen gebeichtet hätte. Und anschließend hat er sich dafür entschuldigt, dass er damals, als ich nicht zum Casting erschienen bin, gedacht hat, ich hätte ihn mit dem Magen-Darm-Virus angelogen.

»Ach, und das glaubst du jetzt nicht mehr?«

Ich habe Ben einen skeptischen Blick zugeworfen und er hat schnell den Kopf geschüttelt.

»Nein. Schließlich lag ich Ostermontag mit demselben Mist flach. Das war echt ausgleichende Gerechtigkeit ...«

Ben hat geseufzt und ich hab ihn ungläubig angeguckt.

»Im Ernst? Du warst selber krank? Das hab ich gar nicht mitgekriegt.«

»Kannst du auch nicht. Da warst du ja mit deinem Vater in Dänemark.«

»Stimmt.«

Tief in meinem Inneren habe ich so etwas wie Genugtuung gespürt, aber ehe ich noch auftrumpfen konnte, nach dem Motto »Siehst du, eigentlich hab ich dich gar nicht angelogen!«, hat Ben sich schon geräuspert.

»Okay, das waren die zwei Punkte, wo ich falsch lag, aber die Sache mit der Dänemark-Reise und diese Wasserrohrbruchlüge gehen voll auf dein Konto. Das war einfach komplett daneben!«

»Müssen wir das alles noch mal durchkauen?«

Ich hab Ben genervt angesehen und er hat meinen Blick genauso genervt erwidert.

»Willst du die ganze Geschichte jetzt unter den Teppich kehren oder was?«

Ich hab seufzend den Kopf geschüttelt.

»Nein, will ich nicht, aber jeder macht doch mal was falsch ...«

Ich hab abgebrochen und Ben hat seufzend genickt.

»Ja, das habe ich mir auch erst gedacht. Aber gerade als ich mir erfolgreich eingeredet hatte, dass du jetzt bestimmt mit der Lügerei aufhörst, bist du auf einmal unter meinem Schreibtisch aufgetaucht und hast irgendwas von Einbrechern gemurmelt, und dann hab ich neben meinem Bett so ein komisches Abhörgerät gefunden ...«

Oh, Shit. Kurzzeitig hat sich mein Magen umgedreht, aber da hat Ben schon weitergeredet.

»Hast du eine Ahnung, wie's mir danach gegangen ist, hm?«

»Aber ... Damit hab ich wirklich nichts zu tun. Ich war doch nur bei euch, um genau das zu verhindern. Wirklich!«

»Ich weiß. Sophie war eben drüben und hat's mir erzählt.«

Puh. Ich hab erleichtert aufgeatmet, aber gleichzeitig habe ich mir auch gewünscht, dass Ben langsam zum Ende kommt, damit ich mich endlich auf mein Bett werfen und losheulen kann. Allein!

»Okay, war's das jetzt?«

Weil ich gemerkt hab, dass ich gleich losflenne und sich dadurch ja eh nichts ändert, habe ich kurzerhand beschlossen, die ganze Prozedur abzukürzen, aber leider hat Ben nicht ganz geschaltet.

»Wie?«

Ben hat mich verwirrt angeguckt und ich habe ungeduldig den Kopf geschüttelt.

»Na, das ist doch nicht so schwierig. Wann also hast du festgestellt, dass du mich nicht mehr liebst?«

»Hä?« Ben hat mich angeglotzt wie ein Auto und ich bin zunehmend sauer geworden.

»Herrgott, du bist doch hier, um Schluss zu machen, oder nicht?«

Immer noch keine Reaktion.

Ich habe entnervt meine Haare über die Schulter zurückgeworfen. »Okay, wenn du unbedingt willst, dass ich die Sache für uns regle, meinetwegen. Also, ich hab dich angelogen und darüber warst du sauer, und das war's jetzt mit uns beiden, richtig? Auf zu neuen Ufern oder was man sonst bei so was sagt.«

»Äh, Julie, hab ich hier irgendwas nicht mitgekriegt?«

Diesmal war es an mir, Ben ungläubig anzugucken, aber ehe ich noch nachhaken konnte, was zum Donnerwetter denn das jetzt wieder bedeuten soll, hat mein Vater mit dem Kärcher in der Hand die Küchentür geöffnet und uns beide verdutzt angesehen.

»Oh, hallo Ben, welch seltener Gast! Was haltet ihr davon, wenn ihr euch gleich einen Eimer und zwei

Lappen schnappt und mir beim Abkärchern der Gartenmöbel helft? Ich mein, natürlich nur, wenn ihr Lust habt. Da sind einige wirklich stark verschmutzt und ...«

»Nein, Papa, wir haben keine Lust, dir beim Abkärchern zu helfen. Ben macht nämlich gerade mit mir Schluss.«

»Oh.«

 Für einen Moment hat Papa mich entgeistert angeguckt, aber dann hat er schnell den Kopf geschüttelt.

»Tja, das tut mir leid. Na, dann ...«

Papa hat sich angeschickt, die Küche wieder fluchtartig zu verlassen, aber da hat Ben ihn schon zurückgehalten.

»Entschuldigung, Herr Ahlberg, aber könnten Sie vielleicht doch noch einen Moment hierbleiben? Dauert auch nicht lange.«

Papa hat gezögert, aber Ben hat ihn so entschlossen angefunkelt, dass er den Kärcher beiseitegestellt hat.

»Na ja, eigentlich habe ich vermutet, dass ich hier eher störe ...«

»Tust du auch!«

»Keineswegs!«

Ben und ich haben uns einen gereizten Blick zugeworfen und dann hat Ben tief Luft geholt und mich grimmig von oben bis unten gemustert.

»Also noch mal, was bitte schön mache ich gerade?«

»Du machst Sch...«

Wollte das Wort eigentlich noch beenden, aber beim Anblick von Bens pochender Ader über der Schläfe ist mir der Rest im Halse stecken geblieben.

»Was??«

»Na, du machst Schluss, verdammt!!«

Für einen Augenblick herrschte absolute Stille in der Küche und dann hat Ben langsam den Kopf geschüttelt.

»Und wieso bist du da so sicher?«

Ich habe frustriert aufgestöhnt.

»Keine Ahnung. Wegen dem, was du gestern gesagt hast, und ...«

»Und?«

»Scheiße, was soll denn das??«

Ich hab Ben wütend angeguckt, aber da hat Papa uns schon wieder unterbrochen.

»Meint ihr nicht doch, dass ich ein klitzekleines bisschen stö...«

»Ja!«

»Nein!«

Papa hat sich resignierend wieder hingesetzt und Ben hat sich zu mir umgedreht.

»Weißt du noch, wie du mir in Gegenwart von meiner Mutter gesagt hast, dass du mich noch immer liebst?«

»Was hast du??????« Papa hat mich ungläubig gemustert und ich hab innerlich geflucht.

»Ich hab doch schon gesagt, dass mir das leidtut. Ich weiß, das war schrecklich peinlich und ...«

»Aber Julie, das geht wirklich nicht. Wie kannst du einem Jungen in Anwesenheit seiner Mutter sagen ...«

»Klappe!«

Das waren Ben und ich beide zusammen, diesmal gleichzeitig.

Papa hat seufzend die Schultern gezuckt und dabei sehnsüchtig zur Tür geblickt, aber Ben war noch immer nicht am Ende.

»Okay, du weißt es also noch.«

»Herrgott, ich hab doch gesagt, dass ich's noch weiß, und ja, es tut mir leid! Das war einfach total ...«

»... mutig.«

»Mutig??«

»Mega-mutig. Ich würde sagen, das war das Mutigste, was ich je gesehen hab.«

»Aha.«

Ich habe Ben angeguckt wie ein lebendes Fragezeichen und dabei festgestellt, dass er gar nicht mehr so finster ausgesehen hat. Fast hätte man sogar denken können, dass er Mühe hat, sich ein Grinsen zu verkneifen.

»Aber ... Wieso?? Ich mein, ich hab gedacht, das wäre der endgültige Auslöser dafür gewesen, dass du mich nicht mehr ... Na, du weißt schon ... magst und so.«

»Aber ich mag dich noch.«

»Ja, geschenkt. Aber du bist halt nicht mehr in mich verliebt.«

»Bin ich nicht?«

»Nein, ich mein ... Oder bist du etwa ...?«

Ich hab abgebrochen und Ben fassungslos angestarrt und Ben hat meinen Blick wortlos erwidert. Der Sekundenzeiger der Küchenuhr ist immer weiter gelaufen und weiter, aber keiner von uns beiden hat etwas gesagt, bis Papa sich auf einmal stöhnend aufgerichtet hat.

»Na, wunderbar. Dann hätten wir das ja auch geklärt. Also, wenn mir niemand beim Abkärchern der Gartenmöbel helfen will, dann verabschiede ich mal. Julie, Ben ...«

Papa hat mit seinem Kärcher in der Hand die Küche verlassen und kurz darauf hat man durch die geschlossene Tür gehört, wie er Mama davor gewarnt hat, in der nächsten halben Stunde nach unten zu kommen.

Ich habe mich langsam, ganz langsam zu Ben umgedreht und meinen finstersten Blick aufgesetzt.

»Okay, das war ›Rache ist Blutwurst‹, oder?«

Ben hat mit gespielt unschuldiger Miene die Schultern gezuckt.

»Na ja, vielleicht eher so etwas wie ›Wie du mir, so ich dir‹. Jetzt sind wenigstens unsere beiden Eltern komplett auf dem Laufenden, was unser Gefühlsleben anbelangt.«

»Mistkerl!«

»Na warte!«

Ich habe Ben einen Schubs verpasst und er hat angefangen, mich durchzukitzeln, und keine Ahnung, wie es passiert ist, aber eine Sekunde später lag ich in seinen Armen und wir haben uns geküsst wie die Bekloppten. Ich sag dir, das war **soooooooo schööön!!!**

Nach dem Kuss hätte ich fast losgeheult, aber zum Glück hat Ben mir gerade noch rechtzeitig einen Nasenstüber verpasst und gemeint, wenn ich jetzt anfangen würde zu weinen, würde er mich so lange durchkitzeln, bis der Küchentisch genauso zusammenbräche wie neulich unsere Gartenliege, und da hab ich die Tränen dann doch lieber zurückgehalten und stattdessen schief gelächelt. Ben hat grinsend gesagt, mein Lächeln hätte er genauso vermisst wie den Geruch von meinem Haar, und da musste ich auf einmal wieder an Papa denken und an das, was er über Ostern von Mamas Apfelshampoo erzählt hat, und für einen Moment war alles ganz genau so, wie es sein sollte, akkurat, hundertprozentig genau so.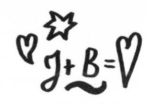

Ach, warum kann das Leben nicht immer so sein?? Habe Ben anschließend noch mal gefragt, was er gestern Abend eigentlich sagen wollte, bevor Fiete und die anderen ihn unterbrochen haben, und er meinte, er hätte mich fragen wollen, ob es nicht besser wäre, wenn wir uns nicht mehr ganz so oft streiten würden. Oh Mann! Da muss man erst mal draufkommen! Bescheuerterweise hat Ben dann allerdings im Anschluss vorgeschlagen, dass wir auch, wenn wir jetzt wieder zusammen sind, trotzdem ab und zu mal mit jemand anderem zum Schwimmen oder ins Kino gehen sollten, und ich habe ihn ungläubig angeguckt.

»Ist das jetzt dein Ernst oder ...?

»Na ja, nur um uns nicht wieder so doll abzukapseln, verstehst du? Von den anderen.«

Ich hab innerlich die Augen verdreht, aber dann ist mir bewusst geworden, dass Marc, Steffen und Fiete ihm wegen mir wahrscheinlich ziemlich die Hölle heißgemacht haben müssen, und deshalb habe ich zögernd genickt.

»Okay, wenn du meinst. Treffen wir uns halt auch mal mit anderen.«

»Gut.«

Ben hat erleichtert genickt und mich anschließend noch einmal zu sich herangezogen, um seine Uri-Geller-Kuss-Fähigkeiten einzusetzen, und zwar mit vollem Erfolg. Zehn Sekunden später hatte ich das Gefühl zu schmelzen, zwanzig Sekunden später hat sich mein Gehirn in Milch aufgelöst und eine Minute später war ich nur noch ein warmer Vanillepudding irgendwo auf Wolke sieben. Unglaubl-

Oh, Mama ruft. Ich soll kurz auf Otti aufpassen, damit sie nicht vom Wickeltisch fällt. Ich weiß nicht genau, ob ich in den nächsten Tagen zum Schreiben komme, weil ich morgen nach der Schule zu Schari wollte, um sie zu fragen, wie das Ganze mit Kevin ausgegangen ist, und natürlich auch, um ihr das Allerneueste in Sachen Ben und mir zu berichten, und dann hat Ben mich noch gefragt, ob wir morgen einen Ausflug an die Elbe machen wollen, und übermorgen habe ich Sophie versprochen, endlich mit ihr zum Kerzenziehen zu gehen, und Dienstag ... Oh, das war eben noch mal Mama. Inzwischen klingt sie richtig sauer. Okay, ich denk, ich sollte mal ... Bis demnächst!

Donnerstag, der 22. April

☺ Höhepunkte

1) Mama hat ihre Diät abgebrochen! Heute Morgen hat sie drei Croissants mit Butter und Marmelade gegessen und dabei lauthals verkündet, dass der Mensch manchmal Nervennahrung bräuchte, vor allem, wenn er so viel Aufregung verkraften müsse wie sie in den letzten Wochen. Gott sei Dank! Nie wieder Knäckebrot mit Tomatenmark!

2) Der Ausflug mit Ben an die Elbe vorletztes Wochenende war superschön und überhaupt ist alles im Moment einfach nur toll, na ja, vielleicht mit Ausnahme davon, dass Papa inzwischen seine Kündigung erhalten hat und der Tatsache, dass ausgerechnet ...

☹ Tiefpunkte

1) ... Jesper-Edward, der schöne Däne, den ich nie in meinem Leben wiedersehen wollte, gestern plötzlich vor unserer Tür stand. **Ahhhhh!!!!!!**

2) Als hätte das Wiedersehen mit Jesper nicht schon gereicht, um mein Peinlichkeitskonto vollzumachen, habe ich letzte Woche in Bio auch noch den absoluten Vogel abgeschossen. Herr Clausen hat erzählt, dass er uns zum Einstieg in unser neues Thema nächste Woche einen Film mitbringt und dass er sich freuen würde, wenn einer von uns seinen Eindruck von dem Film in eigenen Worten wiedergibt. Weil ich in einem Anfall von Streberwahn gedacht habe, nach der letzten Eins in

Bio setze ich gleich noch eins drauf, habe ich mich freiwillig gemeldet und Herr Clausen hat gesagt, das fände er ausgesprochen lobenswert. Anschließend hat er erzählt, welches Thema wir als Nächstes behandeln. Es ist Sexualkunde und der Film ist ein Aufklärungsfilm über Tom, der Probleme mit seinen Hoden hat. Wenn ich mich das nächste Mal für irgendetwas freiwillig melden will, kette mich bitte vorher an das nächste Stuhlbein an!

14.53 Uhr.

Tut mir leid, dass die Schrift hier so gequetscht ist, aber ich habe nur noch drei Seiten, dann bist du voll, und ich bin noch nicht dazu gekommen, mir ein neues Tagebuch zu kaufen oder zu wünschen. Insofern muss das jetzt einfach so gehen.
Bis auf die Ankunft des unseligen Dänen ist in den letzten Tagen auch nicht sonderlich viel passiert, also fasse ich mich kurz.
Schari war vorgestern bei Jannicks Vater zum Essen eingeladen und meinte, sein Steckrüben-Wirsing-Auflauf hätte ganz toll geschmeckt. Finde, das sagt schon alles. Wenn man Steckrüben-Wirsing-Auflauf lecker findet, dann muss der Koch schon SEHR nett gewesen sein.
Während bei Schari also alles bestens läuft, hat Kevin in der Tat Hausverbot bei uns an der Schule bekommen, aber dafür hat Mumi ihn letzte Woche gefragt, ob er nicht an ihrer Stelle den Selbstverteidigungskurs für Seniorinnen an der Volkshochschule leiten will, damit sie ein bisschen mehr Zeit für sich und Thorwald hat. (Dazu fällt einem nichts mehr ein, oder??) Aus nicht nachvollziehbaren Gründen hat Kevin Mumis Angebot

angenommen (vermute, dass er aus seinem Türsteherjob raus-geflogen ist) und jetzt ist Scharis Bruder neuerdings der Schwarm aller Blankeneserinnen über siebzig. Ohne, absolut ohne Worte!

Was die Soko Leberfleck anbelangt, herrscht an der Liebesfront immer noch Chaos. Nicht nur, dass Sophie, dieselbe Sophie, die noch immer Hello-Kitty-T-Shirts trägt und normalerweise nur für Pferde schwärmt,[51] sich tatsächlich in Brusthaar-Cem ver-knallt hat (echt haarig, wenn du mich fragst), inzwischen ist Jettes Liebesbrief an ihren Skilehrer Sepp auch noch mit dem Vermerk »Unbekannt verzogen« zurückgekommen und Franzi geht neuerdings mit zwei Jungs gleichzeitig – keine Ahnung, wie sie das hinbekommen hat.

Papas Jobsituation ist noch immer desolat[52], aber in den nächs-ten Monaten bleiben wir erst mal noch hier wohnen, weil der Makler, dem Mama und Papa unser Haus gezeigt hat, meinte, im Moment sei der Markt für Reihenhäuser leider übersättigt und sie sollten mit dem Verkauf unbedingt noch warten. Bin mir nicht sicher, ob ich mich darüber freuen soll oder nicht, weil Mama und Papa die Nachricht ziemlich geschockt zu haben scheint, aber irgendwie sehe ich die Zukunft im Moment nicht mehr ganz so schwarz wie vorher, was wahrscheinlich daran liegt, dass ich mich so tierisch da-rüber freue, dass Ben und ich wie-der zusammen sind, Yippieyeah.

Das Einzige, was mich zurzeit noch

---

[51] *Okay, und zugegeben ganz früher mal für den bekloppten Mark aus Bens Band.*

[52] *Habe ich schon mal gesagt, WIE cool ich das Wort finde?*

nervt, ist das plötzliche Auftauchen von Jesper-Edward, und dafür gebe ich Papa mit seinem blöden Helfer-Syndrom die Schuld. Ich weiß ja, dass er immer glaubt, allen und jedem unter die Arme greifen zu müssen, aber das hier ist wirklich die Spitze! Da mache ich gestern in einem total dreckigen Top und einer am Po völlig ausgebeulten Uralt-Jeans von Mama die Tür auf (Papa hatte mich nämlich zum Tapezieren des Gästeklos abkommandiert) und wer steht direkt vor mir?

Jesper-Edward, der überirdisch aussehende Däne, und strahlt mich an, als sei heute der schönste Tag meines Lebens.

AHHHHHHHHH!!!!

Hätte die Tür vor lauter Schreck beinahe wieder zugeschlagen, aber dann hat mich ein letzter Rest Zurechnungsfähigkeit innehalten lassen und ich habe mit hochroter Miene so etwas wie »Was machst du denn hier?« herausgepresst. Nicht gerade eine freundliche Begrüßung, ich geb's zu, aber Dänen gehören schließlich nach Dänemark und sechzehnjährige vor Sex-Appeal nur so strotzende Vampir-Klone, die einen an die peinlichste Viertelstunde seines Lebens erinnern, erst recht!!!!

»Dein Vater hat mir eure Adresse gegeben, weil ich hier in Hamburg ein Praktikum mache, und da wollte ich nur mal vorbeischauen. Oder störe ich gerade?«

Jesper hat mich mit seinen ewig langen dunklen Wimpern besorgt angeguckt, und während ich eine Art Lille-Okseo-Déjà-vu hatte (was bedeutet, dass ich wieder mal kein Mal kein Wort herausgebracht habe), hat Papa seinen Kopf aus der Tür vom Gästeklo gesteckt und Jesper freudestrahlend begrüßt.

»Komm rein, Jesper. Na, das ist doch mal eine Überraschung! Willst du was trinken?«

»Danke. Gern ...«

»Julie, holst du mal drei Gläser aus der Küche?«
Papa hat den erleichtert lächelnden Jesper ins Wohnzimmer
geschoben und ich bin mit ungläubigem Blick draußen stehen
geblieben und hab gedacht, das fass ich jetzt nicht.
Eine Minute später habe ich Papa und Jesper mit einem knap-
pen Nicken zwei Gläser hingestellt und bin anschließend in
Richtung Badezimmer geflüchtet, aber als ich frisch geduscht
wieder herausgekommen bin, war Jesper schon weg und Papa
meinte, er hätte ihm angeboten, nächsten Monat für ein paar
Tage hier zu wohnen, weil das Zimmer, das er in Eimsbüttel
gemietet hätte, wirklich unannehmbar teuer sei!!!!!!!!!!!!!!!!!!!!!!!!!!
Habe Papa fassungslos mitgeteilt, dass ich, wenn Jesper hier
einzieht, definitiv ausziehen werde, woraufhin er meinte, dass
ich schon genau wie Mama sei mit ihrem »Wenn ein Tier ins
Haus kommt, ziehe ich aus!«, und da bin ich fast geplatzt. Als ob
man das vergleichen könnte! Weil Papa einmal gemachte
Zusagen so gut wie nie zurücknimmt, vermute ich, dass ich mir
in Sachen »Wie vergraule ich Jesper-Edward?« selber etwas einfallen lassen muss, aber das kriege ich schon hin. Wie wäre es
zum Beispiel mit einer hochansteckenden Scharlach-Infektion?
Oder Läusen. Die kommen fast noch besser. Okay, das müsste
ich natürlich mit meinem Nicht-mehr-lügen-Vorsatz vereinba-
ren können, aber ... Oh, Shit, merke ge-
rade, langsam wird der Platz echt knapp.
Also muss ich wohl wirklich zum
Ende kommen, jetzt sei
erst mal gedrückt
und bis ganz
bald, Deine

Franca Düwel

Auch als Hörbuch

Julie und Schneewittchen
Schlimmer geht's immer

Julies Leben besteht aus Höhepunkten. Und Tiefpunkten. Mehr Tiefpunkten, wenn sie ehrlich sein soll. Die beinhalten ein uraltes Ponynachthemd (zur unpassenden Zeit getragen), einen süßen Jungen (der ungerne in Kellern eingesperrt ist) und eine Person, die dringend Hilfe braucht, sich aber nicht helfen lassen will!! Als einzige Ratgeberin muss Sharon von der Sexhotline aus dem Nachtprogramm herhalten. Und Julies Tagebuch. Noch Fragen? Dann Julie lesen!

Arena

280 Seiten. Gebunden
(flexibler Einband mit runden Ecken).
ISBN 978-3-401-06407-9
www.arena-verlag.de

Hörbuch
Sprecherin: Josefine Preuß
3 CDs im Schuber
ISBN 978-3-401-26407-3

Julie. Ein Notizbuch
Für alle ganz privaten Höhe- und Tiefpunkte

Für alle Teenager, die wie Julie mit absurden Alltagskatastrophen zu kämpfen haben, kommt hier ein praktischer Helfer: Das Notizbuch für die ganz privaten Höhe- und Tiefpunkte, für wichtige und unwichtige Aufzeichnungen, für Schule und Freizeit, für große und kleine Merkwürdigkeiten. In der praktischen Postkartengröße der ideale Begleiter für morgens, mittags, abends und spätnachts!

96 Seiten. Gebunden
(flexibler Einband mit runden Ecken).
ISBN 978-3-401-06623-3
www.arena-verlag.de

Kerstin Gier

Jungs sind wie Kaugummi –
süß und leicht um den Finger zu wickeln

Sissi ist dreizehn, ziemlich frech, gnadenlos schlecht in Mathe – und unsterblich verliebt! Doch leider hat ihr Traumprinz nur Augen für ältere Mädchen „mit Erfahrung". Also setzt sie Himmel und Erde und dazu noch ihren Sandkastenfreund Jacob in Bewegung, um sich a tempo gefühlsechte Informationen zum Thema zu beschaffen.

200 Seiten. Gebunden.
ISBN 978-3-401-06454-3
www.arena-verlag.de